Peter Corris

Ein mörderisches Weihnachtsgeschenk

Kriminalroman

Aus dem Englischen von
Gisela Petersen

Verlag Volk & Welt
Berlin

Titel der australischen Originalausgabe
The Marvellous Boy

Erschienen bei Pan Books (Australia) Pty Limited,
Sydney 1982

Die Deutsche Bibliothek – CIP-Einheitsaufnahme

Corris, Peter:
Ein mörderisches Weihnachtsgeschenk : Kriminalroman Peter Corris.
Aus dem Engl. von Gisela Petersen. – 1. Aufl. –
Berlin : Verl. Volk und Welt, 1991
ISBN 3-353-00866-7

Lektorat: Hans Petersen
Schutzumschlag-/Einbandgestaltung: Lothar Reher
Gesetzt aus der Garamond
Papier: Geese Papier Hamburg
Satz, Druck und Bindearbeiten: Graphischer Großbetrieb Pößneck GmbH
Ein Mohndruck-Betrieb
Printed in Germany
ISBN 3-353-00866-7

I

Das Haus, auf einem mehrere Morgen großen Grundstück gelegen, hatte etwas Behagliches, Erfreuliches an sich, und seine drei Geschosse ragten weiß und heiter zum grauen Schieferdach empor. Der Rasen aber war ungepflegt und vernachlässigt, die Beete von Unkraut überwuchert, und von meinem Standort auf der Veranda sah ich durch die Löcher in der Regenrinne den Himmel über mir. Als es erbaut wurde, war die Sicht auf die Rushcutters Bay bestimmt ungehindert, und das Grün reichte vermutlich bis hinunter zum weißen, schimmernden Sand, der in tiefes Blau überging. Jetzt lagen viele Dächer und Straßen und reichlich verpestete Luft zwischen Haus und Meer.

Ich stand, von zwiespältigen Gefühlen beherrscht, vor der Klingel, einem nüchternen schwarzen Knopf auf einem Messingschild. Als Privatdetektiv mit einem Telefon, einem Auto und ohne Sekretärin hätte ich mich fehl am Platz fühlen sollen, doch mich tröstete der abgewirtschaftete Eindruck des Anwesens. Große Gebäude konnten, genau wie Menschen, schwere Zeiten durchmachen. Hoffentlich waren Lady Catherine Chattertons Zeiten nicht allzu schwer. Ich arbeite für Geld und nicht für das Privileg, beiläufig die Namen meiner Klienten erwähnen zu dürfen.

Ich drückte auf den Knopf und zog meine Kleidung zurecht – Lederjacke, gute Qualität, aber alt, sauberes

Hemd, saubere Jeans; eine Krawatte hatte ich nicht um. Die Tür öffnete sich geräuschlos, und eine dunkelhaarige Frau mit anmaßendem Gesicht und spitzer Nase musterte mich, als sei ich ein Lumpenhändler.

»Ja?« Begrüßungen waren nicht ihre Stärke.

»Mein Name ist Hardy. Lady Catherine hat mich angerufen.«

Sie kam einen Schritt näher, als wollte sie mich beschnuppern. »Aha, der Detektiv.« Die schmalen Lippen und kleinen weißen Zähne drückten Verachtung aus. »Ja, sie sagte mir, daß Sie uns ins Haus stehen. Für gewöhnlich erledige ich ihre Telefonate.« Das klang wie eine Herausforderung, und ich fand, ein Lächeln konnte nicht schaden.

»Na ja, vielleicht waren Sie beschäftigt.«

Höhnisch grinsend trat sie zurück und öffnete die Tür gerade so weit, daß ich mich an ihr vorbeiquetschen konnte. Es roch nach Staub, und die Temperatur war plötzlich merklich niedriger; hier gab es keinen heißen Novembermorgen, ebensowenig die geschäftigen, vulgären achtziger Jahre. Ich kam in eine Empfangshalle mit Parkettfußboden und getäfelten Wänden. Die üblichen Geräusche eines modernen Hauses – das Summen des Kühlschranks, Klimaanlage, Radioprogramm mit Höreranrufen – waren hier nie eingedrungen. Gemälde – wahrscheinlich Porträts – hingen an den Wänden. Da sich meine Augen nach der Helligkeit draußen nur langsam an das Dunkel gewöhnten, glaubte ich Schnurrbärte zu erkennen.

Die Frau deutete mit einer gebieterischen Geste nach vorn, wie ein General, der Truppen befehligt.

»Hier entlang.«

Ich folgte ihr, bemüht, nicht mit den Beinen geschnitzter Tische und übermäßig gepolsterter Sessel in Konflikt zu geraten. Wir gingen einen breiten Korridor entlang, bogen in einen schmaleren ein, stiegen eine kurze Treppe hinunter und kamen in einen Salon, der mich an die Aula meiner Schule erinnerte. Die Decke war hoch, und die Wände, bis zu halber Höhe mit Eichenholz verkleidet, waren mit weiteren Gemälden behängt – dunklen, düsteren Arbeiten, die mir jene schulischen Ehrentafeln ins Gedächtnis riefen, auf denen mein Name nie erschien. In der Mitte des Raumes saß eine Frau auf einem Armstuhl mit gerader Lehne. Eine ähnliche Sitzgelegenheit stand wenige Schritte direkt vor ihr; die Frau und die Stühle strahlten all die Wärme und den Charme eines Henkers mit Beil und Block aus. »Sie können gehen, Verna.« Sie hob einen ihrer spindeldürren Arme, die in engen schwarzen Samtärmeln steckten, und begleitete die Entlassung mit einer entsprechenden Geste.

Ich beobachtete, wie die andere es aufnahm; sie hatte die Alte mit den Blicken verschlungen, sie geradezu versengt, und nun unterbrach sie mühsam den Kontakt. Ihr dunkles Haar war zu einem festen Knoten zusammengefaßt, und die schmalen Lippen schienen das blasse, glatte Fleisch der unteren Gesichtshälfte wie mit einem Riemen zu straffen. Etwa dreißig Jahre alt, war sie hübsch wie jemand, der weiß, daß er der einzige seiner Art in Gefangenschaft ist. Offensichtlich hatte sie eine sehr gute Meinung von sich selber und eine schlechte von fast allen anderen. Sie verließ das Zimmer.

Die alte Frau dirigierte mich auf den anderen Stuhl.

»Das ist Miss Reid«, sagte sie. »Meine Gesellschafterin. Eine lästige Person in vieler Hinsicht, aber unschätzbar. In Zukunft werden Sie mit ihr zu tun haben.«

»Wenn ich den Auftrag annehme.«

Sie zog eine Augenbraue hoch, worauf Hunderte winziger Fältchen auf ihrem Gesicht zum Leben erwachten. Ihr Teint war gelb wie ein welkes Blatt. Nase und Mund waren schmal, und alles Lebendige dieses Gesichts ging von der Partie um die Augen aus. Sie waren dunkel und noch groß, obwohl sie anfingen einzufallen. Sie wirkten verblüffend jung bei einem so alten Menschen.

»Ich bin natürlich Lady Catherine Chatterton.«

»Natürlich.«

»Seien Sie nicht frivol, Mr. Hardy. Die Welt ist kein frivoler Ort, und die Umstände, mit denen ich Sie bekannt machen werde, auch nicht.«

Es hörte sich an, als habe sie alles überlegt, deshalb ließ ich sie gewähren. Etwas an ihrer Stimme, vom Stempel der richtigen Erziehung und der richtigen Schulen geprägt, rief eine Erinnerung in mir wach. Fünf oder sechs Jahre zuvor war ich im Gerichtssaal gewesen, als ihr verstorbener Mann eines seiner grausamen Urteile verkündete. Es hatte mich nicht beunruhigt, denn ich arbeitete für die Gegenseite, aber das Auftreten von Richter Sir Clive Chatterton und der Klang seiner Stimme waren unvergeßlich. Vom Unterschied im Geschlecht einmal abgesehen, war sie aus demselben Holz geschnitzt – maßvoll im Ausdruck, arrogant, völlig selbstsicher. Und wenn mein Leben auf dem Spiel gestanden hätte – Frivolität war ausgeschlossen.

»Ich möchte, daß Sie meinen Enkel suchen.«

»Bei der Polizei gibt es eine Abteilung für vermißte Personen. Das sind Experten.« So was muß man den Leuten sagen. Es ist, als lese man ihnen ihre verfassungsmäßig verbrieften Rechte vor. Nie hören sie zu. Was sie als Antwort von sich gab, klang wie »Pah« und war es wohl auch.

»Er ist schon seit vielen Jahren verschwunden. Die Polizei hätte weder die Möglichkeit noch die Flexibilität, die die Angelegenheit erfordert. Außerdem habe ich gehört, Sie sind ...« – sie suchte nach dem passenden Wort – »... diskret.«

Das war Musik für meine Ohren. Nicht mutig, nicht clever. Diskret.

»Wer hat Ihnen das gesagt?«

Sie tat die Frage und alles, was mit meinem beruflichen Ansehen zu tun hatte, mit einer Handbewegung ab.

»Das habe ich vergessen. Es spielt keine Rolle.«

Für mich schon, eine gewisse. Ich bin nicht anmaßend, aber als Fußabtreter lasse ich mich nicht gern benutzen. Außerdem ist es einc schlechte Grundlage für die Zusammenarbeit. Gegenseitiger Respekt, das ist das Ziel. Ich ging in die Offensive.

»Mein Preis ist fünfundsiebzig Dollar pro Tag, Spesen extra. Ich fasse nichts Politisches an und schlage keinen zusammen, außer man versucht es bei mir.«

Mürrisch zog sie die Mundwinkel nach unten. »Lächerlich. Das könnte in die Tausende gehen.«

Ich entspannte mich, ihre Rüstung hatte einen Riß. »Das passiert selten«, sagte ich tröstend. »Die meisten Dinge klären sich auf die eine oder andere Art ziemlich schnell auf. In Ausnahmefällen, wenn es sozusagen um langfristige Beobachtung geht, gewähre ich Rabatt.«

Ich hatte ein Zugeständnis gemacht. Sie wirkte zufriedener. »Sie üben ein fragwürdiges Gewerbe aus, Mr. Hardy.«

»Es ist ein Job wie jeder andre.«

»Nein, da sind Sie im Irrtum. Es gibt Unterschiede. Das einzig ehrlich verdiente Geld ist das, mit dem dieses Haus erbaut und erhalten wurde.« Sie blickte sich um. »Geld aus Grundbesitz, Geld aus akademischer Tätigkeit.«

Ich zuckte mit den Schultern. Sie war etwas langweilig. Dann kam mir in den Sinn, daß sie derart schwadronierte, weil sie einsam war, nicht genug Menschen zur Unterhaltung hatte. Noch ein Riß.

»Erzählen Sie mir von Ihrem Enkel, Lady Catherine.« Ich holte Block und Kugelschreiber heraus. »Wie heißt er?«

»Das weiß ich nicht.«

Das war nun nicht langweilig. Ich klopfte mit dem Kugelschreiber auf den Block und wartete, daß sie fortfuhr. Sie genoß die Wirkung ihrer Bemerkung. Ich fing an, mich für sie zu erwärmen, ein bißchen.

»Es ist eine lange Geschichte, was halten Sie von einer Tasse Tee?«

Davon hielt ich zwar nichts, nahm aber dankend an. Ich spürte, diese Szene hatte sie im Geist durchgeprobt, und es war ihr wichtig, daß sie richtig gespielt wurde. Ich mag Tee nicht, aber wenn Tee dazugehörte, machte ich mit.

»Gut, es müßte gleich soweit sein.« Sie warf einen Blick auf eine kleine goldene Uhr und nickte; ihre Augen waren erstaunlich gut.

»Ich muß Ihnen Dinge erzählen, Mr. Hardy, die ich eigentlich keiner Menschenseele erzählen würde, nicht einmal einem nahen Verwandten – wenn es einen solchen gäbe.«

Ich nahm es hin und bemühte mich, diskret auszusehen. Meine starke Seite.

»Mein Mann und ich hatten nur ein Kind, und das war schade.« Sie hob eine Hand an das bleiche, trockene Haar, wie zum Gruß an die Tage ihrer Fruchtbarkeit oder Unfruchtbarkeit. »Unsere Tochter Bettina wurde 1931 geboren, sie heiratete sehr jung, mit siebzehn Jahren. Die Ehe hielt nicht lange, nur wenige Jahre. Bettinas Ehemann war Anwalt, damals ein vielversprechender Mensch, doch, wie sich herausstellte, ein Schwächling, ein Trinker. Er war einige Jahre älter als Bettina.«

»Wie viele?«

»Oh, zwanzig Jahre.«

»Verstehe.«

Eigentlich verstand ich nicht. Siebzehnjährige Mädchen fahren für gewöhnlich nicht auf Enddreißiger ab. Sie neigen dazu, uns als Tattergreise zu betrachten. Manchmal ist es anders, aber ich glaubte in diesem Fall ein »Arrangement« zu wittern, und ihre nächste Bemerkung bestärkte mich in meinem Verdacht.

»Mein Mann unternahm Schritte, die Ehe zu beenden.«

»Scheidung?«

»Eine Annullierung.«

»Warum hat Ihre Tochter so jung geheiratet?«

Sie warf mir einen stechenden Blick zu. »Nicht aus dem Grund, den Sie wohl vermuten. Bettina war ... nun, wild und schwärmerisch. Sie zeigte Interesse an Henry, und er schien solide zu sein. Wir dachten, in der Ehe könnte sie zur Ruhe kommen. Sie war unser einziges Kind, wir mußten sie beschützen.«

»Wovor?«

»Vor sich selbst.«

Das stimmte mich traurig. Sie hätte ebensogut sagen

können »vor ihrer Jugend«. Ich blätterte eine Seite des Notizblocks um.

»Erzählen Sie mir von Henry, dem Ehemann. Wie ist sein Familienname?«

»Brain, Henry Brain ... ah, hier kommt der Tee.«

2

Verna Reid rollte einen Teewagen aus Glas und rostfreiem Stahl ein Stück ins Zimmer. Das silberne Teeservice strahlte, feines Porzellan stieß klirrend aneinander. Sie goß Milch und Tee ein, tat Zucker hinzu und brachte die Tasse herüber.

»Ich gehe aus«, sagte sie.

»Das werden Sie nicht!« Die alte Dame krallte sich an die Armlehnen des Stuhls und versuchte, sich aufzurichten. »Nicht mit diesem Mann. Das verbiete ich!«

Verna Reid lachte. Sie hielt die Teetasse hin. Lady Catherine nahm sie, und etwas Tee schwappte in die Untertasse. Zwei dunkelrote Flecken brannten plötzlich auf ihren pergamentfarbenen Wangen. Sie warf die Tasse zu Boden, Tee spritzte nach allen Seiten, und Teile hauchdünnen Porzellans tanzten umher. Die dunkelhaarige Person lachte wieder.

»Setzen Sie Ihre alberne Unterhaltung fort«, sagte sie und verließ das Zimmer.

Die alte Dame rang um Selbstbeherrschung. Sie klappte die Augenlider auf und zu und griff sich an den dürren Hals. Ich erhob mich, um das Wägelchen heranzuziehen, goß Tee in eine andere Tasse und reichte sie ihr.

»Danke.« Sie nahm sie und griff dann nach einem aufgebrochenen und mit Butter bestrichenen Kuchenbrötchen. Ihre Hand zitterte nicht die Spur. »Es ist schwierig, für mich zu arbeiten. Sie werden es merken.«

»Ich hab noch nicht zugesagt.«

»Wir wollen doch keine Ausflüchte machen, Mr. Hardy«, sagte sie kauend. Sie tat das ohne lästige Geräusche. Erziehung. »Ich werde Ihre fünfundsiebzig Dollar pro Tag zahlen, und mein Buchhalter überprüft Ihre Spesen. Wenn sie nicht zu unsinnig sind, werden sie beglichen.«

Das vergangene halbe Jahr war mager gewesen, mit mehr Ausgaben als Einnahmen. Die Kupplung meines Falcon mußte überholt werden, und der Stapel Rechnungen zu Hause reichte schon bis zur Hälfte des Piekers. Ich brauchte jeden Cent des Tagessatzes, und sie merkte es mir an.

»Ich brauche einen Vorschuß von zweihundertfünfzig Dollar.«

Ihre Tasse klapperte auf der Untertasse, und sie stieß ein kurzes, schrilles Lachen aus. »Schon gut, Mr. Hardy, schon gut. Sie haben das letzte Wort. Sie kriegen den Scheck, wenn Sie gehen. Nun kann ich vielleicht fortfahren mit dem, was ich Ihnen mitzuteilen habe. Nehmen Sie sich Tee.«

Ich schüttelte den Kopf.

»Nach Annullierung der Ehe war Bettina lange krank; einmal reiste sie mit meinem Mann und mir ins Ausland, ein andermal mit einer Freundin. Ich halte sie für labil, sie war eine Enttäuschung für uns.«

»Lebt sie in Sydney? Haben Sie Kontakt zu ihr?«

»Ja, auf Ihre erste Frage, nein, auf die zweite. Wir haben uns zerstritten. Ich hege eine Abneigung gegen ihren zweiten Ehemann und ihre Kinder. Schon immer. Das Zerwürfnis ist perfekt.« Sie fixierte einen Punkt über und hinter meinem Kopf. »Sir Clive war ein bedeutender Mann, Mr. Hardy, ein bedeutender Mann. Er war der größte Rechtsgelehrte dieses Landes in unserem Jahrhundert, hatte aber keinen Sohn, keine Veranlassung, eine angesehene Rechtsanwaltspraxis zu gründen. Ich gebe seine Memoiren heraus, sie sollen der Welt zeigen, welche Fähigkeiten er besaß.«

Sie sprach zu sich selber, und da war nichts, was ich hätte erwidern können. Trotzdem hatte ich den Eindruck, daß eine Verbindung bestand zwischen all dem und der Information, die sie mir mitzuteilen hatte. Einer Sache war ich mir sicher – sie betrachtete es als ihre Schuld, dem großen Mann keinen Sohn geschenkt zu haben. Die Memoiren würden ein verspätetes Kind sein.

»Sir Clives Tragödie – der fehlende Erbe – ist auch die meine.«

»Sagten Sie nicht, Ihre Tochter hat Kinder?«

»Sie sind nicht würdig«, brauste sie auf. »Ich habe sie enterbt. Auch Bettina, allerdings weiß sie es nicht. Nun setze ich alle meine Hoffnungen auf Sie, Mr. Hardy. Wissen Sie, ich habe erfahren, daß es einen Enkel gibt.«

Ich bemühte mich, sie nicht gehässig anzusehen. Der Panzer bekam Risse wie spröder Zement.

»Sir Clive hatte ein illegitimes Kind?«

»Das gewiß nicht!« fauchte sie. »Er war ein außergewöhnlich moralischer Mensch, peinlich genau. Nein, Henry Brain und Bettina hatten einen Sohn, er muß jetzt dreißig sein.«

»Wie haben Sie das erfahren?«

»Henry Brain hat es mir gesagt. Er wollte Geld von meinem Mann. Er kam hierher. Ich hatte ihn viele Jahre nicht gesehen und erkannte ihn beinahe nicht. Er war ein Wrack, eine Ruine – vom Trinken. Er sah so alt aus wie …« Sie gebot sich Einhalt. »Wie er hierhergelangte und ins Haus kam, weiß ich nicht. Er erzwang sich den Zugang, fast hätte er Verna niedergeschlagen. Er kam zu mir hereingeplatzt, hier herein.« Ihre weit ausholende Handbewegung drückte Entrüstung aus.

»Was waren seine genauen Worte?«

»Er tobte. Er war fürchterlich betrunken. Mein Mann war gerade in Canberra. Als ich mich weigerte, ihm Geld zu geben, fing Henry an zu fluchen. Er verhöhnte mich, indem er mir von einem Enkel erzählte, von dem ich gar nichts wußte.«

»Was hat er gesagt?«

»Er sagte, er wäre nicht überrascht, wenn der Junge … der junge Mann auf dem besten Wege sei, genau zu werden wie er, ein Stück Dreck. Schrecklich, so etwas auszusprechen.«

»Ich meine, welche Einzelheiten hat er Ihnen über die Geburt berichtet?«

»Keine, oder so gut wie keine. Das Kind – so sagte er – sei im ersten Ehejahr geboren worden. Bettina sei weggefahren, um es zur Welt zu bringen, und ohne es wiedergekommen. Bettina habe ihn erpreßt, damit er alles über das Kind verschweige. Sie haßte ihn und wollte sein Kind nicht aufziehen.«

»Erinnern Sie sich, ob sie damals lange genug weg war?«

Sie legte die Hand an die Stirn, ein Netzwerk feiner blauer Blutgefäße schimmerte durch die gespannte weiße Haut.

»Ich habe es versucht, ich kann mich nicht erinnern. Sie sind viel gereist.«

»Wie könnte sie ihn erpreßt haben?«

»Henry Brain war mit menschlichen Schwächen auf

das beste ausgestattet, Mr. Hardy, es hätte fast alles sein können.«

»Wenn er – wie Sie sagen – betrunken war und tobte, warum haben Sie ihm geglaubt?«

»Ich kenne mich aus mit Menschen. Die Wahrheit ist von anderer Art als die Lüge. Ich bin überzeugt, Henry sprach die Wahrheit.«

Sie wollte es glauben. Vielleicht war es wahr, aber die Geschichte hatte etwas Wirr-Irreales an sich wie die Erinnerung an einen Traum. Selbst vor dreißig Jahren war es schwer, die Geburt eines Kindes nicht amtlich einschreiben zu lassen. Nicht so schwierig wie heute, aber schwer genug. Als ich wissen wollte, was ihre Tochter davon hielt, bekam ich die Antwort, die ich geahnt hatte.

»Sie hat es abgestritten, rundheraus abgestritten. Ich habe ihr ziemlich zugesetzt, aber sie sagte, Henry sei ein gemeiner Lügner und daß wir uns ... daß sie sich niemals mit ihm hätte einlassen sollen. Das war eine Lüge.«

»Zu dem Zeitpunkt haben Sie sich mit Ihrer Tochter zerstritten?«

»Ja.«

»Wann war das?«

»Vor zwei Jahren.«

»Vor zwei Jahren!«

»Sir Clive ging es damals nicht gut«, sagte sie rasch. »Ich habe nichts unternommen, weil ich ihn nicht beunruhigen wollte. Er starb vor einem Jahr, wie Sie wohl wissen.«

»Ich habe davon gelesen. Warum haben Sie bis jetzt gewartet, bevor Sie die Sache wieder aufgriffen? Haben Sie noch einmal Kontakt mit Brain gehabt?« fügte ich zuversichtlich hinzu.

»Nein, er hat uns nie wieder belästigt. Er war zu unbesonnen, als daß er nach einem festen Vorsatz hätte handeln können. Vermutlich nahm er sich in seinem kranken Hirn bloß vor, auf unsere Kosten zu leben, und gab auf, als der Versuch fehlschlug. Ich habe Zeit gehabt, darüber nachzugrübeln, Mr. Hardy. Meine Tochter ist mir wie eine Fremde. Ich bin überzeugt, das Richtige zu tun. Ich will, daß dieser Mann gefunden wird und seinen rechtmäßigen Platz in dieser Welt erhält.«

»Was geschieht, wenn Brain recht hatte? Was ist, wenn er ... nicht würdig ist?«

»Ich bete zu Gott, daß dem nicht so ist. Vielleicht ist er aus eigenem Verdienst ein Mann hohen Ranges. Man muß behutsam vorgehen, Mr. Hardy.« Die Vorstellung, daß ihr Plan von Erfolg gekrönt sein könnte, ergriff Besitz von ihr und sprach aus ihren strahlenden Augen. »Ich zahle Ihnen, was Sie verlangen, hundert Dollar pro Tag. Aber finden Sie meinen Enkel.«

»Das ist nicht nötig. Hundert pro Tag würden meinen Stil verderben. Fünfundsiebzig ist in Ordnung. Der Fall ist verlockend, und ich übernehme ihn, vorausgesetzt, Sie sind sich über die Probleme im klaren.«

Sie lehnte sich zurück, erschöpft von ihrem Gefühlsausbruch und voller Bedauern, kurz die Kontrolle verloren zu haben.

»Und die wären?«

»Im wesentlichen drei. Erstens könnte Brain gelogen haben, und es gibt keinen Enkel, hat nie einen gegeben. Zweitens war da vielleicht ein Kind, und es könnte gestorben sein. Drittens könnte es unmöglich sein, das Kind aufzuspüren, wenn es lebt. Dreißig Jahre sind eine lange Zeit, und die Spur an diesem Ende ist schon zwei Jahre nicht mehr heiß. Brain ist eindeutig der Ausgangspunkt, und wenn er so weit hinüber war, wie Sie behaupten, ist er vielleicht schon tot.«

»Ich akzeptiere diese Schwierigkeiten. Ich glaube daran, daß sie überwindbar sind.«

Sie war es gewohnt, ihren Willen durchzusetzen, und ich konnte nur hoffen, daß ihr das Glück hold blieb. Ihr Glück wäre auch meins. Selbst wenn es schiefging, bedeuteten vierzehn Tage zum vereinbarten Satz einen Tausender und ein paar Zerquetschte. Nicht zu verachten. Außerdem malte ich mir aus, daß meine Verbindung zur Aristokratie sich gut in meinen Memoiren machen würde. Diese Gedanken führten mich zum Richter und seiner Tochter zurück.

»Ich brauche einige nähere Angaben, Lady Catherine. Namen und Adresse Ihrer Tochter, Informationen über alle Bewohner dieses Hauses.«

Das mißfiel ihr. Sie knurrte. Plötzlich wollte ich unbedingt den Fall und den Tausender haben und fuhr deshalb rasch fort: »Ich benötige möglichst viele Personenbeschreibungen von Brain, andere Leute erinnern sich vielleicht an unterschiedliche Details. Weiß übrigens außer Ihnen noch jemand von seiner Behauptung, einen Sohn zu haben?«

»Niemand.«

»Auch Miss Reid nicht?«

»Bestimmt nicht, ich habe sie hinausgeschickt, als ich Henry erkannte.«

»Wer könnte ihn sonst gesehen haben?«

»Das wüßte ich wirklich nicht. Ich habe jetzt kein Personal außer Verna.«

Sie redete wie Bob Menzies, der den Zerfall des Empire beklagt.

»Sir Clive hatte ... einen teuren Geschmack, und es ist

nicht viel Geld übriggeblieben. Es gibt aber Möglichkeiten. Der richtige Mann könnte uns wieder zu unserem Ansehen verhelfen.«

Das klang fadenscheiniger, phantastischer. Ich sah meine Spesen schon davonschwimmen, aber man muß sein Bestes geben.

»Hatten Sie damals Personal – als Brain hierher kam?«

Sie legte den Kopf in den Nacken, als sei es eine körperliche Anstrengung, sich an Einzelheiten über Domestiken zu erinnern. »Vielleicht gab es einen Chauffeur. Ja, ich glaube, da war einer.«

»Hätten Sie eventuell ein paar Angaben über ihn?«

»Verna höchstens. Sie müßte bald zurück sein.«

Wie sie das so sagte, schien sie es zu hoffen; ich fragte mich, wie ihr Verhältnis zueinander war. Mich beschäftigte auch der Geschmack des Richters. Dann bat ich um eine Beschreibung von Henry Brain.

Er sei ein großer, hagerer Mann, sagte sie, aber mit schlechter Haltung. Sein Haar sei grau und spärlich, und er habe fast keine Zähne mehr. Der einzige Hinweis darauf, daß er einmal ein Gentleman gewesen war, seien seine sauberen und gepflegten Hände. Seine Garderobe bestand anscheinend aus ausrangierten Sachen.

»Hat er Ihnen erzählt, was er in den mehr als zwanzig vergangenen Jahren gemacht hat?«

Sie zögerte. »Ich glaube, er erwähnte, er sei gereist. Ich erinnere mich nicht genau. Es war leicht zu sehen, was er getrieben hatte – getrunken. Ich vermute, er war einige Male im Gefängnis.«

»Das könnte wichtig sein. Irgendwelche Beweise?«

Sie schüttelte das alte Haupt, nein. Aber das hatte sie nicht gehindert, es auszusprechen. Ihr Mann hatte zu seiner Zeit genügend Leute hinter Gitter gebracht, vielleicht besaß sie einen Instinkt dafür.

»Er hat Ihnen nicht gesagt, wo er wohnt?«

»Nein. Aber ich glaube, Sie sollten im Nuttenviertel nach ihm suchen.«

Zu spät bedeckten die Hände den Mund, um den ungehörigen Ausdruck zu ersticken. Bei einer Frau, die ihre Worte so genau setzte, die so darauf bedacht war, Peinliches zu meiden, war er völlig unpassend. Er ließ vermuten, daß sie eine fanatische Fernsehzuschauerin sein könnte, und das warf für mich ein neues Problem auf – die ganze Sache konnte glattweg ein Hirngespinst sein. Es war ein peinlicher Augenblick, aus dem uns beide eine kreischende Stimme aufschreckte. »Nein!« Eine Tür wurde laut zugeschlagen. Lady Catherine wischte sich einen Gebäckkrümel vom Kleid.

»Verna«, sagte sie verdrießlich. »Voll, wie gewöhnlich. Lassen Sie sich von ihr geben, was Sie brauchen, Mr. Hardy. Das verschafft mir eine Atempause.«

Ich stand auf, versprach vage, ihr Bericht zu erstatten, und ging.

Der Korridor vor dem Zimmer hatte ein großes Fenster mit Blick auf die Auffahrt des Hauses. Ich sah einen blauen Wagen über den Kiesweg rasen; schleudernd nahm er eine Kurve und schoß durchs Tor, als stünde davor jemand mit einer karierten Flagge.

3

Nachdem ich dem Korridor um zwei Biegungen gefolgt war, stieß ich auf Miss Reid. Sie lehnte, die Hände zur Faust geballt, schwer atmend an der Wand, ein paar Haarsträhnen hatten sich aus ihrem Knoten gelöst. Ich trug ihr mein Anliegen vor und erntete ein kurzes Nicken, bevor sie den Korridor entlangging, der an einer schweren Eichentür endete. Ich heftete mich an ihre Fersen und blieb dicht hinter ihr stehen, während sie aufschloß. Jahrelanges Training und praktische Arbeit vor Ort machten sich bezahlt – ihr Atem roch nach Gin.

Das kleine Zimmer enthielt einen Schreibtisch, einen Stuhl, einen Sessel und einige Aktenschränke. Wortlos entnahm sie einem Schubfach ein Scheckheft und aus einer Schale, die genau parallel zum Löscher stand, einen Kugelschreiber. Sie füllte einen Scheck aus und hielt ihn mir hin.

»Danke. Unterschreiben Sie alle Schecks für sie, Miss Reid?«

»Jawohl«, antwortete sie gereizt. »Für den Haushalt und das Anwesen.«

Ich faltete den Scheck, steckte ihn in die Tasche, und das stärkte wieder mein Selbstvertrauen. Sie sah nicht wie eine Frau aus, die ungedeckte Schecks ausstellt.

»Ganz schön groß, was? Das Anwesen, meine ich.«

Sie kaute auf dem Ende ihres Stifts herum, zog ihn

weg und spuckte die Worte förmlich heraus. »Ich habe Sie mit einem Blick richtig eingeschätzt. Sie nutzen die Schwäche dieser armen alten Närrin aus und nehmen sie gehörig aus.« Sie warf den Kugelschreiber hin. »Sie machen mich krank.«

»Von Schwäche habe ich nicht allzuviel bemerkt.«

»Das glaub ich, Sie sind zu blöde, und sie ist behämmert.« Sie öffnete den größten Aktenschrank und wühlte darin, bis sie auf einen einzelnen Bogen Papier stieß. »Holen Sie Ihren Notizblock heraus, Schnüffler«, sagte sie.

Das tat ich und schrieb auf, was sie mir vorlas – »Albert Logan, 31 View Street, Leichhardt.« Sie ordnete den Bogen wieder ein und knallte das Schubfach zu. Mit dem Rücken zum Schrank, erregt und feindselig, immer noch schwer atmend, pustete sie mir einen Hauch Gin in die Nase. Sie glich nicht einer der bezahlten Gesellschafterinnen, die mir je begegnet waren. Solch ein Job läßt die Menschen verkümmern; für ihr Benehmen und ihre Gefühle bezahlt zu werden nagt an ihrer Persönlichkeit und läßt sie zu leeren Hülsen werden. Sie aber war gut in Form, sie lebte und atmete wirklich. Ihre Kleidung wirkte streng auf ihrer schmalen Figur, aber sie paßte zu ihr. Offensichtlich wußte sie etwas, hatte eine eigene Meinung, aber es gab keine Möglichkeit, sie zu einer Verbündeten zu machen.

Ich ließ mich in den Sessel fallen und holte Tabak und Zigarettenpapier heraus. Sie wollte protestieren, aber ich sah sie scharf an, und da gab sie nach. Höhnisch wie zuvor setzte sie sich an den Schreibtisch und beobachtete, wie ich die Zigarette anzündete, das abgebrannte Streichholz in einen Papierkorb warf und die Luft verpestete.

»Wenn Sie mich unterstützen würden, wäre alles leichter.«

Sie stieß ein kurzes Lachen aus. »Warum sollte ich es Ihnen leichter machen, mir nachzuschnüffeln?«

Ich war ehrlich überrascht und verschluckte mich fast am Rauch. »Ihnen? Ich stelle keine Nachforschungen über Sie an.«

»Was sonst?«

»Das kann ich Ihnen nicht sagen«, entgegnete ich leise.

Sie rutschte auf ihrem Stuhl hin und her. »Sie sind ein gemeiner Lügner. Schnüffeln Sie nur, ich habe nichts zu verbergen.«

»Warum bleiben Sie hier?«

»Das ist es also«, knurrte sie. »Sie wollen mir auf die Pelle rücken. Das funktioniert nicht. Ich bleibe, bis ich bekomme, was mir zusteht.« Sie war leicht reizbar und kochte vor Wut.

»Und was wäre das?« fragte ich ruhig.

»Geld. Was sonst? Gratifikationen und Geld, das mir versprochen wurde. Dieser alte Mistkerl …« Sie preßte die Lippen zusammen und sog die Luft ein, als wolle sie die Worte noch einmal zurückrufen. Sie starrte mich an. Sorgfältig drückte ich die Zigarette in einem gläsernen Aschenbecher aus.

»Sagen Sie mir alles, was Sie über den Mann wissen, der vor etwa zwei Jahren hier war. Der wie ein Vagabund aussah.«

Jetzt sah sie überrascht aus. »Warum?«

»Erzählen Sie's mir einfach.«

Sie überlegte, wog das Für und Wider ab wie ein Raufbold von der Straße. »Ich erinnere mich an ihn«, begann sie langsam. »Er hat fürchterlich gerochen.«

»War er aggressiv?«

»Ein bißchen. Nicht allzusehr. Er war zu betrunken, um jemandem gefährlich werden zu können, außer sich selber.«

»Wie war das? Ist er einfach so hereinspaziert? Was ist mit diesem Chauffeur – hat er nicht versucht, ihn aufzuhalten?«

»Ich vermute, er wurde bestochen. Er war ein übler Gauner. Darum hab ich ihn rausgeschmissen.«

»Wegen dieses Vorfalls?«

»Nicht nur. Da waren noch andere Dinge. Ausgaben für das Auto, Privatfahrten. Er war ein schäbiger Schwindler.« Als sie das sagte, blickte sie mir direkt in die Augen; wir waren also wieder am Anfang. Ich knurrte.

»Zurück zu diesem Wrack. Können Sie ihn beschreiben?«

Das tat sie und benutzte dabei fast die gleichen Begriffe wie die alte Dame, doch die Darstellung klang nicht abgekartet. Brain hatte auf diese beiden völlig verschiedenen Frauen ziemlich auf dieselbe Weise gewirkt, was wahrscheinlich bedeutete, daß ich ein recht gutes Bild von ihm hatte.

Miss Reids Abneigung gegen mich kam wieder hoch; sie beeilte sich, die Kippe und die Asche – meine Spuren – zu beseitigen. Ich verlangte und bekam die Adresse der Tochter, ein Anliegen, das sie wieder nachdenklich stimmte, wenn auch nicht freundlich. Meinem Wunsch, mich auf dem Grundstück umzusehen, kam sie nach, indem sie mich zu einem Seitenausgang führte. Sie verabschiedete sich nicht. Beim Verlassen des Hauses beschlich mich ein Verdacht, den ich auf meinem Weg über ein vertrocknetes Rasenstück präzisierte. Wenn

Lady Catherine ihre Tochter und deren Kinder enterbt hatte, wer war dann der Anwärter auf das Grundstück? Das mußte überprüft werden.

Die Sonne war während meines Aufenthalts im Haus höhergestiegen, und die Bewegung trieb mir den Schweiß aus den Poren. Ich zog das Jackett aus und hängte es über die Schulter. Die Fläche hinter dem Haus wurde von einem Tennisplatz eingenommen, einem Swimmingpool, viel Rasen und einer Doppelgarage. Die Garage war leer, abgesehen von Ölflecken und ein paar rostigen Werkzeugen; der Swimmingpool enthielt nur Blätter, Dreck und grünlichen Schleim. Ein Blick zurück aufs Haus machte mir schlagartig seine auffallende schäbige Eleganz bewußt. Das Dach wies zerbrochene Ziegel auf, und unter dem abblätternden Putz kamen ausgeblichene Backsteine zum Vorschein. Das Ganze wirkte, als warte es auf einen Baufachmann oder ein Abrißkommando. Ich steuerte auf den Tennisplatz zu, in Erinnerung an meine sportliche Jugend und in der Hoffnung auf einen Lichtblick, aber die Plaststreifen der Linienmarkierung waren gewölbt und zerrissen, und Wind und Regen hatten den Belag des Platzes erheblich abgetragen.

Ich schleppte mich zurück zu meinem Auto, vorbei am Haus, dessen stumpfer Farbanstrich und Hauch von Verfall zwar zur Umgebung paßten, mich aber deprimierten. Als ich den Wagen auf dem Kiesweg wendete und zur Landstraße fuhr, hätte meine Stimmung besser sein sollen, denn ich hatte Geld für eine Woche in der Tasche und einen interessanten Fall vor mir.

4

Es war Mittag, zu früh, um mich im Nuttenviertel nach Stadtstreichern umzusehen. Sie fallen eher abends ins Auge, wenn der Mond auf die Portweinflaschen scheint, wenn ihre Kehle ausgetrocknet ist und man für einen Dollar alles erfahren kann, was sie wissen. Es war Zeit, sich mit den tagaktiven Menschen zu befassen. Ich rechnete nach, wieviel Geld ich Cy Sackville, meinem Anwalt, schuldete, entschied, daß es ein Klacks für ihn war, und wählte seine Nummer.

Wir tauschten belanglose Bemerkungen aus, und ich ließ einfließen, daß ich an einem Fall arbeite, der mir ein paar Dollars einbringen müßte. Er gratulierte mir.

»Ich brauch einige Informationen, Cy.«

»Der Zähler läuft.«

»Hab dich doch nicht so. Einer kratzt dem anderen den Rücken.«

»Wann werde ich gekratzt?«

»Irgendwann mal. Hast du je von einem Mann namens Henry Brain gehört, einem vielversprechenden Anwalt in den vierziger Jahren, mit dem es abwärtsgegangen ist?«

»Vierziger Jahre! Soll das ein Witz sein? Lebt heute noch jemand aus den vierziger Jahren?«

Cy war ein Wunderknabe und ist es noch. Er lehnte mit fünfundzwanzig eine Professur für Rechtswissenschaften ab – er betrachtete es nicht als Herausforderung. Er verachtet jeden über fünfunddreißig. Früher war es jeder über dreißig.

»Kannst du mal herumhorchen? Es muß doch einen komischen alten Knacker geben, der sich an ihn erinnert. Er war mit der Tochter von Richter Chatterton verheiratet.«

»Ich geh heute abend zufällig zu einem Arbeitsessen. Vielleicht ist da ein Achtzigjähriger dabei, der sich erinnern kann.«

»Danke. Weißt du, wer den Nachlaß des verstorbenen Richters verwaltet, als Rechtsbeistand fungiert und so weiter?«

»Klar, wir hatten schon mit ihnen zu tun – Booth and Booth. Worum geht's denn?«

»Die Witwe ist meine Klientin, vertrauliche Nachforschung.«

Er hüstelte. »Verstehe.«

»Es geht darum, daß ich gern wüßte, wen sie für den Ramsch als Erben eingesetzt hat. Siehst du 'ne Chance, das herauszukriegen?«

»Das ist ganz schön viel verlangt, vertrauliche Angelegenheit, sehr, sehr ...«

»Richtig«, sagte ich, »aber ...?«

»Möglich. Booth junior nimmt an dem Dinner teil. Vielleicht läßt er sich vollaufen und wir könnten über den irdischen Lohn von Richtern diskutieren. Ich werd's versuchen.«

Ich bedankte mich und bat ihn, möglichst viel über die Chattertons herauszufinden. »Übrigens nehme ich nur Verrechnungsschecks«, sagte er, als ich versprach, mich bald wieder zu melden.

Ich fuhr in Richtung Norden, um mit Bettina zu plaudern. Nachdem sie einen gewissen Richard Selby, einen

Geschäftsmann, geheiratet hatte, lief sie nun unter dem Namen Selby. Im sogenannten Trockengürtel, wo es viele Restaurants, aber kaum Pubs gibt, hielt ich an und kaufte mir Bier und Sandwiches zum Lunch. Im Auto war es heiß, und so kurbelte ich alle Fenster herunter, aß und trank und dachte nach.

Ein regelrechter Frontalangriff auf Mrs. Selby kam nicht in Frage. *»Mrs. Selby, haben Sie 1948 ein Kind zur Welt gebracht? Wenn ja, wo ist es?«* Sie würde mich hinauswerfen oder die Polizei rufen. Ich erwartete nicht, die unanfechtbare Wahrheit zu erfahren, die allein sie wußte, aber es würde sich lohnen, sie mir einmal anzusehen. Wenn sie sich als eine nüchterne, ausgeglichene Frau erwies, mit festem Blick und überzeugender Ehrlichkeit, müßte ich die Hoffnung fahrenlassen, das Kind zu finden. Wenn andererseits ... Ich knüllte die Verpackung zusammen und brachte sie mit den Bierdosen zum Abfallbehälter. In diesem Teil der Welt ist man wie der Teufel hinter Leuten her, die Abfall auf die Straße werfen.

Die Selbys wohnten in einem der idyllischen Stadtteile im Norden, die in den letzten fünfzehn Jahren entstanden sind. Keins der Häuser wäre für weniger als einhundertzwanzigtausend Dollar weggegangen, erstaunlich war nur, was für unterschiedliche Dinge man für so viel Geld haben konnte. Die Gegend war ein lebender Beweis für die baukünstlerischen Torheiten der sechziger und siebziger Jahre: Pseudoziegelbauten mit fünffach aufgeteilter Fassade, langgestreckte Häuser im Ranchstil mit Flachdach, Gebilde aus grauem Ziegel und getöntem Glas, die wie Abfahrtsläufer an steilen Hängen klebten und auf den Start zu warten schienen. Da gab es spanische Bögen und asiatische Pagoden, sogar das eine oder andere geschmackvolle Einfamilienhaus zwischen einheimischen Bäumen.

Die Villa Selby war eins der schlimmsten – eine Mißgeburt aus leberfarbenem Backstein mit rötlichem Ziegeldach. Das ganze erinnerte mich an eine Scheibe altes Fleisch, doch da ein halber Morgen Rasen und Sträucher dazugehörten, konnte es in der Nachbarschaft durchaus mithalten. Von der Straße aus sah ich den glitzernden Swimmingpool hinter dem Haus. Ich hielt vor einem weiteren schwer hypothekenbelasteten Anwesen am Ende der Straße, betrachtete meine Kleidung und beschloß, als Journalist aufzutreten. Daß ich für Booth and Booth arbeitete, würde sie nie glauben.

Die Straße war ruhig, wie solche Straßen eben am frühen Nachmittag sind – die Kinder sind in der Schule, die Männer zur Arbeit, die Frauen spielen Golf oder gärtnern herum. Das Heck eines Honda Accord lugte aus einem der beiden Autoschuppen – Mrs. S. befand sich nicht auf dem Golfplatz. Mir war heiß in meinem Jackett. Den Gartenpfad hinauf, vorbei an den Sträuchern zur Vordertür, einer schweren Ausführung mit Sicherheitsgitter. Der Klingelknopf verbarg sich im Nabel eines fußhohen Flachreliefs aus Gips in Form einer Nixe, das an den Backsteinen angebracht war. Innen erklang ein Gongspiel wie in der chinesischen Oper.

Mrs. S. war nicht der Golf- oder Gärtnerin-Typ, eher der Typ für Bar und Bett. Sie öffnete, nahm eine lässige Haltung ein und musterte mich eingehend. Sie war groß und stämmig, mit rotem Haar und ausdrucksvollen dunklen Augen, die sie von ihrer Mutter geerbt hatte. Mehr Ähnlichkeit bestand nicht, Bettina Brain Selby, geborene Chatterton, war ganz der Vater, mit blühender Gesichtsfarbe und breiten Schultern. Wie der Richter hielt sie sich, als wären schwere Menschen noch in Mode.

Ich betrachtete sie den Bruchteil einer Sekunde zu lange. »Mrs. Selby?«

»Ja.« Die Stimme klang belegt – Alkohol, Schlaf, Sex? Vielleicht alles zusammen. Ob sie einen Liebhaber bei sich hatte? Peinlich.

Ich strahlte sie an. »Mein Name ist Peter Kennedy, ich bin Journalist und arbeite an einem Feature über Ihren verstorbenen Vater, Sir Clive Chatterton ...« Ich hob die Stimme fragend, wie es schicke junge Leute heutzutage anscheinend tun. Mein Hemd war sauber, ich hatte mich am Morgen scharf rasiert, vielleicht schaffte ich es. Sie schwenkte die Hüften und machte mir Platz.

»Kommen Sie herein, Peter.«

Ich kam in eine Diele mit dickem, genopptem Flauschteppich in Weißgrau und austernfarbenen Wänden und hatte das Gefühl, in eine Schüssel mit Joghurt zu treten. Mrs. Selby glitt an einer Wand entlang, öffnete eine Tür und führte mich in ein großes Zimmer voller riesiger Ledergebilde zum Sitzen und schwarzer Hochglanzflächen zum Ablegen von Dingen. Sie nahm ein Glas zur Hand und ließ die Eiswürfel klirren.

»Einen Drink?«

»Jetzt nicht, danke, vielleicht nach ein paar Fragen.«

Sie war gelangweilt, setzte sich und forderte mich mit einer Handbewegung auf, Platz zu nehmen.

»Okay. Wie Sie wollen.« Sie seufzte. Ihr großer Busen wogte unter cremefarbener Seide, und ein Hauch Bacardi wehte leicht zu mir herüber.

»Sie sollten lieber meine Mutter nach diesem ganzen Schiet fragen«, nuschelte sie. »Sie ist es, die den Gral hütet, nicht ich.«

»Das könnte ein interessanter Gesichtspunkt sein. War Sir Clive ein strenger Vater? Bei Gericht hatte er den Ruf, gnadenlos zu sein.«

»Glaub ich gern.« Sie nippte an ihrem Getränk. »Weiß Gott, ja. Er war streng mit mir, 'türlich, ich erziehe meine Kinder genauso, also darf ich gar nichts sagen. Er hat mich oft mit dem Gürtel verdroschen. Dürfen Sie aber nicht drucken, wissen Sie.«

»Warum?«

»Kann's mir nicht leisten, das alte Mädchen zu beleidigen. Sie hat das Geld. Wir scheinen nie genug zu haben.«

»Welche Art von Geschäft betreibt Ihr Mann, Mrs. Selby?«

»Bettina ... Er stellt Ausrüstungen für Gewichtheber, Sportlerbedarf her, alles so was. Er verdient ganz gut, aber wir verbrauchen es. Schule ist höllisch teuer und Ferien ... Gott, ich lebe für diese Ferien. Schon mal in Singapur gewesen, Peter?«

Ich bejahte.

»Kluger Mann. Toll, was? Wir haben immer einen Mordsspaß.«

»Es ist wunderbar«, sagte ich steif. »Sie meinten, Sie wollten Ihre Mutter nicht beleidigen.« Ich hatte wieder Kugelschreiber und Block zur Hand.

»Ja? Hab ich das? Na schön, wir kommen nicht miteinander aus. Sie weiß, ich würde dieses verdammte Mausoleum einreißen und das Grundstück als Bauland verkaufen. Nur muß ich an die Kinder denken. Ich versuche, mich nicht mit ihr zu krachen, doch da ist diese Reid, das Miststück, die hat ein Auge auf das Land geworfen. Gott, in einem so traurigen Haus aufgewachsen zu sein! Sie sehen, ich schweife ab. Sie wollen diesen Quatsch, den Sie sowieso nicht benutzen können, gar nicht hören. Einen Drink?«

»Na schön, ja.«

»Ist Bacardi okay?«

»Sehr gut.«

Ihr eigenes Glas enthielt noch einen Rest, und man konnte es nicht als leer bezeichnen, doch das war vorübergehend. Viele Trinker haben etwas dagegen, wenn ihr Glas zu einem Drittel gefüllt ist, denn das hat den Anschein, zwei Drittel seien bereits geleert. Sie gehörte zu diesen Leuten und war gierig genug, ihr ganzes Gewicht hochzuwuchten und sich dorthin zu begeben, wo der Alkohol zu finden war. Sie schwebte davon und bewegte sich wie jemand, der sich zu bewegen verstand; zum Teil war es gekünstelt, zum Teil einfach Selbstvertrauen. Deshalb war es so schwer, sie einzuschätzen – wie ein Auto, das einwandfrei aussieht und fährt, aber ein bißchen zu alt und exotisch ist, um sicher zu sein.

Als sie zurückkam, hatte sie ihr eigenes Glas nachgefüllt und für mich einen schönen großen Drink eingegossen. Dem Rum war etwas Tonic zugesetzt worden, aber nicht viel. Nach meinem Lunch war das Getränk der Anfang eines recht alkoholischen Nachmittags. Ich nahm einen Schluck und sie einen großen Schluck. Ich holte Tabak heraus und legte den Kopf fragend zur Seite. Sie schob mir einen Aschbecher in Tempelform hin – ein Hauch Singapur.«

»Ein Laster, das ich nicht habe.« Sie kicherte. »Ich hab mal einen Schriftsteller gekannt, der sich seine selber drehte. Er wohnte in Balmain. Wohnen Sie da?«

»Nein, in Glebe.«

Sie drehte ihr Glas zwischen den Handflächen. Ich

schwitzte trotz der Klimaanlage und entledigte mich meines Jacketts.

»Sie haben doch nichts dagegen?«

»Ach was, nein, bei der Hitze! Ziehen Sie's aus, auch die Hose.«

Ich grinste. »Geschäft ist Geschäft«, sagte ich entschlossen.

Sie lehnte sich in ihrem Sessel zurück. »Sie werden langweilig«, sagte sie mißgelaunt. »Ausgesehen haben Sie nicht langweilig. Außer mir sind alle langweilig.« Sie kippte zum Beweis die Hälfte ihres Drinks hinunter. Ich wollte nicht, daß sie ausfallend wurde, und ließ deshalb ebenfalls etwas durch die Kehle rinnen.

»Wir haben noch kaum geredet. Zurück zum Richter.«

»Nein, noch nicht – ex! Beim nächsten können wir alles besprechen. Komm' Sie, trinken Sie aus.«

Sie neigte den Kopf zurück und schüttete das Zeug wie Limonade in sich hinein. Ich trank mit zwei Zügen aus, worauf sie die Gläser nahm und abermals davontrabte. Mein Alkoholspiegel stieg, ich wurde allmählich berauscht und versuchte mich zu erinnern, warum ich dort war. Ich erhob mich – in Bewegung bleiben, das ist die Devise, bleib sitzen und du bist geliefert – und schob die Türen auf, die den Raum vom nächsten trennten. Es stellte sich als Eßzimmer heraus; in der Mitte stand ein großer Teakholztisch, umgeben von sechs teuer aussehenden Stühlen und mit einer Blumenschale darauf. Einige häßliche Drucke hingen an den pastellfarbenen Wänden, auf der Anrichte entdeckte ich eine gerahmte Fotografie. Ich schlenderte hinüber und nahm sie zur Hand. Sie zeigte die Dame, mit der ich trank, einen Mann und zwei Kinder. Bettina sah ein paar Jahre jünger und einige Pfunde leichter aus. Der Mann, den ich näher betrachtete, war ein Schwergewicht mit rundem Gesicht und schwindendem Haar, das er ziemlich lang und mit breiten, dunklen Koteletten trug. Er steckte in einem teuren Anzug mit entsprechendem Zubehör und hatte den Arm um Bettina und die Kinder gelegt. Aber er lächelte, als sei die Kamera allein auf ihn gerichtet. Bei ihm war es dem Fotografen nicht gelungen, die Familienzusammengehörigkeit einzufangen. Er war ein Typ, der jede Gelegenheit zu seinen Gunsten ausnutzte. Die Mädchen waren etwa zehn und zwölf, rund und frisch wie ihr Papi – die Mutter hatte recht: sie würden das Geld brauchen.

Sie spazierte herein und reichte mir das Glas. Ihr eigenes war voll, aber wenn sie die Trinkerin war, für die ich sie hielt, hatte sie wohl draußen am Kühlschrank heimlich einen gekippt. Sie stand neben mir, hautnah.

»Auf uns«, sagte sie.

»Nette Familie.« Ich stellte das Foto zurück.

Sie rührte sich nicht von der Stelle, und ich war festgenagelt. In ihren hochhackigen Sandalen war sie nicht viel kleiner als ich. Sie warf das Haar in den Nacken und legte mir eine Hand auf den Arm.

»Wissen Sie, Richard und ich haben ein Übereinkommen, wenn wir nach Singapur fahren. Wollen Sie wissen, was für eins?«

»Klar.«

Ich nippte von meinem Rum und beobachtete ihre Augen. Die Lider waren halb geschlossen, die Pupillen geweitet. Es war höchste Zeit für ihr Nachmittagsschläfchen. Jetzt hatte sie nur eins im Sinn, und es nutzte nichts, so zu tun, als sei ich Journalist oder ein Gentleman. Ich ergriff sie am Arm, um sie zu stützen. Es war ein hübscher, fester Arm. Sie lehnte sich an mich.

»Jeder gestattet dem andern zwei freie Nächte, keine Fragen. Verstehen Sie?«

»Ich denke schon.«

»Ich bin eine leidenschaftliche Frau.« Sie preßte die Brüste an mich und setzte ihr Glas ab, um beide Hände frei zu haben.

»Das merk ich. Kein Wunder, daß Sie Ihren Urlaub genießen. Wann steigt er denn?«

Sie knöpfte mein Hemd nicht weiter auf. Sie grapschte nach dem Drink, um besser nachdenken zu können.

»Muß bald soweit sein«, antwortete sie langsam. Sie trank wieder einen Schluck und goß sich dabei etwas aufs Kleid. Als sie daran herumwischte, schien der Kontakt mit dem eigenen Körper sie zu erregen. Ich trat einen Schritt zurück.

Sie folgte mir. »Was ist los? Wollen Sie mich nicht?«

Ich wollte nicht. Nicht, daß ich etwas gegen Frauen hätte, die älter sind als ich. Ich hatte gerade eine Beziehung zu einer Frau hinter mir, die fast so alt wie Bettina war, und es war schön gewesen – eine Zeitlang. Aber diese Frau hatte den Halt verloren und war der Auflösung nahe, und ich wollte nicht an der Katastrophe beteiligt sein. Davon abgesehen würde ich sie im Verlauf der Ermittlungen wieder besuchen müssen, und eine vom Alkohol beförderte Bettgeschichte zum jetzigen Zeitpunkt wäre kein guter Anfang. Ich versuchte, sie durch Passivität abzuschrecken, aber sie näherte sich und streckte die Arme nach meinem Kopf aus. Mir fiel auf, daß sie lange, fast farblose Fingernägel hatte. Schon hatte sie mir eine Hand auf den Nacken gelegt, als ich ein Geräusch wie von einem fallenden Gegenstand hörte.

Der Mann vom Foto stand im Zimmer, eine Aktentasche neben sich auf dem Boden. Mit geballten Fäusten kam er auf mich zu, während ich mich seiner Frau entzog. Sie klammerte sich fest, so daß er einen Schlag landen konnte, einen harten Schwinger, der mich im Zurückweichen an der Schulter traf. Er war größer und breiter, als er auf dem Bild wirkte, aber etwas unbeholfen. Seine Bewegungen waren langsam, ich wich seinem nächsten Schlag aus und versetzte ihm eins in die Rippen. Offensichtlich gehörte er zu den Kämpfern, die nach dem ersten Kontakt mit dem Gegner nicht wissen, was sie tun sollen, und so senkte er den Kopf und stürzte vor, aber ich verpaßte ihm einen Hieb aufs Ohr und stellte ihm ein Bein. Er schlug schwer auf und schnappte nach Luft. Als er sich erheben wollte, setzte ich ihm einen Fuß auf die Brust und wuchtete ihn nieder. Ich konnte von Glück sagen, daß er nicht der Boxchampion Famechon war. Ich befand mich nicht in der Verfassung, mit etwas Ausgefallenem fertigzuwerden.

Bettina war schwer atmend und wie angewurzelt stehengeblieben. Ich hatte sie im Auge behalten, falls sie sich entschließen sollte einzugreifen, aber sie schien wie versteinert. Selby rappelte sich vom Boden hoch; ich vermutete, seine Fettwülste kamen vom einstigen Gewichthebertraining. Er hätte noch immer gefährlich werden können, wenn er sein Gewicht eingesetzt hätte. Ich stand auf dem Sprung, doch er wirbelte herum und ohrfeigte Bettina. Sie duckte sich und schaffte es gerade noch bis zu einem Sessel. Sie ließ sich hineinfallen und begann zu kichern.

Selby stieß mit dem Finger in meine Richtung.

»Raus hier«, keuchte er, »bevor ich die Polizei rufe!«

Ich griff mir mein Jackett und den Tabak und ging zur

Tür. Er rieb sich das Ohr; ich nahm seine Aktentasche und warf sie mit ganzer Wucht nach ihm. Sie erwischte ihn an der Brust, und er taumelte rückwärts. Billiger Trick.

Bettina kicherte wieder und ließ den Kopf sinken; das Haar hing ihr über das Gesicht wie ein blutiger Vorhang.

5

Es war nicht meine beste Stunde gewesen. Mrs. Selby hatte den Test für Nüchternheit und Standhaftigkeit nicht bestanden, aber sie war nicht völlig am Ende. Sie strahlte eine gewisse Kraft aus, die, obwohl von Alkohol und anderem untergraben, trotzdem noch spürbar war. Sie brachte es vielleicht fertig, ein Kind aus ihrem Leben zu streichen, andererseits mochte dieses Verhalten etwas mit der Trinkerei zu tun haben. Richard allerdings schien die Rolle seines Namensvetters auf den Leib geschrieben – ein verdammt guter Gesellschafter im Normalfall und ein richtiger Schweinehund, wenn es ihm an den Kragen ging. Bettina hatte keine Zeit für Vater und Mutter, das war klar – jeglicher Appell, den verlorenen Enkel zu finden, würde sie verständlicherweise nicht beeindrucken. Wenn ich alles gegeneinander abwog, soweit es die aggressive Fahrweise anderer Verkehrsteilnehmer zuließ, kam ich zu dem Schluß, daß ich rein gar nichts erfahren und keinen Cent von dem Geld in meiner Tasche verdient hatte. Es gab nur eine Möglichkeit der Rechtfertigung: Ich mußte Henry Brain finden.

Auf dem ganzen Weg zurück in die City und darüber hinaus herrschte starker Verkehr. Ich nahm die Bridge Road und arbeitete mich mühsam durch Glebe nach Leichhardt, das ein paar hübsche Ecken hat und einige weniger hübsche. Logans Adresse befand sich irgendwo dazwischen, mehr nach der nicht so hübschen Ecke hin. Es war ein großes dreigeschossiges Reihenhaus mit breitem, zugewachsenem Vorgarten. Es war in Kleinwohnungen aufgeteilt, und eine ungelenk geschriebene Tafel am Tor besagte, daß Logan in Nummer drei, Vorderhaus, wohnte. Die Wände waren innerhalb der letzten fünf Jahre getüncht worden, den Fußboden hatte jemand in den letzten vier Wochen gewischt, und auf den meisten Stufen war der Treppenläufer nicht locker. Ich stieg hinauf; der helle Tag erstarb auf dem ersten Treppenabsatz und wich dem Dunkel einer Pension.

Ich klopfte an eine Sperrholztür, auf der die Zahl 3 stand. Vom unteren Bogen der Zahl war die Farbe mehr als zehn Zentimeter weit heruntergelaufen. Drinnen fluchte jemand leise; ein Federboden quietschte, Papier raschelte, und eine Schublade wurde geöffnet und geschlossen. Ich wartete. Bloße Füße patschten auf dem Fußboden. Ich hatte zehn Dollar in der Hand und hielt sie ihm vor die Nase, als er die Tür öffnete. Er strahlte und griff danach. Ich zog den Schein schnell zurück.

»Albert Logan?«

»Das bin ich, Kumpel. Das Geld können Sie hierlassen.«

»Wenn ich höre, was ich hören will – vielleicht.«

»Ich werd mich bemühen.« Er hielt mir die Tür auf, und ich trat ein. Es war nichts Besonderes. Miete höchstens fünfzehn Dollar die Woche. Albie hatte wohl seine Trinkgelder gespart. Da waren die üblichen Möbel mit Mahagonifurnier und nullachtfünfzehn Linoleum. Unter einem alten, unbequem aussehenden Kaufhausbett lugten sittsam ein Paar Fünfzigdollarschuhe hervor. Der Spiegel auf der Frisierkommode war streifig, die Balkontür hatte schmierige Scheiben – Albie gab nichts für Äußerlichkeiten aus. Er ließ sich auf das Bett sinken und griff nach Zigaretten.

»Rauchen Sie?« Er hielt mir das Päckchen hin.

Ich schüttelte den Kopf und sog die Luft ein. Albie beobachtete mich wie ein Feuerwächter den Nadelwald. Der süßliche Geruch von Marihuana hing in der Luft wie ein Versprechen. Albie zündete sich eine an und blies den Rauch demonstrativ in die Gegend.

»Wenn Sie mir was anhängen wollen, verschwenden Sie Ihre Zeit.«

»Warum?«

»Protektion.« Er blies einen dünnen Rauchkringel in die Luft. »Ich hab Protektion. Horchen Sie mal rum, Langer, dann werden Sie's merken.«

Ich saß in einem altersschwachen Sessel. »Ich will Ihnen nichts anhängen. Von mir aus können Sie Heroin mit pulverisierten Fußnägeln strecken. Ich brauch ein paar Informationen.«

»Harter Bursche.« Das kam höhnisch.

»Reizen Sie mich nicht«, riet ich ihm. »Ich hab 'nen schweren Tag in den Vororten hinter mir. Ich werfe Sie sonst zum Balkon runter, bloß so, um das Glas splittern zu hören.«

Es sagte sich leicht dahin und war wohl auch nicht schwer auszuführen. Er wirkte eher wie ein Jockey als ein Fahrer oder Steward, war nicht größer als ein Meter fünfundfünfzig, und das Muskelbündel, das er früher gewesen war, setzte Fett an. Immerhin war er für diese Berufe geeignet; Fahrer und Stewards arbeiten auf engem Raum, und einige Zentimeter mehr an Umfang sind hinderlich. Das Haar auf der rosa Kopfhaut wurde dünner, und dunkle Stoppeln sprossen auf den bleichen Wangen; er war ein Nachtmensch, der schlief, solange die Sonne schien. Ich glättete den Zehndollarschein.

»Sie haben mal für die Chattertons gearbeitet, als Chauffeur.«

»Richtig, hab dort keinen Ärger gehabt, Langer. Aus dem Job bin ich vollkommen sauber ausgestiegen.«

»Wer hat das Gegenteil behauptet? Stellen Sie Ihr schlechtes Gewissen in die Ecke, es ödet mich an. Erinnern Sie sich an einen Kerl, der die alte Dame besucht hat? Es ist ein paar Jahre her.«

Er rauchte die Zigarette bis zum Filter und drückte sie in einer Untertasse aus. »Ich erinnere mich. Das war ein Wrack! Seinen Atem hätte man auf Flaschen ziehen können.«

»Was hat er zu Ihnen gesagt?«

»Nicht viel. Er wollte die Lady sehen.«

»Warum haben Sie sich das angehört?«

Er kratzte sich das Kinn und überlegte. »Na ja, es war so: Ich war erstaunt, daß dort ein Landstreicher auftauchte. Aber das ist nicht alles. Er stieg aus einer Taxe und hat mit Geld gewinkt. Er hat den Fahrer warten lassen.«

»Hat er gewartet?«

»Darauf können Sie sich verlassen. Er hatte so 'nen Packen Scheine.« Er formte Daumen und Zeigefinger zu einen Kreis. »Na ja, ich übertreibe 'n bißchen, aber er hatte schon Knete, kann ich Ihnen sagen.«

»Was für ein Taxi war das?«

»City Cab Company.«

»Sie sind sich sehr sicher.«

»Hören Sie, es war alles sehr ungewöhnlich, ich seh es vor mir, als ob's gestern war.«

»Haben Sie den Fahrer gesehen?«

»Ja, hab ich.«

»Und erinnern sich an ihn, als ob's gestern war?«

»Wann reden wir mal über Geld? Ich glaub, ich kann Ihnen helfen, wenn Sie diesen Kerl finden wollen. Darum geht's doch, oder?«

»Genau. Was haben Sie zu bieten?«

»Für 'nen Fünfer kriegen Sie 'nen kleinen Vorgeschmack.«

Ich holte meine Geldtasche heraus, entnahm ihr fünf Dollar und gab sie ihm.

»Danke.« Er steckte sie unters Kissen. »Sie haben die verkehrte Frage gestellt, Langer.«

»Welche Frage?«

»Nach *ihm*. Nach *ihr* hätten Sie fragen müssen.«

»Nach wem?«

»Der Fahrer war eine Sie – 'ne Blondine, mehr hab ich nicht gesehen.«

»Gut, weiter.«

»Also, wie gesagt, er hatte Geld, neue Zehner, einen hab ich gekriegt ...«

»Hab ich gehört. Und ...?«

Er hatte seine Munition verschossen und suchte nach Worten. »Ah, noch was, er hat ziemlich ordentlich gesprochen – gebildet, wissen Sie? Aber der Stoff«, schloß er mit der gelungenen Imitation eines krächzenden Fuseltrinkers, »hatte seine Stimme ruiniert.«

Was ich tat und hörte, deprimierte mich, das Zimmer deprimierte mich. Ich hätte gern mit einem jungen und optimistischen Menschen in freundlicher und unbeschwerter Atmosphäre etwas gegessen und getrunken. Es machte mich wütend, daß ich einen solchen Menschen nicht kannte.

»Gleich fangen Sie an, einen Steptanz vorzuführen«, knurrte ich. »Hören Sie auf mit dem Scheiß. Hat er was Wichtiges gesagt? Eine Andeutung gemacht, wo er wohnt?«

»Nein. Er war obdachlos, Kumpel. Sein Gesicht war ramponiert. Sie wissen, wie die dann aussehen. Bloß eins war ...«

»Die Hände?«

»Seine Hände! Genau! Die meisten Herumtreiber, die würde man verdammt nochmal mit ihren Pfoten nicht ans Scheißhaus lassen, aber seine Hände waren richtig weiß und glatt.«

Ich reichte den flatternden Zehner rüber. »Erinnern Sie sich noch an Miss Reid, die Gesellschafterin?«

»Und ob. Das alte Luder mit der langen Nase.«

Mir kam sie nicht alt oder besonders langnasig vor, aber er sprach nicht von Physiognomie, sondern von Charakter.

»Sie sind mit ihr nicht klargekommen?«

»Wer schon?« Er zündete sich eine Zigarette zum Trost gegen die unangenehmen Erinnerungen an. »Der Richter konnte sie nicht riechen, und ich war ganz seiner Meinung.«

»Was war los mit ihr?«

»Aufgeblasen war sie. Wenn die alte Dame in der Nähe war, hat sie sich vor Bescheidenheit beschissen, ansonsten war sie wie die beschissene Queen.«

Ihm gerieten zwar die Bilder durcheinander, und die Wörter gingen ihm aus, aber das Gefühl klang echt. »Alle Dienstboten hassen Dienstboten.« Von wem stammte das? Es fiel mir nicht ein. Möglicherweise steckte auch nichts weiter dahinter, eine weitere Frage war es schon noch wert.

»Hatte Miss Reid zu Ihrer Zeit einen Freund?«

Anstelle einer Antwort schnaubte er verächtlich und schüttelte den Kopf. Dann betrachtete er seinen Bauch und das Zimmer und merkte, daß er selber nicht so toll herauskam in der Liebeslotterie. Die Tatsache ernüchterte ihn.

»Jetzt hat sie einen.«

»Wirklich? Muß eine Pfeife sein.«

Obwohl unsere Unterhaltung allmählich ziellos wurde, hatte ich den Verdacht, daß er etwas zurückhielt. Reden, Trinken und Fahren hatten mich geschlaucht, und mir fiel nichts ein, wie ich es ihm entlocken könnte. Ich legte ihm meine Visitenkarte aufs Bett.

»Das bin ich. Wenn Ihnen noch was Brauchbares einfällt, melden Sie sich. Es könnten ein paar Scheinchen herausspringen.«

Er ließ die Karte und den Zehner dort verschwinden, wo er die fünf Dollar hingesteckt hatte.

»Sie meinen über die Fratzen-Reid, Langer?«

»Nennen Sie mich nicht so. Über sie oder anderes. Können Sie noch mehr über sie sagen?«

»Möglich. Rücken Sie noch 'nen Fünfer raus.«

Ich trat ans Bett, packte ihn am Hemdkragen, drehte und zog. Der Stoff schnürte ihm den feisten Nacken ab.

»Wissen Sie, Albie, ich mag Pusher gar nicht, wirklich nicht. Ich finde, ich bin von Ihnen nicht reell bedient worden. Wie steht's mit Ihrer Protektion, wenn ich Ihnen die Nase einschlage?«

Er wand sich und versuchte loszukommen. Ich verstärkte den Druck.

»Okay, okay«, krächzte er. »Ich sag's Ihnen. Lassen Sie los.«

Ich warf ihn aufs Bett, und die Untertasse wackelte, so

daß Asche und Zigarettenstummel auf die Bettdecke fielen.

»Scheiße! Ich hab Miss Reid mal zum Botanischen Garten gefahren.«

»Albie, das stimmt nicht. Unter welchem Baum haben Sie's getrieben?«

»Lassen Sie Ihre Witze, lieber bleib ich ohne. Sie hat sich da mit einem Kerl getroffen. Mich hat die Warterei angestunken, und da hab ich spioniert. Sie saß auf einer Bank und hat mit ihm gequatscht.«

»Beschreiben Sie ihn.«

»Das ist schwer, ich war nicht nah genug.«

»Jung oder alt?«

»Dazwischen. Ich weiß nur noch, daß er Koteletten hatte.« Er deutete sie an. »Wie Elvis Presley.«

»Vielleicht war er's. Wie lange haben sie miteinander geredet?«

»Etwa 'ne halbe Stunde.«

»Wie war sie hinterher?«

»Genau wie immer, verdammt eisig.«

»Komisch, Albie, daß Sie sie nicht mögen. Ich hatte den Eindruck, sie fand Sie eigentlich in Ordnung.«

Er sah hoch und kramte die Karte vor.

»Privatdetektiv«, las er.

Ich nickte.

»Klugscheißer.«

»Treiben Sie's nicht auf die Spitze. Ich könnte dafür sorgen, daß Sie in Zukunft nur noch die Waggons bei der Eisenbahn waschen.«

Ich ging, ohne die Tür zu schließen. Sie wurde zugeschlagen, als ich mitten auf der Treppe war.

6

Es war kurz vor fünf, Freitag. Ich fuhr zu meiner Bank in Glebe, legte den Chatterton-Scheck vor und ließ mir die Hälfte auszahlen – mein Großvater war Schotte. Da fiel mir ein, daß es ein turbulentes Wochenende werden könnte und Mangel an Bargeld störend wäre. Also ließ ich mir weitere hundert auszahlen – zum Teufel mit meinem Großvater, was hatte er jemals für mich getan? Womöglich würde ich mich sogar ein bißchen amüsieren, und das wäre ihm gar nicht recht gewesen.

Ich kaufte Lebensmittel und Wein und fuhr heim. Im Haus war es still wie gewöhnlich, einsam wie gewöhnlich. Meine Ex-Frau Cyn war nie dort gewesen und meine Ex-Geliebte Ailsa sehr selten. Es war bloß ein Ort zum Schlafen, Essen, Trinken und Nachdenken. Ich legte eine B.B.-King-Platte auf, nahm Kugelschreiber und Notizblock zur Hand und versuchte zu sortieren, was ich erfahren hatte und welche weiteren Möglichkeiten es gab. Nichts kam dabei heraus, es war zu früh. Ich hatte nichts weiter als Symbole für weiblich und männlich auf Zetteln mit Namen und ein paar Zettel mit Symbolen, allerdings ohne Namen – wie die Frau, die ein Baby zur Welt brachte, wenn es ein Baby war. Außerdem einen Zettel mit männlichem Symbol und einem Fragezeichen. Ich gab es auf, grillte ein Stück Fleisch und bereitete mir eine Portion grünen Salat dazu. Das Bier und der Bacardi riefen alte Erinnerungen wach, und darüber goß ich ein paar Gläser Riesling.

Nach dem Essen war ich mit Telefonieren beschäftigt. Alle Firmen umgeben sich mit dem Nimbus der Diskretion – besonders in bezug auf das Personal –, der aber durchlöchert werden kann, wenn man weiß, wie. Ich benötigte drei Anrufe, um die Verteidigungslinien der City Cab Company zu durchbrechen. Hilda Bourke war die einzige Frau, die zwei Jahre zuvor für die Gesellschaft gefahren und noch immer dort tätig war. Da sie gerade unterwegs war, überredete ich die Zentrale, sie zu mir zu schicken, und versprach, ihr die Zeit als normale Taxifahrt zu bezahlen.

Während ich wartete, wickelte ich meine 38er und die Munition aus der Wachstuchhülle und vereinte sie. Dann legte ich ein Schulterhalfter an und steckte die Pistole hinein. Als draußen leise gehupt wurde, löschte ich das Licht und ging zur Taxe. Die Fahrerin war eine untersetzte Frau in den Vierzigern mit blondem Haar, das im Schein der Innenleuchte unter dem Kopftuch glänzte. Sie trug kein Make-up auf dem energischen, müden Gesicht.

»Hilda Bourke?« Ich öffnete die linke Vordertür.

»Ja, richtig. Mr. Hardy?« Sie sprach reinen Sydneyakzent, ein gedehntes, leichtes Näseln.

Ich stieg ein. »Ich möchte Ihnen ein paar Fragen über einen Ihrer Fahrgäste stellen. Ich bezahle. Mit Ihrer Zentrale ist das abgesprochen.«

»Die solln mich mal. Ist 'ne Abwechslung. Vielleicht hab ich's sowieso vergessen.«

»Nicht anzunehmen, denn es war ungewöhnlich – ein Landstreicher, den Sie zu einem Herrenhaus zur Rushcutters Bay gebracht haben.«

»Mann, Sie wühlen in der Vergangenheit.«

»Ja, aber Sie erinnern sich daran?«

»Hm, ziemlich gut. Hab auf ihn gewartet, und er hat mir ein Trinkgeld gegeben – fünf Dollar, glaub ich. Er war ziemlich betrunken.« Sie sagte es entschuldigend, als sei es gegen das Berufsethos, große Trinkgelder von Betrunkenen anzunehmen. »Armer Hund«, fuhr sie fort, »ich hab seither über ihn nachgedacht. Möchte wissen, was er da oben wollte.«

»Ich weiß, was er wollte. Mich interessiert, wo er hergekommen ist.«

»Das ist einfach. Ich hab ihn dahin zurückgebracht, wo ich ihn eingeladen habe, ins Noble Briton, einen Pub.«

»In Kings Cross.«

»Richtig, kurze Fahrt und viel Trinkgeld, wie gesagt.«

»Er hat Sie auf der Straße herangewinkt?«

»Nein, ich glaube, es war ein Anruf aus dem Pub. Er sah ziemlich schlimm aus, wußte aber die Adresse genau. Tut mir leid, die weiß ich nicht mehr.«

»Macht nichts. Hat er sich unterwegs anständig benommen?«

Sie blitzte mich an, aber eitel war sie nicht. »Klar, keine Annäherungsversuche oder Brandlöcher. Er war eigentlich ein Gentleman, hat manierlich gesprochen.«

»Er ist in den Pub gegangen, nachdem Sie ihn abgesetzt hatten?«

»Schnell wie der Blitz.«

Ich gab ihr zehn Dollar.

»Danke, ich hoffe, der Alte kriegt keine Schwierigkeiten.«

»Warum sagen Sie das?«

»Sie sehen so aus, Mr. Hardy. Hei, soll ich Sie zu dem Pub fahren? Sie haben bezahlt.«

Ich schüttelte den Kopf, dankte ihr und stieg aus. Sie wendete und fuhr davon. Ich redete dem Falcon so lange gut zu, bis er ansprang, und fuhr gemächlich in Richtung Kings Cross.

Sie haben das Cross natürlich neutralisiert, ihm alles genommen, was es auszeichnete. Wenn man aus der leeren City und dem stillen Park kam, besaß das Cross noch etwas von seinem einstigen Glanz. Es führte einem vor Augen, daß nicht jedermann ein ordentliches und sicheres Leben führt. Dort gab es noch käufliche Liebe, Glücksspiele, die älter sind als die Zivilisation, Transvestitinnen und Transvestiten, Schwindler und echte Wahrheitssucher.

Das Noble Briton ist ein Überbleibsel, denn bis dorthin sind die Baulöwen noch nicht vorgedrungen. Es macht einen trotzigen Eindruck. An der Fassade fehlten zwar ein paar Platten, so daß der graue, narbige Zement zum Vorschein kam, die Bierreklameschilder aus dem Jahre 1930 waren jedoch unversehrt.

Der Schankraum glich tausend anderen: einige Barhocker an der Theke, um das hoch oben angebrachte Fernsehgerät eine freie Fläche und an den gefliesten Wänden Bänke. Zwei Billardtische standen eng nebeneinander in der Nähe einer Pfeilwurfscheibe. Bei einer schmalen, blassen Barkellnerin mit einer gewaltigen hochtoupierten blonden Frisur bestellte ich ein Bier. Ich trank einen Schluck und sah mir die wenigen frühen Kunden an. Keiner sah wie Henry Brain aus.

Die Barkellnerin stolzierte hinter dem Tresen hin und her wie ein Fohlen im Stall. Sie trug eine durchsichtige Bluse, hautenge schwarze Jeans und enorm hohe Absätze. Mit dem Zuckerwattehaar war sie bestimmt ein Meter achtzig groß. Ich beobachtete sie interessiert, bis sie mich dabei ertappte.

»Noch ein Wunsch, Mister?« Ihre Stimme tönte blechern. Ich ließ zwei Fünzig-Cent-Stücke auf dem Tresen tanzen.

»Einen Drink für Sie.«

»Danke.« Sie griff eine der kreiselnden Münzen und warf sie in ein Glas neben der Kasse. Ich ließ die zweite Münze trudeln, und sie schnappte sich diese und steckte sie in eine Dose mit der Aufschrift »Help the Blind«. Nachdem mein Charme versagt hatte, besann ich mich auf meinen Beruf und zeigte ihr meine Lizenz.

»Ich suche einen Mann. Wie ich höre, ist das hier sein Stammlokal – oder war es.«

Die wie mit dem Stift gezogenen Augenbrauen schossen hoch. »Hu, wie im Kino, was?«

»Eigentlich nicht. Es handelt sich nur um eine juristische Angelegenheit, nichts Aufregendes. Aber ich kriege Spesen …«

»Was heißt das?« Sie winkte einem Kunden am anderen Ende des Tresens, der sein Glas hochhielt, ungeduldig ab.

»Bedienen Sie den Mann, ich erklär's Ihnen, wenn Sie zurück sind.«

Ich steckte die Lizenz weg und trank. Die Kellnerin kam wieder und hängte sich über mich wie ein Kran.

»Wie war das?«

»Ich beschreibe Ihnen mal einen Mann. Überlegen Sie, ob es auf jemand zutrifft, den Sie kennen.«

Sie nickte, ganz Ohr. Der handbreite Haarturm kippte gefährlich nach vorn und war – wie ich bemerkte – durchscheinend. Ich faßte die Hinweise zusammen, die man mir gegeben hatte, und skizzierte auf diese Weise Henry Brain. Sie ließ mich ausreden, bevor sie die kleinen, ebenmäßigen Zähne mit einem triumphierenden Lächeln entblößte.

»Hab ihn schon, das ist Perry.«

»Perry?«

»Perry Mason, wissen Sie, der Anwalt im Fernsehen? So wird er hier bei uns genannt. Er glaubt, er war mal Rechtsverdreher, und er hat das Gequassel drauf – hohes Gericht und so. 'türlich, die einzige Gelegenheit für ihn, jetzt vor Gericht zu kommen, wäre, wenn er zu einem Monat verknackt wird. Ja, Perry Mason, erinnern Sie sich?«

Tatsächlich, das war noch im Schwarz-Weiß-Fernsehen, und der Darsteller hieß Raymond Burr, der sich eine der Fidschi-Inseln kaufte, um die ich ihn beneidete. Welche Ironie! Hier, wo in jedem Glas ein Traum schlummerte, wurde Henry Brain hoch geschätzt.

»Das ist der Mann«, sagte ich. »Er *war* Rechtsanwalt. Ob er heut abend herkommt?«

»Glaub schon. Ich arbeite seit fünf Jahren hier, und er hat nie gefehlt, außer, er war krank. Er taucht gegen acht auf.«

Ich nahm zehn Dollar aus der dünnen Rolle und schob sie ihr hin. Sie schob sie mit gleicher Geste zurück.

»Behalten Sie's. Geben Sie's Perry. Er braucht's nötiger als ich.«

»Dann nehm ich noch ein Bier. Sie mögen ihn – Perry?«

Sie zapfte das kleine Bier. »Er ist okay. Wird nicht kiebig und geht, wenn er genug hat. Er ist okay.«

Ich hielt mich an meinem Bier fest und rauchte ein

paar Zigaretten. Es war kurz nach acht, als Brain eintrat. Obwohl es ein warmer Abend war, trug er den typischen Stadtstreicher-Mantel, der für manchen Ordnung, Schutz, eine Bleibe bedeutete. Der Pub war zur Hälfte besetzt, man spielte das Pfeilwurfspiel und an einem Tisch Billard. Brain wand sich auf einen der Hocker und griff in die Manteltasche. Der Arm verschwand bis über den Ellbogen. Ich verließ meinen Platz und stellte mich hinter ihn.

»Guten Abend, Mr. Brain. Kann ich Ihnen einen Drink bestellen?«

Schwankend drehte er sich um und fiel dabei beinahe vom Hocker. Ich stützte ihn. Vom Dreck vieler Jahre war der Mantel speckig, und der Arm fühlte sich an wie ein in Lumpen gewickelter Besenstiel. Ich ließ erst los, als er wieder sicher saß.

»Vielen Dank, Sir, Sie sind ein Gentleman.« Brains Stimme war ruiniert, ein Hohn auf ein einst schönes Instrument. Ich bestellte zwei doppelte Scotch bei der Barkellnerin. Als sie uns schon den mageren Rücken zuwandte, hob er einen Finger.

»Kein Eis, Eunice.« Mit schwerer Zunge formte er die Wörter.

»Klar, Perry.«

Brain zwinkerte. »Mein *nom de bar*«, krächzte er. Ich lächelte, und wir beäugten einander. Vor mir saß ein ausgemergeltes Gespenst, das in fremder Leute Kleidern steckte. Er erweckte den Eindruck der Unvollständigkeit, der durch das dünner werdende Haar und fehlende Zähne hervorgerufen wurde. Die Haare waren ihm flächenweise ausgegangen, was ihm ein geschecktes Aussehen verlieh; ein paar gelbe Zahnstummel saßen ihm noch hartnäckig im Mund. Die trüben Augen waren wässerig, und tiefe, von Furchen durchzogene Tränensäcke saßen wie Walnüsse darunter. Die Gesichtshaut, lederartig und verschrumpelt, hing über das schlaffe Kinn und den ergrauten Nacken hinweg in ein schmutziges, kragenloses Hemd.

Was er sah, schien ihn nicht zu interessieren; unruhig wartete er auf den Scotch. Seine Hände zitterten heftig und erregten meine Aufmerksamkeit. Sie waren lang und dünn mit blauen Adern unter der durchsichtigen Haut. Im Gegensatz zu seinem übrigen Körper waren sie makellos sauber, die Nägel geschnitten und rosa, als gehöre regelmäßiges Schrubben mit einer harten Bürste zu seiner morgendlichen Toilette. Im übrigen wehrte er sich dagegen, in der Gosse zu landen. Ein Kampf war im Gange. Anzeichen deuteten darauf hin, daß er das spärliche Haar zu scheiteln versuchte, und die schweren, brüchigen Schuhe waren auf einen matten Glanz poliert worden. Aber er war am Verlieren, Tag für Tag.

Eunice stellte die Drinks auf die Bar, und ich zahlte. Brain hob sein Glas gegen das Licht und bewegte schmatzend die Lippen.

»Prima Whisky«, krächzte er. »Das einzige, was zu trinken lohnt. Cheers.« Er trank die Hälfte in einem Schluck und hütete den Rest mit beiden Händen.

»Ich hab Ihren Namen nicht verstanden, junger Mann.«

»Ich hab ihn nicht genannt. Ich heiße Hardy, Cliff Hardy.«

»Warum beschleunigen Sie meinen Weg ins Grab, in aller Welt?«

Er nahm kleine Schlucke, ohne mich anzusehen. Er hatte denen da oben einen saftigen Köder ausgeworfen und mußte gewußt haben, daß dieser Tag kommen würde. Wahrscheinlich war es ihm gleichgültig, oder sein Hirn war von Alkohol derart ausgehöhlt, daß er es vergessen hatte. Bei seinen Gewohnheiten bedeuteten zwei Jahre eine Menge Alkohol. Ich sprach ruhig und bedächtig, um eine gewisse Intimität in dem lauten Pub bemüht.

»Ich brauche ein paar Informationen, Mr. Brain, die Sie vor einiger Zeit gern verkauft hätten. Es könnte sein, daß ich kaufe oder nur frage.«

Er sah mich gerissen an und schien zu überlegen, wie viele Drinks er noch von mir schlauchen konnte; alles andere bedeutete ihm nichts, sein ganzes Sein schien auf das Glas in den zittrigen Händen konzentriert.

»Sie sprechen in Rätseln, junger Mann.« Er nippte. »Ich kann nicht behaupten, ein beschäftigter Mann zu sein, der Tisch ist nicht gerade mit juristischem Kram übersät, aber kommen Sie bitte zur Sache.«

»Sie waren mit Sir Clive Chattertons Tochter Bettina verheiratet«, sagte ich dicht an seinem schmutzigen Ohr. »Die Ehe ging in die Brüche, kinderlos. Sir Clives Witwe behauptet, Sie hätten sich vor zwei Jahren bei ihr gemeldet. Sie haben einen Enkel erwähnt und Geld verlangt ... Ich höre keinen Einwand.«

»Ah.« Das kam langsam und weich, wie vom Whisky geölt. »Dieser alte Aasgeier hat Sie also ausgeschickt. Sie sind ein Geheimer.«

Das altmodische Wort berührte mich irgendwie, verdrängte die Ungeduld, die mich schon beschlich. Ich zeigte ihm meine Lizenz.

»Ich will Ihnen keine Unannehmlichkeiten bereiten, Mr. Brain, aber für Lady Catherine ist dieses Kind zu einer fixen Idee geworden. Ich will den Jungen finden, wenn es ihn tatsächlich gibt.«

»Vielleicht ist er tot«, sagte Brain ruhig und kippte seinen Drink hinunter. Diese Worte waren für mich der erste echte Beweis, daß die Geschichte auf Wahrheit beruhte. Sie hatten eine innere Struktur, die mich überzeugte.

»Ich muß es wissen, egal, wie die Antwort aussieht.«

»Ist die edle Lady bereit, großzügig zu sein?«

»Ihnen gegenüber? Nein, so würde ich das nicht sehen. Sie ist keine Frau, die großzügig ist oder verzeiht. Aber für den jungen Mann tut sie alles.«

Es interessierte ihn offensichtlich nicht; er war mit seinen eigenen Gefühlen und Aussichten beschäftigt. Falls der Sohn tot war, berührte ihn das nicht, genausowenig wie der Wunsch der alten Dame. Sein eigenes Leben war ein Fiasko, und kleine Risse im Leben anderer Menschen ließen ihn kalt. Sie zu kitten bedeutete ihm nichts.

»Könnten Sie jetzt vielleicht einen irischen Whiskey bestellen?« fragte Brain. »Irischen Whiskey hab ich seit Ewigkeiten nicht getrunken.«

Nun war das Lokal fast voll. Einige Leute zeigten Interesse für Brain und mich, unliebsames Interesse.

»Wenn Sie wollen, kaufe ich eine Flasche Irischen«, antwortete ich rasch, »und wir können unsre Unterhaltung woanders fortsetzen.«

Er schaute sich um, als sehe er das Pub zum erstenmal. In seinen geröteten, trüben Augen leuchtete Verlangen nach dem Whiskey wie ein Leuchtturm im Nebel.

»Ihr Angebot ist verlockend, man könnte fast sagen, verführerisch. Aber ich verspreche nichts.« Er sah mich praktisch zum erstenmal richtig an. »Wahrscheinlich geben Ihre Spesen zwei Flaschen australischen Whisky nicht her, oder?«

Ich gab Eunice ein Zeichen. Sie trippelte herbei und nahm die Bestellung an.

»Behandelt er Sie anständig, Perry?« fragte sie und sah auf den Alten hinunter.

»Fürstlich, liebe Eunice. Es ist lange her, daß ein hübscher junger Mann aufmerksam zu mir war.«

»Aber, aber, lassen Sie das. Was soll's denn sein?«

»Geben Sie mir zwei Flaschen irischen Whiskey«, sagte ich. »Jameson.«

Sie zapfte die Biere und verteilte sie, dann beugte sie sich zu mir. »Ich weiß, Sie könn' sie sowieso kaufen«, sagte sie heiser, »aber tun Sie mir einen Gefallen?«

»Was für einen?« Ich war ungehalten.

»Spendieren Sie ihm auch was zu essen, ich laß Ihnen was beim Whiskey nach.«

»Schon gut, schon gut, mach ich. Holen Sie schon den Whiskey, ja?«

Sie stolzierte davon und kam mit den Flaschen in Packpapier zurück. Ich zahlte und half Brain vom Hokker. Er ließ die Tüte nicht aus den Augen und folgte mir wie ein Hund. Ein paar Türen weiter war ein Imbißladen, und ich kaufte ihm eine Pastete und Röster dazu. Im Neonlicht sah seine Haut grau aus, und mit den schönen weißen Händen verbarg er das verwüstete Gesicht.

Voller Ekel betrachtete er das Essen.

»Dreck, junger Mann. Sie können nicht von mir erwarten, daß ich das esse.«

»Sie werden es essen«, entgegnete ich ernst. »Wir müssen reden, und ich will nicht, daß Sie umkippen.«

»Ich dachte, es ist Altruismus«, brubbelte er.

»Nein, Pragmatismus, wenn Sie wollen.«

Er sah mich scharf an. »Haben Sie vor, hier pragmatisch zu sein?«

Abgase und Staub standen in der milden Abendluft. Das Cross war eben im Begriff, in Schwung zu kommen. Auf dem Gehweg wimmelte es von Menschen, teils Kunden, teils Schaulustigen.

»Nein, reden können wir in meinem Wagen oder meinem Büro. Beides ist nicht weit.« Etwas Unbestimmtes, eine Spur von Würde, die ihm noch anhaftete, zwang mich, fortzufahren: »Oder bei Ihnen, wenn Sie wollen.«

»Zufällig habe ich ein Zimmer, ganz bescheiden, verstehen Sie, aber mein eigenes. Da haben wir's vielleicht gemütlicher. Wir brauchen Gläser.« Er deutete auf die Tüte. »Zu solchem Whiskey gehören Gläser.«

»Okay. Wo ist es?«

»In Darlinghurst, nicht weit. Wir könnten Ihr Auto nehmen. Ich bin lange nicht Auto gefahren.« Er kratzte am Packpapier. »Vielleicht … vielleicht einen kleinen Vorgeschmack auf das Vergnügen?«

»Nein, zum Auto geht's hier lang.«

Er schleppte sich neben mir dahin, die Hände in den Taschen des zu großen Mantels, den er an sich preßte. Mich deprimierte das scharrende Geräusch seiner derben Schuhe auf dem Pflaster. Mich deprimierte der Gedanke an sein Zimmer. In mir glomm ein Fünkchen Hoffnung, daß er mich zum Erben des Chatterton-Vermögens führen könnte, aber es war nur ein kleiner Funke. Auch ich freute mich auf den Jameson.

7

Er aß während der Fahrt. Seinen Einwänden zum Trotz schlang er das Essen hinunter. Hörbar kaute und schluckte er jeden Bissen. Wir waren in der Palmer Street, als er, den Mund voller Kartoffeln, sagte: »Hier, junger Mann, genau hier.«

Ich hielt vor einem baufälligen Reihenhaus. Wir stiegen aus, und ich schloß den Wagen ab. Brain sah mir zu.

»Sehr weise«, stellte er trocken fest. »Hier in der Gegend hat man keinen Respekt vor Eigentum.«

Die Gartentür fehlte, und eine behelfsmäßig angebrachte Sperrholzplatte in der Haustür war lose. Im Flur stank es nach Essen und Elend. Brain ging voran, blieb auf der Treppe stehen und drehte sich um. Er hing über mir wie ein Galgen.

»Lassen Sie nicht die Flaschen aneinanderstoßen«, flüsterte er, »sonst klopft gleich jeder Bewohner der Bruchbude bei uns an.«

Ich packte die Tüte fester. Wir stiegen zwei Treppen hinauf und folgten einem Gang in den hinteren Teil des Hauses. Er grub in der Manteltasche und förderte einen Schlüssel mit daran befestigter Sicherheitsnadel zutage. Er wollte ihn ins Schloß stecken, zog ihn aber zurück.

»Offen. Komisch, könnte schwören, ich hab abgeschlossen.« Er zitierte etwas auf lateinisch. »Ovid«, belehrte er mich.

»Machen Sie die Tür auf.«

Er knipste das Licht an. »Mein Gott!«

Das Zimmer war verwüstet; vorher konnte es nicht viel besser gewesen sein, aber nun war es unbewohnbar. Die Matratze auf dem alten Eisenbett war aufgeschlitzt, Teile der Füllung lagen im ganzen Zimmer verstreut, und kleine Fusseln schwebten noch wie graue Schneeflocken in der Luft und bewiesen, daß die Verwüstung erst unlängst stattgefunden hatte. Einige hundert Bücher waren ebenfalls beschädigt. Man hatte sie aufgeschlitzt, zerrissen und über den Fußboden, das Bett, das Waschbecken und die Kommode verstreut. Die Schubfächer standen gähnend offen, zwei waren in Brennholz verwandelt worden. Eine Holzkiste, etwa dreißig Zentimeter im Quadrat und fünfzehn Zentimeter tief, lag umgekippt dort. Brain bückte sich mühsam und hob sie auf; das Schloß war aufgebrochen, und der Deckel hing wacklig von einem schwachen Scharnier herab. Brain stocherte fluchend in dem Wust herum. Er brachte eine vergilbte Papierrolle zum Vorschein.

»Mein Diplom.«

Ich warf einen kurzen Blick darauf. Henry Winston Brain hatte 1934 sein juristisches Examen an der University of Sydney mit Auszeichnung bestanden. Brain legte das Dokument sorgfältig aufs Bett und begann Bücher aufzulesen.

»Ruiniert«, brummte er kopfschüttelnd, »ruiniert …«

Ich sah mir wahllos einige an. Juristische Werke, aber auch Romane, Gedichte, Dramen. Ein schönes altes Wörterbuch mit Daumenindex war brutal auseinandergenommen worden. Die Suche war zwar nicht fachmännisch, aber skrupellos und wild genug gewesen, um alles an den naheliegenden Stellen Verborgene zutage zu fördern.

»Worauf waren sie aus?«

Brain legte einen langen, dünnen Finger an die Nase. »Wie Sie sagten, Mr. Hardy, wir müssen uns unterhalten.« Er wühlte in dem Durcheinander am Waschbecken herum. »Die Gläser!« Er hielt zwei streifige und fleckige Gläser hoch und betrachtete sie prüfend gegen das Licht. »Eins hat einen Sprung. Daraus trinke ich, das gehört sich so.«

Ich zog eine Flasche heraus, öffnete sie und schenkte ein.

»Wollen Sie nicht ein bißchen aufräumen?«

»Vielen Dank.« Er nahm den Whiskey. »Nein, ich ziehe um.«

Das konnte bedeuten, daß die Besucher gefunden hatten, weshalb sie gekommen waren, oder auch nicht. Vielleicht befand sich das, was sie wollten, in seinem Kopf, und er begriff, daß sie nicht fein vorgehen würden. Ich dachte darüber nach und nahm das nächstliegende Buch zur Hand, einen Sammelband von Arthur Conan Doyle, den er in der Charing Cross Road gekauft hatte. Die Anfangsbuchstaben seines Vornamens und sein Nachname waren schwungvoll mit roter Tinte hineingeschrieben – bessere Tage.

Brain hob das Glas. »Sie bringen mir Pech, Mr. Hardy, nur das hier ist ein Ausgleich.«

»Ist Ihnen noch was anderes wichtig?«

»Nicht viel, nun nicht mehr.«

»Für mich schon. Ihre Geschichte von dem Sohn ist wichtig. Glauben Sie, daß sie hiermit zusammenhängt?« Ich deutete auf die Verwüstung ringsum.

»Muß es wohl, junger Mann. So etwas ist mir in den letzten fünfundzwanzig Jahren nicht passiert. Ich hab in Ruhe getrunken.«

»Das haben Sie gründlich getan. Warum?«

Er trank aus und hielt mir das Glas hin. »Ich habe meinen Beruf, meine Berufung verloren. Ich habe alles verloren, als ich dieses junge Ding heiratete.«

»Sie ist kein junges Ding mehr.«

Ihm entrang sich ein Laut, der fast einem Lachen ähnelte. »Damals war sie's auch nicht. Welche Kraft, welch ein Wille!« Er trank. »Sie haben sie kürzlich gesehen?«

»Heute.«

»Wie fanden Sie das gute Mädchen vor?«

»Betrunken.«

Er lächelte. »So betrunken wie mich?«

»Nicht ganz; anderer Stil, aber dieselben Aussichten.«

»Gott helfe dem Kind.«

Seine Bemerkung bestätigte mir seine Aussage, wie zuvor schon einmal. Ich lehnte mich vor.

»Sie sind sicher, daß da ein Kind war, Mr. Brain?«

»Ich bin sicher. Ich habe den Beweis.«

Ich griff nach meinem Glas und trank. Er beobachtete mich wie ein Falke. Auf diesem vertrockneten Gesicht war das Mienenspiel schwer zu deuten, aber dies sah wie Triumph aus. Möglicherweise lag auch etwas List darin.

»Sind Sie sicher, daß Sie ihn noch haben?«

»Ja, Mr. Hardy.«

»Was ist das für ein Beweis?«

Er legte abermals den Finger an die Nase. »Ach nein, junger Mann. Nicht so hastig, wir haben Abmachungen zu treffen.«

Lag es am Whiskey, oder dachte ich einfach zu langsam – mir wurde plötzlich klar, daß der Fall für mich nicht mehr ganz so problemlos war. Unlustig wog ich die

Aspekte ab. Für mich war Einmischung von anderer, unbekannter Seite eine unangenehme Störung. Für Brain konnte es etwas viel Gefährlicheres bedeuten.

»Wissen Sie, wer das hier angerichtet hat, Mr. Brain?«

»Wechseln Sie nicht den Kurs«, sagte er mürrisch. »Ich bin ein alter Mann und hab Mühe, mich zu konzentrieren. Wir müssen Bedingungen aushandeln.«

»Vielleicht gibt es gar keine Bedingungen. Jemand anders will wissen, was Sie wissen. Möglich, daß er Ihnen keinen Alkohol kauft.«

Er trank seinen Whiskey aus, und ich schenkte nach, um mein Argument zu unterstreichen.

»Trinken Sie, solange Sie können.«

»Ihre Einschüchterungsversuche sind taktlos, Mr. Hardy. Ich habe wenig, wofür sich zu leben lohnt. Ich fürchte den Tod nicht.«

»Es geht um das Wie des Todes«, widersprach ich ruhig.

Er goß etwas Whiskey hinunter. »Richtig, richtig, da ist was dran. Sie meinen, ich schwebe in Gefahr?«

»Ich bin verdammt sicher. Wenn ich Sie wäre, würde ich nach Melbourne gehen. Steigen Sie in einen Zug. Es ist Sommer, da unten kann's nicht allzu kalt sein.«

Er tat, als ob er in seinem Mantel fröre. »Ein mieses Nest, dieses Melbourne, öde Gegend. Nein, ich verlaß mich darauf, daß Sie und Lady Catherine mich beschützen.«

»Das läßt sich so leicht nicht hinkriegen.«

»Ich muß sagen, das seh ich nicht ein – Angebot und Nachfrage.«

»Nicht so einfach. Ich brauche irgendeinen Beweis, daß Sie die Wahrheit sagen, wenn Sie von Beweis sprechen. Personenschutz ist teuer.«

»Ich weiß. Meine Bedürfnisse sind groß. Es würde ein Vermögen kosten, mich zu rehabilitieren.«

Ich überlegte, was er meinte – eine Entziehungskur, Hormone? Es verriet Lebenswillen, Verletzlichkeit, doch ich konnte mir nicht vorstellen, daß Lady Catherine die Rechnung zahlte, ohne etwas Handfestes als Gegenleistung zu erhalten.

»Der Beweis wird stichfest sein müssen.«

»Das ist er, ich versichere es Ihnen.« Er kam nahe heran, zu nahe; der Gestank war so, als stünde man in der Mitte einer Straße, auf der einen Seite eine Gerberei, auf der anderen eine Brauerei. Ich wich etwas zurück, er packte mich an der Schulter.

»Sehen Sie sich das an«, krächzte er. Er zauberte ein kleines Foto aus den Tiefen seiner Manteltasche. Ich betrachtete es und versuchte, Einzelheiten zu erkennen. Zwei Frauen standen vor einem undefinierbaren Hintergrund. Die Fotografie war von schlechter Qualität, zerknickt und schmutzig; die Gesichter der Frauen waren undeutlich.

»Das ist Bettina. Sehen Sie, sie ist schwanger.« Brain deutete mit einem gepflegten, sauberen Fingernagel darauf.

Schwer zu sagen. Möglich.

»Wer ist die andere?«

»Eine Krankenschwester. Schauen Sie auf die Rückseite.«

Ich drehte das Foto um. Da stand, mit derselben schwungvollen Schrift in roter Tinte geschrieben: *B., Schwester Callaghan, Blackman's Bay.* Brain zog es heftig zurück, als ich es in die Hand nehmen wollte.

»Hab's selber aufgenommen, aus einem Versteck.« Er lachte in sich hinein. »Was halten Sie davon, hm? Interessant?«

»Sehr. Gibt es noch mehr?«

»Hier drin.« Er klopfte sich an die Schläfe. »Viel mehr.«

»Also ...«, begann ich.

Brain zog sich die Hosen hoch und kratzte sich zwischen den Beinen.

»Die Natur ruft, Sir, denken Sie über den Beweis nach, während ich die Götter besänftige ...« Er schluckte den Rest seines Drinks und ging wacklig zur Tür. Er schlurfte über den Linoleumfußboden und stolperte, als er die Treppe erreichte. Ich saß und trank. Das Zimmer war ohnehin in einem erbärmlichen Zustand gewesen. Eine zerfetzte Gardine zierte das Fenster, dessen Ecken vor Schmutz und Spinnweben starrten. Die Decke war schimmelig, und abblätternde Farbe hing stalaktitenähnlich herunter. Ich stapelte ein paar Bücher und langte unters Bett nach einem, das bis dorthin geraten war. Meine Hand berührte etwas, und ich zog es hervor – eine teure Reisetasche. Sie war aufgeschlitzt und der Boden herausgerissen, aber vor nicht allzu langer Zeit war sie neu gewesen. Das veranlaßte mich, unter den Büchern herumzukramen; einige jüngeren Datums waren mittlerer Preislage. Brain hatte etwas Geld besessen, und ich dachte an die Rolle Scheine und wollte unbedingt wissen, woher es gekommen war. Ich ging zur Tür und blickte ins Dunkel. Ich rief seinen Namen, und das Haus schluckte den Schall.

Mit der 38er tastete ich mich den Gang entlang und die Treppe hinunter; die schwach erleuchtete Toilette befand sich auf der Höhe des ersten Treppenabsatzes und verströmte einen Geruch nach altem Urin. Ich stieß die Tür auf.

Henry Brain hatte seinen letzten Drink genommen. Er

saß auf dem Boden, sein Kopf lehnte am Becken. Ein Rinnsal Speichel floß aus dem offenen Mund in das trübe Wasser. Der Hinterkopf war eine feuchte rote Masse, die zerlaufen war, das Haar bedeckte und ins Ohr eingedrungen war. Ich trat ein, steckte die Kanone weg und schloß die Tür hinter mir. Es war kaum Platz genug, sich mit angezogenen Knien auf dem Sitz niederzulassen, aber zum Sterben reichte der Platz. Ich beugte mich über die Leiche und durchsuchte sorgfältig die Taschen in Mantel, Hemd und Hose. Ich tastete das Futter ab, vom Foto keine Spur. Das Vorderteil der Hose war naß, der Geruch durchdringend. Ich gab den Toten frei und ließ ihn zurücksinken, wie ich ihn vorgefunden hatte. Eine der sauberen, blassen Hände fiel merkwürdig gekrümmt herunter – ein Finger schien anklagend auf mich gerichtet.

Ich ging zurück in Brains Zimmer, nahm den Whiskey an mich und beseitigte die Abdrücke an meinem Glas, der Tasche und den Büchern, die ich meines Wissens berührt hatte. Leise, ohne die Flaschen aneinanderstoßen zu lassen, verließ ich das Haus.

8

Es bedeutete Ärger, viel Ärger, und das zu früh. Im Handumdrehen würde man Brains Spur zum Pub und zu mir verfolgen. Es wäre die Arbeit von einer Stunde für einen tüchtigen Polizisten, selbst für einen dämlichen. Die Frage war, wann würde man Brains Leiche finden? Falls das Haus in der Palmer Street noch mehr Alkoholiker beherbergte, würde er vielleicht erst am Sonnabendmorgen vermißt, denn es gab im Haus wohl mehrere Toiletten und Waschbecken. Mir standen entweder zwölf Stunden oder zwölf Minuten zur Verfügung.

Diese tiefsinnigen Überlegungen kamen mir, als ich durch die Straßen von Darlinghurst fuhr. Die häusliche Behaglichkeit lockte, aber die Wellen wogten hoch, und es war nicht die Zeit, an Land zu gehen. Ich hielt und rief im Hause Chatterton an. Miss Reid war am Apparat, die Stimme ärgerlich, aber nicht verschlafen. Ich verlangte mit Lady Catherine zu sprechen.

»Das ist ausgeschlossen, Mr. Hardy, ganz ausgeschlossen. Sie hat sich zur Ruhe begeben.«

»Sagen Sie ihr, wer anruft und daß es nach meiner Meinung wichtig ist.«

»Hören Sie, es ist unmöglich. Um zehn Uhr nimmt sie zwei Schlaftabletten. Sie schläft jetzt garantiert fest.«

»Wecken Sie sie! Ein Mann ist tot.«

»Es könnte sie umbringen.« Wie sie es so sagte, klang

es, als spiele sie mit diesem Gedanken. Daß die Alte jetzt abkratzte, war das letzte, was ich brauchen konnte. Im Hörer rasselte es.

»Mr. Hardy, *Mr. Hardy*! Wer ist tot?«

»Niemand, der Ihnen bekannt wäre.« Meine Worte lösten bei mir eine geistige Spätzündung aus. Möglich, vielleicht möglich.

»Miss Reid«, sagte ich hastig, »reicht diese Kartei über das Personal der Chattertons noch weiter zurück?«

»Ja, ich glaube schon. Ich habe mich in letzter Zeit nicht damit beschäftigt, ich habe jedoch den Eindruck, daß sie ziemlich weit zurückreicht. Warum?«

»Ich bin auf dem Weg zu Ihnen. Warten Sie auf mich, ich will die Unterlagen einsehen.«

Sie heulte fast. »Ich bin seit sechs auf den Beinen, es ist jetzt nach elf. Hat es nicht Zeit bis morgen?«

»Nein, es muß heut abend sein.«

Sie gab nicht auf. »Ich bin nicht sicher, daß ich berechtigt bin, Ihnen die Kartei zu zeigen«, sagte sie steif.

»Hören Sie, meine Dame«, knurrte ich. »Wenn Sie es nicht gestatten, werden Sie kurzerhand entlassen. Ich übernehme die Verantwortung. Seien Sie mit Ihrem Schlüsselbund zur Stelle.«

»Mir gefällt Ihr Ton nicht.«

»Pech für Sie. Ich muß diese Kartei heute noch prüfen.«

Sie maulte etwas von Melodrama und hängte auf. Ich rannte zum Auto und war schon unterwegs.

Die Freitagnachtschwärmer waren in ansehnlicher Zahl unterwegs. Sie kreuzten aus den östlichen Vororten auf, um ihr Geld in den anrüchigen Bezirken Sydneys auszugeben, und rollten dann nach Hause zurück, um ihren Schönheitsschlaf zu halten. Die Scheinwerfer der Volvos,

Jaguars und Mercedes schienen zu höhnen, als ich mich zu den Chattertons durchquälte. Die Autos und ihre Besitzer waren behütet und gut versichert, genau wie die Boote, die auf den im Mondlicht schimmernden Wellen tanzten. Ein schmutziger Toter in einer Slum-Behausung schien Welten entfernt von all dieser Geborgenheit und diesem Reichtum, aber es gab Verbindungen.

Kurz bevor ich das Tor der Chattertons erreichte, schoß ein kleiner Wagen im Bogen auf die Straße und raste davon. Japanisches Fabrikat, Fahrer groß – mehr kriegte ich nicht mit. Ich steuerte den Weg hinauf zum Haus, stieg aus und wurde augenblicklich gegen die Tür gedrückt. Mir lief ein kalter Schauer über den ganzen Körper: ein riesiger gelber Hund knurrte beeindruckend und zeigte die weißen Zähne nur zwei Fingerbreit von meinem Knie. Von der Veranda ertönte eine Stimme.

»Rusty! Rusty, *down*!«

Ausgerechnet Rusty! Carl oder Fang wäre doch viel zutreffender, aber zurück war er mir lieber.

»Rufen Sie ihn, Miss Reid, er macht mich nervös.«

Sie tat es. Der Hund trottete zu ihr wie ein Pudel; sie sagte etwas, und er verschwand im Schatten am Haus.

Ich stieg die Stufen hinauf. »Guter Schutz.«

»Ja, das ist nötig. Es gibt viele wertvolle Gegenstände im Haus.«

»Kommt häufig nächtlicher Besuch?«

Sie zögerte für den Bruchteil einer Sekunde. »Nein.«

Wir begaben uns ins Haus und gelangten durch die Korridore in das Zimmer, das ich vom Vormittag kannte. Sie überließ mir die Schlüssel zum Aktenschrank.

»Ich verlasse mich darauf, daß Sie nichts durcheinanderbringen.«

Ich sah sie von oben bis unten an. Ihr Ton war noch

streng, denn sie gehörte zu denen, die ständig ermahnen, im allgemeinen deshalb, weil mit ihnen selber oft so gesprochen wurde. Aber sie war umgänglicher oder bemühte sich. Sie roch nach Gin, und ihre Frisur war militärisch akkurat, doch ging von ihr dieses Glühen aus, das Menschen gewöhnlich nach einem befriedigenden Erlebnis ausstrahlen.

»Ich habe Kaffee getrunken, um wach zu bleiben. Hätten Sie auch gern welchen?«

»Ja, danke. Bitte schwarz.«

Sie nickte, fast beifällig, und entfernte sich. Ich öffnete einen der Schränke und begann, die Kartei durchzuarbeiten. Sie war nicht gut geführt – mehrere Angestellte waren im Lauf der Jahre dafür zuständig gewesen, und das machte sich in der Anordnung bemerkbar. Es gab geschäftliche Unterlagen und Papiere, die sich auf die Verwaltung früherer Häuser bezogen. Bezahlte und quittierte Rechnungen reichten vierzig Jahre zurück, ebenso Einkaufslisten und Kontoauszüge. Im untersten Fach des zweiten Schranks fand ich einen Hefter, der Angaben über Personal vor dem Krieg enthielt. Die Fluktuation bei Hausgehilfinnen, Köchinnen und Gärtnern war gleichbleibend.

Miss Reid kam mit dem Kaffee zurück und setzte sich auf die Schreibtischkante, eine ungewöhnliche Positur für sie, beinahe elegant. Albie wäre überrascht gewesen. Ich hielt den Finger in der Akte, solange ich trank, und blätterte dann weiter. Miss Reid beobachtete mich. Unter den letzten Bogen wurde ich fündig. »Callaghan, Gertrude« stand da in ordentlichen Druckbuchstaben, außerdem ein Datum, »8. 5. 33«. Zu dem Zeitpunkt war sie als Bettinas Pflegerin, als Kindermädchen oder sonstwas zu den Chattertons gekommen. Zwei handgeschriebene Referenzen waren an den Bogen geheftet. Eine stammte von der Oberschwester eines Landkrankenhauses und bestätigte Callaghans Qualifikation und Fähigkeit; die andere von einem Arzt und voll des Lobes über ihre Zuverlässigkeit und Talente im Umgang mit Kindern. Dr. Alexander Osborn hatte eine Praxis in Blackman's Bay. Ich machte mir Notizen aus den Zeugnissen und dem Bewerbungsschreiben der Frau. Gertrude Callaghan, unverheiratet und 1905 in Liverpool, England, geboren, gab ihre Stelle bei den Chattertons im Juni 1946 auf; sie war unter der Anschrift 11, Yancey Street, Blackman's Bay zu erreichen.

Ich richtete mich auf. Miss Reid saß noch auf dem Schreibtisch. Sie sah müde, aber zufrieden aus.

»Fertig?« fragte sie. Sie erlaubte sich ein kleines, höfliches, gut verdecktes Gähnen.

»Fast. Ich muß in die Bibliothek.«

Die gewohnte Aggressivität brach heraus. »Das dürfen Sie nicht. Lady Catherine arbeitet dort an ihren Memoiren, nichts darf durcheinandergebracht werden.«

»Nichts wird durcheinandergebracht. Ich muß etwas im Ärzteregister nachschlagen. Der Richter hat es bestimmt besessen. Bei mir zu Hause steht es auch, aber da kann ich nicht hin.«

»Warum nicht?«

Sie glitt vom Schreibtisch herunter und begab sich zur Tür, wohin ich ihr folgte.

»Es hört sich melodramatisch an. Miss Reid«, flüsterte ich, als sie öffnete, »aber wenn ich nach Hause gehe, könnte die Polizei dort sein, und in diesem Fall werde ich festgenommen.«

Sie ging weiter und hielt mich auf Distanz. »Weswegen?«

»Mord. Einen, den ich nicht begangen habe.«

»Wer war es?« keuchte sie. »Ich habe nicht ... ich glaub Ihnen nicht.«

Wortlos drängte ich sie weiter, so daß wir schließlich die Bibliothek erreichten. Miss Reid stieß einen der hohen, reich geschnitzten Türflügel auf und tastete nach dem Lichtschalter. Im aufflammenden Licht sah ich vor mir ein großes, hohes Zimmer mit zwei riesigen Fenstern, die von schweren Vorhängen verhüllt waren. Auf einem langen Schreibtisch lagen Papiere, ordentlich gebündelt, daneben einige gespitzte Bleistifte.

Bücher beherrschten den Raum; es gab Tausende davon in bis zur Decke reichenden Zedernholzregalen, an denen zwei Leitern auf Rollen lehnten. Mir fiel Henry Brain mit seinen auf dem Boden gestapelten Büchern ein.

»Sind sie katalogisiert?« fragte ich.

»Ja.« Sie deutete auf einen Holzkasten in der Ecke. Ich ging hin und blätterte die Karteikarten durch. Das Ärzteregister war eingetragen und numeriert. Ich las die Zahlen auf den Regalen und stieg auf die Leiter. Der Richter besaß sechs Ausgaben, die bis 1930 zurückgingen, die letzte datierte von 1975.

Dr. Alexander Osborn war eingetragen. Geboren in Edinburgh, Schottland, im Jahre 1899, Schulbesuch ebenda; medizinische Ausbildung durch zweijährigen Armeedienst unterbrochen; diente in Frankreich und Afrika, Rang eines Hauptmanns. Osborn war in den zwanziger Jahren Schiffsarzt bei der Peninsular and Oriental Steam Navigation Company und ließ sich 1929 in Australien nieder. Seit 1939 hatte er eine Praxis in Blackman's Bay. Wenn er noch dort lebte, wäre das, was er über den Ort nicht wußte, nicht wissenswert. Ich notierte die Anschrift und stellte die Bücher an ihren Platz.

»Alles in bester Ordnung«, sagte ich.
»Sie scheinen mit sich zufrieden.«
»Ja?« fragte ich überrascht und unangenehm berührt. »Das sollte ich nicht, es ist erst der Anfang. Aber ich habe begonnen, das Honorar Ihrer Arbeitgeberin zu verdienen.«
»Ich nehme an, das bedeutet etwas«, sagte sie beißend. »Ob ich wohl jetzt ins Bett gehen dürfte?«
Ich hätte etwas Freches erwidern können, tat es aber nicht. Das kann ich auch. Ich war nicht sicher, wie ich mit ihr umgehen sollte. Sie wußte wahrscheinlich nicht, wozu ich engagiert worden war, aber da gab es dieses Stelldichein im Park und die halbe Lüge, bei der ich sie eben ertappt hatte.
Es war an der Zeit, sie ein bißchen in die Mangel zu nehmen. Als sie gerade die Tür öffnen wollte, faßte ich sie am Arm.
»Rühren Sie mich nicht an«, fauchte sie.
»Sagen Sie mir, was Sie mit Rusty tun wollen.«
»Oh.« Das klang erleichtert. »Ich werd ihn rufen.«
»Das tun Sie auch, wenn Ihr Freund Sie besucht? Ich meine den großen Kerl im blauen Auto, mit dem Sie sich auf Lady Catherines Befehl nicht treffen dürfen?«
»Ich treffe mich, mit wem ich will. Raus hier!« Sie kämpfte mit dem Säbel, nicht mit dem Florett; ihre Parole hieß: in die Parade fallen und arretieren. Ich entschied mich für dieselben Regeln.
»Womit verdient er sein Geld, Miss Reid? Ist er Chauffeur, Lakai oder was?«
Die Beleidigung traf. »Er ist Immobilienmakler«, zischte sie. »Er verdient mehr an einem Tag, als Sie zusammenkratzen ...«
Sie wußte, daß sie einen Fehler gemacht hatte, und

war sauer auf sich; sie legte die Hand so ruckartig auf den Mund, daß es fast einer Ohrfeige gleichkam. Ich ließ ihren Arm los und öffnete die Tür.

»Vielen Dank, Miss Reid. Vergessen Sie nicht, den Hund zu rufen.«

Ich hörte sie mehrmals tief Luft holen, woraus ich auf ihre Verärgerung schloß; den Hund rief sie nicht, und meine Gänsehaut verschwand erst, als ich mit dem Hintern sicher im Auto saß.

Ich brauchte einen Drink, eine Dusche und Schlaf. Den Drink nahm ich – Jameson Irish Whiskey, aus dem Duschen und Schlafen wurde nichts. Statt dessen fuhr ich südwärts und hielt an der ersten Kaffeebar, die geöffnet hatte. Ich trank zwei Tassen schwarzen Kaffee und schaute mir die an der Wand hängenden Poster von Griechenland an. Griechenland, das wäre schön. Ich mag Ouzo, und das fette Essen konnte ich mir am Strand ablaufen. Ich könnte in der Sonne liegen, mir ein Mädchen suchen und im Bett Griechisch lernen. Mit Gewalt riß ich mich ins Hier und Heute zurück. Für eine dreißig Jahre alte und somit fast erkaltete Spur war es nicht so übel. Doch wer auch immer Brain das Foto abgenommen hatte, würde jetzt ebenfalls hinter der Callaghan her sein. Falls sie noch lebte, Zeit für eine nächtliche Fahrt.

Ich zahlte den Kaffee und träumte noch einmal von einer griechischen Insel. Vielleicht kriegte ich eine Belohnung, wenn ich den jungen Chatterton entdeckte. Den Notizblock und die 38er schloß ich ins Handschuhfach des Wagens, mein Jackett, drei Selbstgedrehte und die halbleere Flasche legte ich auf den Beifahrersitz. Ich tankte Benzin, Öl und Wasser und erklärte dem Falcon, daß wir nach Süden fuhren und daß er ein paar Hügel zu bewältigen hatte.

9

Blackman's Bay liegt an der Küste, zweihundertvierzig Kilometer südlich von Sydney, an einer Flußmündung und war einst ein Walfanghafen. Später lebten die Leute weiterhin von der Hochseefischerei für den Export, von der Küstenfischerei und vom Tourismus. Ich war mehrmals durchgefahren und von dem Ort angetan gewesen. Ich hatte ihn als nette kleine Stadt in Erinnerung, mit einer langen Brücke aus Holz und Eisen, die den Fluß überspannte. In einem Pub, ein, zwei Kilometer flußaufwärts hatte ich vorzügliche Austern gegessen. Nicht gerade eine griechische Insel, aber schließlich war ich ja nicht auf Urlaub.

Ich fuhr den Princes Highway hinunter und nahm die Autobahn, die am Wollongong und Port Kemble vorbeiführt. Das Stahlwerk war ein glühender, flammenspeiender Alptraum, unangenehm nahe. Lange schon war ich aus Sydney nicht herausgekommen, und sobald Rauch und Stahl hinter mir lagen, verspürte ich ein gewisses Behagen bei der Fahrt und beim Anblick der Weite ringsum. Auf den Hügeln hustete und protestierte der Falcon, denn er war an die strenge Routine des Stop und Go im Stadtverkehr gewöhnt. Ich ging schonend mit ihm um. Die Luft wurde mit jedem Kilometer sauberer, und Betrunkene auf den Straßen wurden seltener, je weiter ich nach Süden kam. Die Zigaretten hatte ich geraucht, und nun nahm ich vorsichtig einen Schluck aus der Flasche. Die Luft wehte mir scharf und frisch ins Gesicht, und ich fühlte mich wohl.

Es war eine klare Nacht; die Straße kroch zur Küste hinunter, und der Sternenhimmel verlor sich in der Endlosigkeit des Meeres. Gegen drei Uhr morgens erreichte ich die Brücke von Blackman's Bay. Die Planken klapperten beim Darüberfahren, und ich hatte den Eindruck, daß die Brücke leicht schwankte. Auf der Hauptstraße war es still, durchgehend geöffnete Kneipen gab es nicht, und die meisten Geschäfte benutzten noch gewöhnliches elektrisches Licht, das ausgeschaltet war. Einige Neonröhren leuchteten prophetisch in Reklameschildern und Schaufenstern. Es gab eine zweite Tankstelle und ein, zwei neue Läden, ansonsten schien sich die Stadt nicht viel verändert zu haben. Ich fuhr hinunter zum Park in der Nähe des Strandes, wo es – wie in solchen Orten üblich – einen Stadtplan auf einer Tafel gab.

Ich fand die Yancey Street und ging zurück zum Auto. Nennen Sie es Intuition, nennen Sie es Erfahrung, jedenfalls war ich überzeugt, daß sie noch dort wohnte. Dafür gab es keinen vernünftigen Grund, aber ich hatte das Gefühl, daß hier etwas in Zeit und Raum erstarrt war. Die Schwester würde noch dort sein und der Arzt auch. Ich merkte, daß ich vergessen hatte, seine Straße zu suchen, und kehrte deshalb zur Tafel zurück. Eine riesige Welle stieg hoch und schlug an den Strand, und im leichten Wind knarrte die Brücke. Ich ging ein paar Schritte über den Sand und schaute aufs Meer hinaus. Weit draußen waren ein paar Lichter auszumachen, die sich langsam fortbewegten. Zur Linken fiel eine Klippe scharf ins Wasser ab. Spontan dachte ich sie mir als Endstation für Selbstmörder. Plötzlich wollte ich die alten

Gespenster nicht stören, wollte nicht überprüfen, ob Leute noch wohnten, wo sie einst gewohnt hatten, und von Dingen wußten, die dreißig Jahre zuvor passiert waren. Ich sehnte mich nach Zukunft, ich wollte nicht in schmerzlicher Vergangenheit herumwühlen und wünschte, ich wäre mit dem Schiff auf See. Den Gedanken schüttelte ich ab und ging zurück zum Wagen.

Hinter der Stadt schlängelten sich die Straßen hinauf in die Hügel. An einer Kreuzung bog ich links ab; Yancey Street war ein ungepflasterter Pfad ohne städtische Beleuchtung. Ich kroch im Schrittempo dahin und versuchte, die Gegend im Scheinwerferlicht wahrzunehmen. Es gab nur wenige Häuser, soweit ich dies aus Torpfosten und Schildern schließen konnte, und sie standen ziemlich weit vom Weg zurückversetzt. Nummer 11 war an einem Hinweis zu erkennen, der auf einen stattlichen Eukalyptusbaum an einer Straßenbiegung gemalt war. Das Haus hatte kein Gegenüber und schien von freien Grundstücken flankiert zu sein. An der Vorderfront wuchs dichtes Pampasgras, und dahinter blinkte kein Licht als Willkommensgruß. Wäre ich eine ältere Dame gewesen, ich hätte mich dort nicht sicher gefühlt; ich war ein Mann mittleren Alters mit einer Pistole mittlerer Größe und fühlte mich trotzdem nicht sicher.

Ich holte das Schießeisen und eine Taschenlampe aus dem Handschuhfach und schloß den Notizblock und die Reservemunition wieder ein. Der Stamm des Eukalyptusbaums erschien im Strahl der Taschenlampe breit, bleich und tröstlich. Ich legte die Autoschlüssel auf das rechte Vorderrad und bewegte mich auf Schwester Callaghans Domizil zu. Es war keine passende Zeit für den Besuch bei einer alten Dame, doch ich konnte herumstöbern und mich mit der Atmosphäre des Ortes vertraut machen. Außerdem pflegen manche alten Damen sehr früh aufzustehen, vor allem auf dem Lande.

Das Licht tanzte über das elastische Gras und ließ einen gewundenen Weg erkennen, wo Fahrzeuge die Natur beiseite gedrängt hatten. Ich stieg den Abhang hinauf, schwenkte die Lampe nach beiden Seiten und zurück auf den holprigen Pfad. Hügelabwärts wogte heftig das Meer. Hier oben war ich das einzige, das sich bewegte. Auf einmal wurde alles vor mir undurchdringlich, und ich merkte, daß der Weg eine Biegung machte. Ich folgte ihr und wurde von etwas Großem zum Anhalten gezwungen, das drohend vor mir aufragte. Ich schwenkte die Taschenlampe, erhaschte einen Eindruck von Form – ein Auto – und Farbe – blau –, und dann stürzte der Sternenhimmel über mir zusammen. Der Schmerz malte mir glühende, gelbrote Figuren vor die Augen, lauter Zickzacklinien und Winkel, dann wurde es schwarz, und ich wurde ohnmächtig.

Als ich zu mir kam, waren Kleidung und Haare feucht vom salzigen Küstentau, und meine Haut fühlte sich klebrig und kalt an. Noch war es dunkel, doch dort, wo Osten sein mußte, hellte sich der Himmel auf. Als ich den Kopf hob, wurde mir schwindlig, und zwischen den schmerzenden Zähnen knirschte Sand. Alles tat mir weh. Ich streckte den Arm aus und tastete in weitem Bogen um mich herum. Die brennende Taschenlampe lag noch da. Das Auto war verschwunden. Es war über mich hinweg oder um mich herum gefahren – ich war noch in einem Stück. Mühsam stand ich auf, blieb schwankend stehen und peilte die Lage. Ich schleppte mich auf das Haus zu, das jemand mich nicht aufsuchen lassen wollte – jedenfalls nicht, bevor er selber weg war. Das konnte nichts Gutes bedeuten. Allmählich wurde es Tag, ein paar Vögel begannen zu singen, und ich verfluchte sie. Mein Kopf schmerzte.

Das Haus war bescheiden in Faserzementplatten ausgeführt und recht gut in Schuß. Ein Beet davor war liebevoll gepflegt worden – ein Schaustück beschnittener Rosensträucher und anderer Blumen, die nicht von selbst so wuchsen.

Das Haus ruhte auf meterdicken Ziegelpfeilern, und ich schaute beim Herumgehen hier und dort darunter. Nichts bewegte sich, und auch drinnen hörte ich nichts. Ich ging zunächst zur Haustür, klopfte leise und wartete. Nichts. Die Tür war abgeschlossen. Am Hintereingang stellte ich fest, daß die Fliegendrahttür neben der Klinke einen Schlitz hatte. Ich griff hinein, drehte und kam in eine kleine geschlossene Veranda, in der Gartengeräte und Angelzeug unordentlich herumlagen. Durch eine aufgeräumte und ordentliche Küche gelangte ich in einen kurzen Korridor, von dem zwei Türen abgingen. Die Tür linker Hand führte in ein Wohnzimmer; in der Dämmerung war ein Kamin zu erkennen, ein paar Sessel, ein Fernseher. Auf einem niedrigen Tisch türmte sich ein Stapel Leihbücher in Plastumschlägen.

Die andere Tür führte in ein Schlafzimmer. Eine alte Frau lag auf dem Rücken in dem großen Bett, die Hände mit nach oben gekehrten Handflächen auf der Bettkante. Ich räusperte mich und klopfte an den Türpfosten. Sie rührte sich nicht. Ich trat näher. Gartenarbeiten und Angeln und Fernsehen und Lesen kümmerten sie nicht mehr. Sie war tot.

Weder auf ihrem Gesicht noch im Zimmer gab es Anzeichen von Gewalt; das einzig Unnatürliche war die Lage ihrer Hände. Aufmerksam betrachtete ich ihr Gesicht, doch die Augen schienen sich auf natürliche Weise geschlossen zu haben, und die Lampe neben dem Bett war so gedämpft, daß sie wohl als Nachttischlampe gedient haben mochte. Die Zudecke war glatt, doch nicht zu glatt. In die Küche zurückgekehrt, sah ich mir den Packen Rechnungen auf dem Pieker an – sie waren für die üblichen Dinge auf den Namen Gertrude Callaghan ausgestellt. Ich untersuchte den Schlitz in der Drahttür, aber wenn es eine Möglichkeit gab festzustellen, ob feiner Plastfliegendraht unlängst durchschnitten worden war, so kannte ich sie nicht.

Im Schlafzimmer stand ich am Bettende und überlegte, ob sie eines natürlichen Todes gestorben war. Es schien unwahrscheinlich, und ich fühlte mich schuldig, als hätte ich das über sie gebracht. Das stimmte selbstverständlich nicht, denn ganz unschuldige Opfer sind selten. Nur empfand ich es so. Sie war eine imposante alte Frau mit schneeweißem Haar und einem energischen, intelligenten Gesicht. Alle Anzeichen deuteten auf einen aktiven und erfüllten Lebensabend hin, der besser hätte enden sollen, Irgendwo habe ich gelesen, daß es Menschen gab – Indianer, glaube ich –, die ihre Probleme den jüngst Verstorbenen vorlegen. Ich glaube, sie bahrten den Leichnam so auf, daß Kopf oder Arme unwillkürlich zucken konnten, und jemand mit besonderen Fähigkeiten interpretierte die Bewegungen. Ich sah auf die alte Krankenschwester hinunter.

»Hatte Bettina Chatterton einen Sohn?« fragte ich leise.

Keine Wimper zuckte.

»Ist er noch am Leben?«

Nichts. Ich würde es auf die schwere Art lösen müssen. Gründlich durchsuchte ich die Wohnung – Schubfächer, Schränke, Bücher, Teppiche – nach Beweisen über eine Verbindung zwischen der Schwester und den Chattertons nach 1946. Nichts. Ich fand die Referenz des Richters, die Gertrude einen guten Leumund bescheinigte, und dokumentarische Nachweise über ihre Stellen, alle in Orten an der Küste, in den darauffolgenden zwanzig Jahren. Vorhandene Fotos zeigten, wie das Mädchen aus Liverpool zur Krankenschwester und später, im Alter, zur Gärtnerin und Anglerin geworden war, nichts aber deutete auf einen Enkel des verstorbenen Sir Clive hin. Zweierlei war von Interesse: ein Bündel privater, drei Jahrzehnte überspannender Mitteilungen von Dr. Osborn an Schwester Callaghan und Hinweise darauf, daß jemand die Wohnung vor mir durchsucht hatte.

Als ich das Haus verließ, war es fast Tag: der Himmel war bedeckt, und in den Baumkronen hing feiner Nebel. Im Gras neben dem Pfad stocherte ich herum, bis ich meine Kanone gefunden hatte. Nichts rührte sich in der Yancey Street, außer den Vögeln, Mein Kopf tat immer noch weh. Ich berührte die Stelle und fühlte getrocknetes, zusammengeklumptes Blut. Ich wurde von Stunde zu Stunde weniger gesellschaftsfähig, aber es gab niemanden, der es gemerkt hätte. Alles war ruhig und gelassen wie Schwester Callaghan, die ihren letzten Schlaf schlief.

10

Als die Yancey Street hinter mir lag und ich einige Male die Richtung geändert hatte, hielt ich an, um Bestandsaufnahme zu machen. Der Notizblock lag noch im Handschuhfach, und das Schloß war unversehrt. Das war mehr, als ich von mir sagen konnte. Mein Kopf brauchte einen Verband, mein Gesicht eine Rasur – das war nicht zu übersehen. Die Zähne hatten vom Alkohol einen pelzigen Belag. Aus Mangel an Schlaf war ich am ganzen Körper steif und wund – die zwei Stunden, die ich wie ein Klotz im nassen Gras gelegen hatte, zählten nicht. Die Kopfschmerzen waren fürchterlich. Schaudernd warf ich einen Blick auf den Whiskey. Dann barg ich zwei Aspirintabletten aus dem Durcheinander auf dem Rücksitz und spülte sie mit Whiskey hinunter. Ich mußte beinahe brechen, klammerte mich jedoch an das Lenkrad und behielt alles unten. Kurz darauf fühlte ich mich nicht schlechter, vielleicht sogar eine Kleinigkeit besser. Das war gut so, denn es wurde Zeit, es mit Dr. Osborn aufzunehmen.

Er stand vor seinem Haus und bückte sich gerade, um eine Zeitung aufzuheben. Er trug einen karierten Hausmantel, um die Knöchel schlotterten ihm die weiten Hosenbeine eines gestreiften Baumwollpyjamas. Steif und langsam wie ein alter Mann bückte er sich, doch es gelang ihm. Als ich ihm höflich etwas zurief, blickte er zwar in meine Richtung, schien mich jedoch nicht sehen zu können. Ich trat näher bis ans Tor und machte mich abermals bemerkbar.

»Dr. Osborn?«

»Ja, einen Augenblick.« Obwohl er seit fünfzig Jahren mit der australischen Sprechweise konfrontiert war, verriet seine Sprache doch noch den Schotten. Langsam näherte er sich mir, die zusammengerollte Zeitung in der Hand. Ich wartete am Tor und beobachtete das Gesicht. Eine gewisse Leere lag darauf, erst als die Entfernung etwa drei Meter betrug, drückten seine Augen Interesse aus. Er fischte eine Brille aus der Tasche des Hausmantels und setzte sie auf.

»Ja, junger Mann?«

»Ich muß mit Ihnen sprechen, Doktor, über Gertrude Callaghan.«

»Tun Sie mir den Gefallen und verraten Sie mir, wer Sie sind.«

»Verzeihung – mein Name ist Hardy. Ich bin Privatdetektiv, aus Sydney. Sagt Ihnen der Name Chatterton etwas?«

»Sie meinen nicht etwa den Dichter?«

»Nein, nicht den Dichter, den Richter.« Ich rüttelte leicht am Tor. »Darf ich hereinkommen und Ihnen ein paar Fragen stellen?«

»Vielleicht. Sie erwähnten Gertrude. Was ist mit ihr?«

»Sie ist tot, Sir. Sie ist heute morgen gestorben. Ich bin aus Sydney hergekommen, um sie zu besuchen, aber ich kam zu spät. Darum bin ich hier.«

Augenblicklich verließ ihn die von Generation zu Generation weitergegebene Selbstbeherrschung. Er hielt sich am Tor fest und ließ die Zeitung fallen; ich stützte ihn am Arm, und so standen wir dort wie Vater und Sohn, die den Tod von Frau und Mutter beklagen. Mit der freien Hand öffnete ich das Tor und half ihm zum Haus. Er war ein stattlicher Mann mit wettergegerbtem Gesicht. Seine Augen lagen tief in den Höhlen, umrandet von dunkler, runzliger Haut, als breite sich ein Fleck aus und dringe in das umliegende Gewebe ein. An den Wangen hing sie faltig herunter, doch Kinn und Nacken waren fest; er schien stellenweise, in scharf abgegrenzten Partien gealtert.

Das Haus, ein großer, einfacher Holzbau, war weiß gestrichen und an drei Seiten mit einer verglasten Veranda versehen. Ich führte ihn drei Stufen hinauf zu einem Korbsessel. Er setzte sich steif hin, wie ein alter Gaul, der zum letztenmal in die Knie sinkt.

»Kann ich Ihnen etwas bringen?«

Seine Worte kamen langsam und fremd, wie von weit her: »Ich habe gerade Kaffee gekocht.«

»Ich hole ihn.« Ich trat ins Haus und gelangte durch zwei ordentliche Zimmer in eine saubere, helle Küche. Ich suchte Becher, Milch und Zucker und nahm die Kanne vom Herd. Als ich zur Veranda zurückkam, hatte Osborn sich etwas im Sessel aufgerichtet, den Kopf gehoben und starrte durch das Fenster auf einen Punkt in weiter Ferne. Ich goß ihm einen schwarzen Kaffee ein, und er nickte und nahm ihn. Mit meinem Becher ließ ich mich ihm gegenüber nieder.

»Entschuldigen Sie, daß ich so mit der Tür ins Haus falle.«

Er schien mich nicht zu hören. »Vierzig Jahre.« Er drehte den Kopf und sah mich direkt an. »Sie sind sicher, daß sie es war?«

»Yancey Street. Eine imposante alte Dame, weißes Haar.«

Der Kaffee schwappte über, und er setzte ihn ab, bevor er die Augen mit der Hand bedeckte. Ich trank einen Schluck und wartete. Nach kurzer Zeit riß er sich zusammen, wischte sich mit der Hand Tränen vom Gesicht und trank seinen Kaffee. Ohne mich anzublicken, zog er sich aus dem Sessel hoch.

»Entschuldigen Sie«, sagte er. Langsam schlurfte er in ein angrenzendes Zimmer, wo er den Hörer abnahm und wählte. Stille, dann wurde der Hörer wieder aufgelegt. Ich schenkte mir noch einmal ein und trank schlückchenweise, während er wieder den Platz im Sessel einnahm.

»Meldet sich nicht«, sagte er. »Ich kann sie nicht einfach dort lassen, ganz allein.«

»Entschuldigen Sie, ich muß an die Lebenden denken.«

»Ja. Sie sind Detektiv, sagten Sie? Polizist?«

»Nein, ich bin Privatdetektiv. Das mit Schwester Callaghan tut mir leid.«

»Pflegerin, Schwester, Oberin«, sagte er leise. »Eine ganz wunderbare Frau.«

Ich trank weiter, und er beobachtete mich kritisch.

»Sie sollten Milch und Zucker dazugeben«, riet er mir. »Ich vermute, Sie sind Trinker, ein Trinker mit leerem Magen. Ihr Metabolismus braucht etwas zum Ankurbeln.«

»Man hat mir außerdem eins über den Schädel gezogen«, verteidigte ich mich. Ich beugte mich vor, um es ihm zu zeigen. Er stellte den Becher ab und strich das Haar vorsichtig beiseite. Ich zog den Kopf wieder zurück, und er sah mir in die Augen.

»Böse«, sagte er. »Möglicherweise eine Gehirnerschütterung. Sie müßten im Krankenhaus sein. Ich praktiziere leider nicht mehr.«

»Aber Sie haben bis vor kurzem noch praktiziert.«

»Und woher wollen Sie das wissen?«

»Aus dem Ärzteregister.«

»Sie haben also recherchiert. Richtig, ich bin seit zwei Jahren im Ruhestand. Sie sollten zum Krankenhaus fahren, es gibt hier ein gutes.«

»Vielleicht später.« Ich trank etwas Kaffee. »Ich würde Sie gern über Gertrude Callaghan befragen und über Dinge, die sich hier vor dreißig Jahren zugetragen haben.«

»Würden Sie gern? Sie kommen blutend und nach Alkohol riechend hierher und fragen mich das. Woher soll ich wissen, daß Sie nicht Gertrude umgebracht haben?«

»Wäre ich in dem Fall hergekommen und hätte Ihnen davon erzählt?«

»Vielleicht nicht«, antwortete er matt. »Ich bezweifle, daß ich Ihnen etwas mitzuteilen habe.«

»Ich glaube doch. Dreißig Jahre sind eine lange Zeit, aber ich brauche Informationen, und Sie sind es, der weiß, wo die Leichen begraben sind.«

Er zuckte zusammen und stieß kräftig die Luft aus; er versuchte, es zu bemänteln, indem er den Becher zum Mund führte.

»Bloß eine Redensart, Dr. Osborn. Warum sind Sie erschrocken?« Er schwieg, und ich drängte weiter. »Ich werde nachforschen. Ich werde im verborgenen arbeiten, und alles wird einfach rücksichtslos ans Licht gebracht. Allerdings muß es nicht so sein.«

»Was sagen Sie da?«

Er war gut, sehr gut. Mühelos hatte er mich mehr sagen lassen, als ich wollte, während er freiwillig nicht das geringste preisgegeben hatte. Ich mußte mit meinen unsicheren Kenntnissen weitermachen und versuchen, ihn aus der Reserve zu locken. Ich hatte Anhaltspunkte, Hinweise und Vermutungen und nur eine einzige handfeste Information über ihn – mir waren seine Gefühle für Gertrude Callaghan bekannt.

»Ich kenne ein Foto von Schwester Callaghan und einer Schwangeren, das hier aufgenommen wurde. Es war authentisch, und der Ort ist mir vertraut.« Es war zwar eine Lüge, sie schien aber zu wirken. »Mich interessieren speziell diese Frau und das Kind, damit zusammenhängende Probleme berühren mich nicht.« Die Worte waren sorgfältig gewählt, und doch klangen sie hohl.

»Kann ich dieses Foto sehen?« fragte er.

»Nein.«

»Und warum nicht?«

»Es ist ein entscheidendes Beweisstück, das ich nicht mit mir herumtrage.«

Er lehnte sich im Sessel zurück und trank Kaffee. »Sie meinen, Sie haben es nicht«, äußerte er selbstsicher.

»Der Mann, der es hatte, ist tot. Er wurde ermordet, vermutlich von demselben, der Schwester Callaghan getötet hat.«

Die Selbstgefälligkeit schwand aus seinem Gesicht. »Ermordet! Davon haben Sie noch nichts gesagt. Nein, nicht Gertrude. Hat sie ...«

»Mir etwas erzählt? Darauf antworte ich nicht, Dr. Osborn, es ist an der Zeit, daß Sie ein bißchen zugänglicher werden.«

Ich trank aus, liebäugelte mit einer Zigarette und entschied mich dagegen. Es war nicht angeraten, Schwächen zu verraten. Er rutschte tiefer in den Sessel, und seine Augen schienen noch mehr in den dunkel umrandeten Höhlen zu versinken. Ein Mann, der seine Gedanken in die Vergangenheit wandern ließ. Ich wartete. Als er sprach, tat er es langsam, bedächtig und mit prononcierterem schottischem Akzent.

»Ich rede ganz allgemein. Mr. Hardy, zunächst wenigstens. Verstehen Sie? Der gute Ruf und das Leben vieler Menschen, guter Menschen stehen hierbei auf dem Spiel. Man könnte eine Menge Unheil anrichten.«

Ich nickte.

»Lassen Sie mich damit beginnen, daß ich nichts von jemand namens Chatterton weiß. Es könnte sein, daß ich mal mit einem Chatterton zu tun hatte, aber wenn das zutrifft, habe ich es vergessen. Ich bin ein alter Mann und habe viele Namen vergessen.«

»Aber an einige erinnern Sie sich?«

»Ja, und aus gutem Grund.« Er fuhr sich mit der Hand über den Kopf und zupfte an den Hängefalten im Gesicht. »Das hier ist schwer für mich. Ich bin nicht sicher, ob ich das Richtige tue. Ich weiß nichts von Ihnen.« Er stöhnte. »Erzählen Sie mir von Gertrude, war sie ... verletzt?«

»Sie lag im Bett. Ich habe keine Anzeichen von Gewalt gesehen, aber jemand hatte ihr Haus durchsucht, wahrscheinlich dieselbe Person, die mich niedergeschlagen hat. Dort ist etwas passiert.«

Plötzlich sah man ihm jeden Tag seines Alters an. Gertrude Callaghan war eng mit seiner Vergangenheit verknüpft, er wollte darüber sprechen, aber Diskretion war ihm zur Gewohnheit geworden.

»Sie haben offenbar einige Mühe, mit Ihrer Geschichte anzufangen, Dr. Osborn. Ich will ein wenig helfen. Hier gab es vor dreißig Jahren eine gewisse Einrichtung, ein Haus, in das Frauen kamen, um Kinder zu kriegen. Oder um sie nicht zu kriegen. Ich setze voraus, alles war wohlgeordnet. Ich bin kein Moralist.«

»Freut mich, das zu hören. Ich selber bin ein Radikaler; ein Reformer und ein Radikaler. Man könnte mich als Moralisten bezeichnen.« Sein Blick, der auf mein Gesicht gerichtet gewesen war, wanderte ab. Er schien wieder in das Stadium des Grübelns zu verfallen. Trotz meiner Ungeduld hielt ich es für besser, ihn das Tempo bestimmen zu lassen. Als ich mich vorbeugte, um mir noch etwas Kaffee einzugießen, nahm er keine Notiz davon.

»Ich liebe diesen Ort, Mr. Hardy, die Menschen hier, ich lebe seit fast fünfzig Jahren hier. Wußten Sie das?«

Ich nickte und nahm Milch.

»Einmal bin ich nach Edinburgh zurückgekehrt, fand es abscheulich. Mir kamen die Schotten kleinlich und engstirnig vor. Na ja, das nur nebenbei. Wissen Sie, was hier früher in erster Linie für menschliches Leid verantwortlich war?«

»Nein«, antwortete ich wahrheitsgemäß.

Er rutschte nach vorn und tippte mir aufs Knie. »Unerwünschte Kinder. Zwangsehen und unerwünschte Kinder. Sie steckten als Ursache hinter den meisten Verbrechen, den meisten Fällen von Trunksucht, dem meisten Unglück.«

Ich stimmte zu. »Ein Problem. Immer noch, vermute ich.«

»Heute ist es anders, mehr Aufklärung, bessere Methoden. Und es gibt eine gewisse Unterstützung für die Frauen, die Kinder aufziehen.«

»Kommen Sie zur Sache, Dr. Osborn«, sagte ich freundlich.

»Jawohl. Ich habe hier zwanzig Jahre lang eine Klinik geleitet, Schwangerschaftsunterbrechungen und Geburten, Adoptionen. Bin stolz darauf.«

»Aber es war nicht bekannt.«

»Nein. Wenige waren eingeweiht.«

»Schwester Callaghan?«

»Hat mir geholfen, die ganze Zeit. Eine wunderbare Frau, sie glaubte an die Arbeit.«

Es war mehr als das, und ich bemühte mich, mir den Verdacht nicht anmerken zu lassen. Ohne Erfolg.

»Ich war unglücklich verheiratet«, sagte er schlicht. »Eine Tochter starb bei der Entbindung, weil keine Hilfe da war.«

Das alles erklärte eine Menge, aber mich störte die Tendenz seines Berichts. Zu viel von Schwangerschaftsunterbrechung, und das war's nicht, was ich brauchte.

»Wie viele Unterbrechungen haben Sie durchgeführt?«

»Hunderte.«

»Wie viele Entbindungen und ... Adoptionen?«

»Weniger.«

»Mich interessieren die Adoptionen.«

»Beides war illegal.«

»Ich kann mir nicht denken, daß das heute jemand kümmert.«

Er mißverstand mich und brauste auf. »Aber ich muß erklären, was schiefgelaufen ist, wie meine Ideale verschandelt wurden!«

Das Verlangen gewann die Oberhand über den Takt; ich holte meinen Tabak heraus und drehte mir eine Zigarette. »Fahren Sie fort«, sagte ich barscher als beabsichtigt.

Er sah mich durchdringend an, verärgert, als sei ich nicht würdig, sein Beichtvater zu sein. Aber er hatte schon zu viel preisgegeben, um aufhören zu können. »Ich habe dieser Gemeinde zwanzig Jahre lang einen großen Dienst erwiesen. Einer friedlichen Gemeinde. Blackman's Bay, sehr niedrige Rate an Gewalttätigkeit und unliebsamen Vorfällen. Aber sie ließen mir keine Ruhe.«

»Sie? Die Einheimischen?«

»Nein, die anderen, aus Canberra und Sydney, Männer und Frauen. Ich kann Ihnen ein paar schreckliche Geschichten erzählen.«

Wir schienen uns auf das richtige Gebiet zu begeben. Ich blies den Rauch nicht in seine Richtung und ließ die Asche nicht fallen.

»Was haben sie getan? Sie erpreßt?«

»Ja, und Schlimmeres. Sydney ist eine fürchterliche Stadt, voller Abschaum.« Er sah mich bohrend an, und ich hatte das Gefühl, die Harbour Bridge wachse mir aus dem Kopf und Kings Cross sei mir ins Gesicht gezeichnet. Ich wußte, ich war seit fast vierundzwanzig Stunden nicht rasiert und hatte ein ganz schmutziges Hemd an.

»Woher soll ich wissen, daß ich Ihnen trauen kann?« fuhr er bitter fort. Etwas von der Energie, die er in jungen Jahren besessen haben mußte, schien plötzlich in ihn zurückzuströmen. »Sie sind ein Mann, der käuflich ist.«

»Sind wir das nicht alle«, entgegnete ich und korrigierte mich rasch: »Ich bin nur teilweise käuflich. Es gibt Dinge, die ich nicht tue. Ich füge niemandem unnötig Leid zu.«

»Eine schöne Floskel«, höhnte er. »Wer bestimmt, was nötig ist? Sie?«

»Ja.«

»Tja, das hab ich mir gedacht. So geht das nicht. Welches sind Ihre Maßstäbe? Was wissen Sie schon von lebenslanger Hingabe an ein Ideal?«

Nicht viel, dachte ich, Gott sei Dank. Ideale sollten sich wandeln, wie alles andere auch. Aber er hatte das

Gefühl, mir moralisch und ethisch überlegen zu sein, und komischerweise empfand ich das ebenso. Vielleicht lag es am fehlenden Schlaf.

»Sie tauchen hier aus dem Nichts auf und erzählen mir von meiner ältesten Freundin. Sie könnten ein Lügner sein.«

Jetzt wanderte er auf der Veranda hin und her; seine Pantoffeln schlappten auf dem Boden, und der Schlafanzug schlackerte ihm um die weißen, knochigen Unterschenkel. Mit der Bewegung kam mehr Ungestüm in seine Stimme, als vermittelte ihm jeder Schritt Stärke und ein Ziel.

»Schwester Callaghan ist tot«, sagte ich gleichgültig. »Sie werden ziemlich bald davon hören.« Ich berührte die Platzwunde am Kopf. »Das hier ist real.«

Er schnaubte und tigerte weiter auf und ab. »Vielleicht haben Sie sich das selber beigebracht.«

»Sie bewegen sich im Kreis, Dr. Osborn, vorhin haben Sie es hingenommen, daß sie tot ist …«

»Wagen Sie es nicht, meine Logik zu kritisieren. Nehmen Sie also bitte zur Kenntnis, daß ich im Vollbesitz meiner Sinne bin.«

Ich bezweifelte es. Er wurde von Minute zu Minute erregter und versuchte, eine Abwehr gegen mich aufzubauen. Er war mir entglitten, einfach so, mit ein paar Sätzen.

»Ich sage jetzt nichts mehr, Mr. Hardy, und ich wäre Ihnen dankbar, wenn Sie gehen würden. Ich habe Ihnen nichts mitzuteilen.«

Ich sprach leise, bemüht, ihn zu beruhigen. »Das stimmt nicht, Dr. Osborn. Ich muß mehr wissen. Einiges weiß ich bereits. Es ist entscheidend für meine Nachforschungen …«

»Sie drohen mir!« Seine Stimme wurde lauter und schlug um. »Das lasse ich mir nicht gefallen. Sie kommen hierher und drohen mir!« Er stürzte über die Veranda ins Haus. Ich stand auf und fragte mich, wie ich mich nun verhalten sollte. Er kam zurück, und nicht mit leeren Händen – er hatte eine doppelläufige Schrotflinte bei sich und richtete sie auf meine Brust.

»Gehen Sie, Mr. Hardy.« Er riß das Gewehr zur Tür herum. »Und kommen Sie nicht wieder.«

Ich habe es mir zur Gewohnheit gemacht, nicht mit alten Männern zu streiten, die mit einer Flinte herumfuchteln. Ich ging.

II

Drei Häuser von Osborns Grundstück entfernt gab es in der Straße eine Telefonzelle. Ich wählte seine Nummer, und als er abnahm, legte ich auf, rannte die Straße hinunter und sprang über seinen Zaun. Ich sprintete zur Längsseite des Hauses und lief nun gebückt unter den Fenstern vorbei. Osborn war noch am Telefon, als ich zur Rückfront kam. Ich riskierte einen kurzen Blick nach oben und sah, daß er den Hörer auflegte, wählte, lauschte und einhängte. Er ging einige Minuten hin und her; ich überlegte, was ich tun sollte, wenn er Papiere zerriß oder wenn meine Nase mir verriet, daß er sie verbrannte. Da hörte ich, daß er in dem Zimmer, das mir am nächsten lag, Schubfächer öffnete und schloß. Er ächzte, so wie Männer es tun, wenn sie sich beim Schuheanziehen bücken. Gleich darauf verließ er den Raum, und eine Tür schlug zu. Ich machte mich ganz klein und lugte um die Ecke: Dr. Osborn, ohne Gewehr, begab sich zur Garage.

Ich ging denselben Weg zurück, den ich gekommen war. Aus alter Gewohnheit hatte ich mein Auto hinter der nächsten Ecke geparkt. Ich fuhr zu einer Stelle, von wo aus ich sein Tor beobachten konnte, und sah einen grünen Cortina aus der Einfahrt kommen und nach Süden, in Richtung Hügel rollen. Ich folgte ihm aus so großer Entfernung, wie der Verkehr es gestattete. Osborn kutschierte gelassen, wie jemand, der an das Autofahren einer gemächlicheren Epoche gewöhnt ist. Ich blieb auf der Landstraße zurück, was nicht einfach war, weil die meisten Autos ihn überholten. Wir folgten der Küste auf einer Strecke von einigen Kilometern und schwenkten dann landeinwärts. Der Cortina wackelte vom Asphalt herunter auf eine unbefestigte Landstraße in die Hügel. Ich hielt an und ließ ihm einen reichlichen Vorsprung, bevor ich hinterherkroch. Die Straße stieg steil, doch gerade an, so daß er sich nicht in einer Serpentine über mir befinden konnte. Seine Staubwolke wehte vor mir her. Da die Straße plötzlich holpriger und von links von einem Pfad gekreuzt wurde, bremste ich und untersuchte den Boden. Es sah aus, als sei er eine ganze Zeit nichts geradeaus gefahren und der Cortina nach links eingebogen, Hardy von der Fifth Maroubra Scout Troop.

Ich stellte das Auto neben dem Pfad ab, holte die Kanone aus dem Handschuhfach und folgte den Reifenspuren im Staub. Der Pfad war steil, zweimal mußte ich zum Luftholen stehenbleiben. Einmal stolperte ich und verrenkte mir das Bein, so daß mir Schmerzwellen bohrend durch den Schädel jagten. Es war ein warmer Morgen, ich schwitzte, und der Griff der 38er war naß und glatt. Bei jeder Biegung des Weges hielt ich mich im Gestrüpp an der Seite und arbeitete mich hindurch, bis ich die Straße überblicken konnte. Jedesmal lag sie, vom Lärmen und der Geschäftigkeit der Waldvögel abgesehen, still und ruhig vor mir. Nach ungefähr zehn Minuten Fußmarsch wurde das Gelände ebener, und die Bäume lichteten sich. In ihrem Schutz näherte ich mich einer Lichtung, die eine Fläche von etwa einem Morgen Bodens einnahm.

Mitten auf der Lichtung, zwölf Meter voneinander entfernt, standen zwei zerfallende Backsteinsäulen, die früher einmal Schornsteine gewesen sein mochten. Auf einer Seite lag ein Stoß geschwärztes Holz. Hinter einem Baum versteckt, sah ich zu, wie Osborn mit einem Bündel Zweige auf die Lichtung trat. Er warf es neben dem alten Schornstein in meiner Nähe ab, hockte sich hin und machte sich an den Backsteinen des Kamins zu schaffen. Er zog sie heraus und türmte sie neben sich auf. Darauf griff er in die Höhlung und zog einen Kasten von der Größe eines Bierkartons heraus. Er stand auf und klopfte sich die Hände an den Taschen ab. Ich trat hervor und richtete die Pistole auf ihn.

»Halten Sie die Hände still, Dr. Osborn. Kommen Sie langsam näher.«

Erschreckt hörte er mit dem Klopfen auf. Er blickte auf den Kasten und bückte sich.

»Lassen Sie das!«

Schon kniete er. »Es würde Ihnen schwerfallen, Mr. Hardy, zu erklären, warum Sie einen alten Mann umlegen mußten. Für mich wär's keine schlechte Lösung. Ich denke, ich mach weiter.«

Ich war fast nahe genug, ihm einen Tritt versetzen zu können. »Ich würde Sie nicht umlegen, bloß ein bißchen verletzen. Es wäre keine Lösung. Nun machen Sie, daß Sie von diesem verdammten Kasten wegkommen!«

Er kam hoch und stand stocksteif da. Ich sah mir den geschwärzten Boden an. Ein paar Reste des Gebäudes ragten noch hartnäckig durch das Unkraut. Ich hielt nach dem Gewehr Ausschau, konnte es aber nicht entdecken. Die neben den Ziegeln liegenden Zweige waren leicht, die Blätter hauchdünn und trocken wie Zunder. Ich gab dem Kasten einen Schubs mit der Fußspitze.

»Ihre Kartei, Dr. Osborn?«

»Ja.«

»Das überrascht mich. War es nicht unvorsichtig, sie aufzubewahren?«

Er hob das alte Gesicht und blickte zärtlich auf die Ruine und das überwucherte Land.

»Es war mein Lebenswerk«, sagte er leise. »Ich dachte, ich könnte es eines Tages aufschreiben, es veröffentlichen. Die Ansichten haben sich geändert, bald könnte ich es tun.«

»Vielleicht. Ich will Sie nicht daran hindern. Ich selber brauche bloß ein paar Informationen aus der Kartei. Hinterher können Sie damit machen, was Sie wollen.«

»Sie verstehen nicht.« Seine Stimme klang schwach und unnatürlich. Bitten war ihm fremd, und es fiel ihm schwer, den rechten Ton zu treffen. »Das wäre Vertrauensbruch. Ich kann es nicht dulden.«

»Sie können mich nicht hindern. Jetzt habe ich eine Waffe. Treten Sie zur Seite, Dr. Osborn, ich will Ihnen nicht weh tun.« Ich bückte mich und untersuchte den Kasten; er war aus Metall, schwer, aber unverschlossen. Der Deckel gab schwer nach und enthüllte Reihen von ordentlich sortierten Karteikarten.

»Hier hat sie gestanden? Die Klinik?« Ich versuchte, ein bißchen Freundlichkeit in meine Stimme zu legen, und senkte die Pistole leicht, aber nicht zu tief.

»Ja, hier war sie. Hier habe ich mein Lebenswerk vollbracht. Später hatten die Vandalen ihren Spaß. Alle meine Erinnerungen ruhen hier ... Gertrude ... meine Tochter.« Er deutete. »Von dort drüben kann man das Meer sehen. Ich zeig's Ihnen.«

Er ging auf den Rand der Lichtung zu, und ich folgte. Wir kämpften uns durch das Unterholz und kletterten einen Pfad hinauf, der zu einem mächtigen, platten Felsen führte, zu fahler Farbe ausgewaschen und vom Wetter ausgehöhlt. Für kurze Zeit ließ ich den Alten aus den Augen, als ich in Begriff war, auf den Fels zu steigen. Ich blieb stehen, spähte nach vorn, und das war meine Rettung – ein Ast des neben dem Felsen stehenden Baums peitschte mir am Gesicht vorbei wie eine Viehpeitsche. Rasch duckte ich mich, wich zur Seite aus und ging am Rand des Felsens weiter, außerhalb der Reichweite von Ästen. Er sah mich und warf etwas nach mir, ohne zu treffen. Wie ein Schlafwandler stolperte er auf den Rand des Felsens zu. Ich ließ den Kasten fallen und verfolgte ihn rasch; er hatte schon zum Sprung angesetzt, als sich meine Hand um seinen Oberarm schloß, ihn zurückriß und hart zu Boden schleuderte.

Aus dem Gleichgewicht geraten, fiel ich hin, und er halbwegs auf mich. Ich rollte mich zur Seite, so daß er auf den Fels plumpste, kraftlos und nach Luft ringend wie ein Fisch an Land. Ich hob ihn auf und trug ihn zu dem Baum, wo ich ihn anlehnte. Dann holte ich den Kasten wieder und setzte mich darauf. Wir schauten nach Osten: Das Meer war recht weit entfernt, aber dadurch wirkte es um so eindrucksvoller. Die Baumkronen strebten dem blauen Band entgegen; ein leichter Wind wehte vom Wasser herüber, bewegte die oberen Äste und trug den Geruch von Salzwasser und Eukalyptus zu uns. Er starrte gebieterisch über den Schauplatz – ich fühlte mich wie ein Eindringling an geheiligter Stätte.

»Dort draußen ist die Asche meiner Tochter verstreut. Sie liebte diesen Ort sehr.«

»Wir müssen reden, Dr. Osborn.«

»Was gibt es zu reden? Sie haben die Kartei, haben sie gewaltsam an sich gebracht. Sie werden sie für Ihre eigenen korrupten Ziele benutzen. Ich bin alt, und die Sorgen werden mich ins Grab bringen. Aber es ist angemessen, daß mein Lebenswerk mich zugrunde richtet. Entschuldigen Sie, der Ast und das Gewehr ... Ich habe nie jemandem etwas zuleide getan.«

Er schien zu phantasieren und unter dem Zauber des Ortes, dem Druck der Ereignisse die Kontrolle zu verlieren. Ich wollte ihn beherrscht, wenn möglich als Verbündeten.

»Es gibt Leute, die möchten glauben, Sie haben viele Morde auf dem Gewissen«, sagte ich leise.

Er funkelte mich an, seine müden alten Augen glänzten in den verwüsteten Fleischhöhlen. »Dummköpfe«, entgegnete er kühl. »Dummköpfe und Heuchler. Ich habe den Beweis, daß Leben durch unerwünschte Kinder zerstört und durch Schwangerschaftsunterbrechungen gerettet werden.«

»Was meinen Sie?«

»Ich habe ihr weiteres Schicksal verfolgt, verstehen Sie? Ich habe notiert, was die Leute machten – die, die sich auf Zwangsehen eingelassen haben, und die, die sich frei entwickeln konnten. Sie würden staunen, Mr. Hardy, wenn Sie wüßten, wer die Väter von geborenen und abgetriebenen Kindern waren. Ich weiß Bescheid.«

»Mein Gott. Wollen Sie damit sagen, Sie haben das alles von den Müttern erfahren? Daß Sie Namen und Daten haben?«

»Ganz richtig.«

Nach und nach begriff ich die ganze Ungeheuerlichkeit. Der Kasten war ein Pulverfaß voller Geheimnisse. Er hatte Canberra und Sydney in der Nachkriegszeit erwähnt und Andeutungen auf große Namen gemacht. In meinem Hinterkopf flammte der Gedanke auf, daß die Kartei lieber verbrannt werden sollte, aber ich verwarf ihn. Ich hatte eine Aufgabe zu erledigen und war äußerst neugierig.

»Ihnen hat es wohl die Sprache verschlagen, Mr. Hardy?«

Plötzlich war ich mir der Pistole bewußt und steckte sie in den Gürtel. Sie erschien mir wie ein albernes Spielzeug, ich wollte den Kasten in den Händen halten.

»Kommen Sie, Dr. Osborn, wir müssen einen Ausweg aus diesem Schlamassel finden.«

Er folgte mir hinunter auf den festen Boden. »Schlamassel? Was meinen Sie?«

»So naiv können Sie doch nicht sein. Diese Aufzeichnungen sind Dynamit.«

»Warum?«

»Zum einen wollen Väter ihre Kinder selber zeugen. Eine Eigenart, die mir aufgefallen ist. Sie überlassen das nicht gern anderen.«

»Ja, also, ich kenne viele ...«

»Erzählen Sie's nicht.«

»Ich wußte, es war ... delikat, und deshalb habe ich sie hier draußen aufbewahrt, zum Teil deswegen. Ich bin immer rausgefahren, um an der Kartei zu arbeiten, Nachträge zu machen. Nur habe ich sie stets als wissenschaftliche Unterlagen betrachtet.«

»Ich denke an Erpressung und anderes.«

»Aber es ist so lange her, zwanzig Jahre und mehr.«

»Erinnerung reicht weiter zurück, Verdacht altert nicht.«

»Sie sind ein Philosoph, Mr. Hardy.«

Wir gingen auf dem ausgewaschenen Trampelpfad zur Lichtung hinunter. Die Luft war warm und duftete intensiv nach Wald. Ein schönes Plätzchen für ein Picknick mit leckerem Essen und kaltem Wein und ein geeigneter Platz, sich auf niedergetretenem Farnkraut zu lieben. Wir ließen die Bäume hinter uns, und der Anblick der kahlen, einsamen Schornsteine erinnerte mich an die Aufgabe, die nichts mit Picknicks zu tun hatte und nicht viel mit Liebesspiel im Gebüsch. Ich redete, er hörte zu. Er selber redete ebenfalls; ich versuchte, auf seine Beschreibungen der Klinik – so nannte er es – und der Methoden einzugehen, nach denen er und Gertrude Callaghan ihre Arbeit abgewickelt hatten. Für meinen Geschmack war ein Hauch »moralische Rehabilitation« zuviel darin, doch sprach er von anderen Zeiten, als uneheliche Geburt ein lebenslanger Fluch sein konnte und Scheidungsrichter Priestern der Inquisition glichen.

Er lehnte sich an den Cortina und sah mich aus zusammengekniffenen Augen skeptisch an.

»Und nun?«

»Nun fahren Sie mich zu meinem Wagen, und wir begeben uns beide zu Ihrem Haus. Sie helfen mir, das zu finden, was ich in dieser Kartei suche, wenn es darin ist. Ich mache mir ein paar Notizen und gebe Ihnen die ganze Trickkiste mit ein paar guten Ratschlägen zurück.«

»Und die wären?«

»Entschließen Sie sich schnell, Ihre Entdeckungen aufzuschreiben, oder übergeben Sie das Ganze einer Bibliothek oder einem Archiv. Das ist möglich, Dr. Osborn. Außerdem können Sie eine Sperrfrist festsetzen, sagen wir, fünfundzwanzig Jahre. Sie hinterlassen eine Benutzungsanweisung zu allem, falls das nötig ist, und Sie sind es los. Wenn die Zeit reif ist, wird ein Student sich damit befassen. Ihre Arbeit wird die gebührende Anerkennung finden, obwohl Sie dann schon längst tot und begraben sind.« Ein Schauer überlief mich bei meinen Worten; ich fragte mich, ob ich damit nicht einen Dämon zitiert hatte und zu der Zeit, oder eher, selber nicht mehr da wäre.

Wir stiegen ein. »Ich bin geneigt zu glauben, daß Sie sich an Ihre Worte halten«, sagte er.

»In Ordnung.« Es war Zeit, mit dem Unfug aufzuhören. Das ganze Gerede von vergangenen Tagen hatte mich abgelenkt. Ich falle immer wieder darauf herein. Aber vielleicht hatte ich einen handfesten Hinweis auf den letzten der Chattertons unter dem Arm und verspürte den heftigen Drang des Profis, weiterzumachen.

»In Ordnung«, wiederholte ich.

Er startete und rollte den Pfad hinunter, so wie er es viele, viele Male zuvor getan hatte.

12

In sein Haus zurückgekehrt, ließen wir uns in den Verandasesseln nieder, und ich nahm den Kasten. Ein paarmal rüttelte ich ihn hin und her und reichte ihn weiter.

»Wir wollen das noch einmal klarstellen, Dr. Osborn. Mein Interesse an Ihrer Kartei bezieht sich auf eine Periode vor annähernd dreißig Jahren. Nach meinen Informationen wurde zu dieser Zeit eine junge Frau von einem Kind entbunden. Ich weiß nicht, welchen Namen sie angegeben hat, aber ich kenne ihren Mädchennamen und den Namen ihres Mannes – die wird sie wohl nicht benutzt haben.«

»Genau.« Er trommelte mit den Fingern auf dem Kastendeckel. »Die Frau hatte das Kind nicht von ihrem Mann, ist das richtig?«

An diesem Punkt stieß mir zum erstenmal auf, daß es so gewesen sein könnte. Dennoch, so oder so spielte es keine Rolle. Wichtig war das Chatterton-Blut.

»Mir wurde gesagt, es war das Kind ihres Mannes. Das beeinflußt die Untersuchung nicht. Die Mutter ist der ausschlaggebende Teil.«

»Verstehe.« Er griff in den Kasten und begann, die Karten schnell durchzublättern, herauszuziehen und zurückzustecken. Ich gierte nach einer Zigarette, wollte jedoch unsere empfindliche Entspannung nicht gefährden. Er sah mich an. »Eine junge Frau, sagten Sie?«

»Ja, sehr jung – noch keine zwanzig.«

Er nickte und suchte weiter. Schließlich hielt er einen Packen Karten hoch. »In jenen Jahren unterbrach ich die Schwangerschaft bei dreiundzwanzig solcher Frauen.« Er gab mir die Hälfte der Karten. Ich warf einen Blick darauf. Sie waren mit einer ordentlichen, feinen Handschrift bedeckt. Ich schnippte mit einem Daumennagel gegen die Karten.

»Ich glaube nicht, daß die Schwangerschaft unterbrochen wurde.«

»Sie meinen, Sie hoffen es. Können Sie sicher sein?«

»Ich glaube, ja«, antwortete ich langsam und war mir der Dürftigkeit meiner Informationen sowie meiner Ignoranz in punkto Schwangerschaft bewußt. »Das Foto, das ich gesehen habe, zeigte eine Frau, die schwanger aussah. Bedeutet das nicht, daß sie zu weit fortgeschritten war, um eine Unterbrechung vornehmen zu können?«

»Nicht unbedingt. Das ist von Fall zu Fall verschieden.«

»Die Schwester«, fuhr ich verzweifelt fort. »Die Schwester war auf dem Foto. Sie kannten sich. Die Schwester muß sie als jemand Besonderen betrachtet haben.«

Er nahm die Brille ab und rieb sich die Augen. »Das ist eine dumme Bemerkung, Mr. Hardy. Gertrude Callaghan war die herzlichste und liebevollste Frau, die ich je kennengelernt habe. Für sie war jede etwas Besonderes.«

Ich akzeptierte die Niederlage. »Sie haben recht. Ich *hoffe*, daß ein Kind geboren wurde. Darf ich die anderen Karteikarten sehen?«

Er gab sie mir, es waren sieben. Ich las sie genau durch. Oben stand jeweils ein Name, zuerst der Nachname in Großbuchstaben. Es folgten Daten, dann Statistisches. Die Bemerkungen sagten mir nicht viel – medizinischer Kram, verabfolgte Arznei, Tests, verschiedene Meßwerte. Jede Karte enthielt einige Zeilen über die Entbindung mit Angabe der Zeit, des Gewichts, anderer Maße, benutzter Instrumente und so weiter. Ich las alles durch und gab Osborn drei Karten zurück.

Er überflog sie. »Mädchen. Nur ein Sohn kommt in Frage?«

Ich nickte.

»Ich wollte selber einen Sohn, aber es sollte nicht sein. Haben Sie Kinder, Mr. Hardy?«

Ich schüttelte den Kopf, noch mit den Karten beschäftigt.

»Elternschaft ist paradox. Kinder machen einen zum Sklaven, aber man hat viel Freude an ihnen. Meine eigene Tochter ...« Er gebot sich Einhalt. »Was machen Sie?«

Ich hatte einen Kugelschreiber herausgezogen und kritzelte auf die Rückseite eines Umschlags. »Ich versuche bei diesen Namen, ob sie ein Anagramm ergeben oder so was. Die meisten Leute, die falsche Namen annehmen, greifen sie nicht einfach aus der Luft.«

»Darin bin ich gut; ich bin ein Kreuzworträtselfan. Wie lauten die Namen?«

Ich reichte ihm die Karten und den Umschlag. Es war mir nicht geglückt.

Er prüfte alles und schrieb die Namen senkrecht auf ein leeres Blatt. Dann kritzelte er Brain und Chatterton daneben. Er krakelte herum, malte Schnörkel und Strichmännchen und umrandete Buchstaben. Ich wurde ungeduldig, fühlte mich betrogen und verspürte das schleichende, unwiderstehliche Verlangen nach Tabak. Ich rutschte auf meinem Sessel und streckte die Hand aus.

»Ich muß es auf die umständliche Art versuchen, Dr. Osborn. Jede einzelne durchgehen. Ich hoffe nur, sie sind nicht zu sehr verstreut.« Ich war gereizt und hätte beinahe mit den Fingern geschnippt.

»Das brauchen Sie nicht, wissen Sie.« Er nahm eine Karte und gab sie mir. »Ich wette, das ist die richtige.«

Ich sah sie mir an. Nichts. »Warum?«

»Sie waren auf dem richtigen Weg, bloß ein bißchen ab vom Kurs. Allerdings ist es kein Anagramm.«

»Was denn?«

»Assoziation. Der Dichter Chatterton gestaltete ähnlich wie Sir Thomas Malory vorhandenes Material nach. Deshalb der Name auf der Karte. Wußten Sie das nicht über Chatterton?«

»Nein. Ich wußte, daß er irgendwie ein Schwindler war.«

Er seufzte. »Sie sind kein so großer Zyniker, wie Sie vorgeben, Malory. Die Geschichte von König Artus. Das ist ein bedeutendes Werk, geschrieben zu einer Zeit, als Englisch eine richtige Sprache war und kein Mischmasch von diesem und jenem.«

»Ich weiß nur noch, daß es genau wie Französisch war«, knurrte ich. Er erwiderte etwas, was ich nicht verstand. Ich wurde an Henry Brains Vorliebe für Zitate erinnert, doch meine Aufmerksamkeit hatte sich bereits der Karteikarte zugewandt.

Die zierliche Handschrift war ausgeblichen, als dürfte ein solcher Haufen Unwahrheiten die Zeitläufe nicht überdauern. Barbara Malorys Alter war mit siebzehn Jahren angegeben, und es folgte ein kurzer Bericht über ihre körperliche Verfassung, die ausgezeichnet war. Zweifel wurden hinsichtlich ihrer seelischen Stabilität zum Ausdruck gebracht. Am Sonnabend, dem 3. Dezember, um 13.34 Uhr war sie von einem 3970 Gramm schweren Jungen entbunden worden. Die Geburt verlief ohne Komplikationen, das Kind war gesund. Barbara hatte weder bei der Aufnahme noch bei der Entlassung eine Adresse angegeben – sie kam von nirgendwo und ging nach nirgendwo. Sie war elf Tage in der Klinik geblieben und hatte pro Tag fünf Pfund bezahlt; für Arztkosten hatte sie achtunddreißig Pfund entrichtet. Okay, das war gut und schön, Glückwünsche an alle, aber was war aus dem Kind geworden? Es war einige Tage länger als die Mutter geblieben und wurde als »ungewöhnlich kräftig und gesund« beschrieben. Dieser Mitteilung folgte eine einfache einzeilige Eintragung: Mr. und Mrs. Gilbert Baudin, 116 Red Oak Road, Forrest, Canberra.

Ich hielt Osborn die Karte hin, den Daumen unter der Adresse. Der Nagel war gesplittert und schmutzig. Als ich in der Nacht zu Boden ging, mußte ich mich am Boden festgekrallt haben. Plötzlich fühlte ich mich müde und in ganz mieser Verfassung, mein Adrenalinspiegel jedoch stieg. Die Karteikarte wirkte wie eine Dusche, eine Rasur und eine Flasche Champagner.

»Sie haben das Baby genommen?«

»Ja.«

»Keine gesetzliche Adoption?«

»Nein.«

»Wie wurden die Details gehandhabt? Die Registrierung und so weiter?«

»Ich weiß es nicht.«

»Das ist schwer zu glauben, Dr. Osborn.«

»Trotzdem ist es wahr. Die Leute, die die Kinder nahmen, waren fest entschlossen. Von den offiziellen Agenturen waren sie abgewiesen worden, gewöhnlich aus lächerlichen Gründen, wie, sie seien keine Christen.« Dabei hätte er wohl am liebsten ausgespuckt. »Sie hätten alles getan, um ein gesundes Kind zu bekommen, und sie haben alle Formalitäten, die Sie erwähnen, selbst erledigt.« Er las den Namen vor. »Baudin, Baudin. Nein, ich besinne mich nicht auf sie. Aber einige dieser Leute hatten Einfluß, sie waren alle intelligent und verantwortungsbewußt, darauf habe ich geachtet.«

»Sie sagten, Sie hätten die Entwicklung der Kinder verfolgt.«

»In einigen Fällen, ja.« Er drehte die Karte um. »In diesem nicht.«

Ich notierte Namen und Adresse und gab die Karte zurück. Er balancierte den Kasten auf seinen knochigen Knien und ordnete jede Karte sorgfältig wieder ein. Ich erhob mich und streckte ihm die Hand hin.

»Danke für Ihre Mitarbeit, Dr. Osborn.«

Wir schüttelten uns die Hände. Er blieb sitzen.

»Sie haben bekommen, was Sie wollten. Sie verstehen Ihr Geschäft, Mr. Hardy.«

»Manchmal.«

Er stellte den Kasten auf den Boden und zog sich hoch. Ein Bein verweigerte den Dienst und knickte ein, so daß er schwer atmend in den Sessel zurücksank.

»Ich glaube, ich werde das mit der Kartei so machen, wie Sie vorschlagen. Ich werde es nicht selber zu Papier bringen, bin zu alt.«

»Ein bißchen Kampfgeist steckt doch noch in Ihnen.«

Ich hatte den Eindruck, er wollte mich nicht gehen lassen. Es war, als gäbe es da unerledigte Dinge. Aber ich wußte nicht, was es sein könnte oder was ich ihm sonst sagen sollte. Ich ging zum Verandaeingang. Er sah eingefallen und geschrumpft aus in dem Korbsessel.

»Nicht viel. Glauben Sie, ich bin in Gefahr?«

»Von wem?«

»Sie sagten, Gertrude ist ermordet worden … etwas im Zusammenhang mit meiner Arbeit.«

»Ich habe ein bißchen theoretisiert«, gab ich zu. »Ich weiß nicht mit Sicherheit, daß sie getötet wurde. Einiges deutete darauf hin, daß das Haus durchsucht worden war; ebenso könnte sie eines natürlichen Todes gestorben sein. Sie war eine alte Frau und auch gebrechlich, nehme ich an.«

»Ja, in steigendem Maße.«

»Nun …« Ich dachte wieder an Henry Brain, der sich bestimmt nicht selber in der Toilette erschlagen hatte. Aber wer immer mich außer Gefecht gesetzt hatte, begnügte sich damit, es dabei zu belassen. Vielleicht war Brains Tod eine Art Unfall. Jedenfalls glaubte ich nicht, daß ein wahnsinniger Killer frei herumrannte, und das sagte ich Osborn.

»Ich werde Sie nicht erwähnen, wenn die Polizei aufkreuzt, um mir von Gertrude zu berichten.«

»Wahrscheinlich wird sie gar nicht hinzugezogen. Schwester Callaghan muß doch Freunde gehabt haben. Ob nicht einer sie bald findet?«

»Ja.«

Ich drückte noch einmal mein Bedauern aus und merkte, daß ich mich wiederholte. Ich wollte mehr sagen, um ihm zu verstehen zu geben, daß ich wußte, wie ihm zumute war, aber ich ließ es bleiben. Er war ein verschlossener Mensch. Die Flecken um seine Augen waren jetzt fast schwarz und breiteten sich aus. Er schien durch mich hindurchzublicken, in einen langen, dunklen Tunnel.

»Die Kartei …«

»Ja?« Mir kam der Gedanke, daß dieser Fall bisher

hauptsächlich aus Aufzeichnungen bestand, Karteikarten und Akten, zuzüglich zweier Toter. In der Phantasie war ich bereits auf dem Weg nach Canberra, einer Stadt, die ganz aus Karteien und Akten bestand.

»Diese Unterlagen sind auf eine Weise ehrlich, wie es die meisten ärztlichen Dokumente nicht sind. Mediziner vertuschen ihre Fehler; sie machen sich spätere Erkenntnisse zunutze. Ich selber habe das gemacht. Aber nicht hier.« Er blickte auf den Kasten. »Das ist meine wahre Karriere als Arzt.«

»Dann besitzen Sie etwas, worauf Sie stolz sein können.«

»Nein. Ich war egoistisch. Meine Frau ... für sie habe ich nichts getan. Meine Tochter ist im Kindbett gestorben.« Nun hatte es ihn gepackt, er wanderte leidvoll im Garten seiner Erinnerungen. »Und Gertrude, Gertrude hat drei Kinder verloren. Es gab nichts, was ich tun konnte. Den Menschen, die ich liebte und die ich hätte lieben sollen, hat meine Arbeit nichts genutzt.«

Seine Stimme brach. Tränen rannen ihm über das zerfurchte, alte Gesicht. Ich hob eine Hand zu einer Art Gruß und ging. Zwar war ich kaum weiter in sein Haus eingedrungen als in die Veranda, aber ich hatte mich tief, tief in sein Leben eingeschlichen.

13

Es war beinahe Mittag. Ich hatte nicht geschlafen, hatte nichts gegessen, hatte mich nicht rasiert. Ich war müde, hungrig, schmutzig, und ich stank. Es war bewölkt, aber heiß, und ich kam in meinen verschwitzten Sachen vor Hitze um. Ich fuhr zur Küste, wühlte nach einem Handtuch und ging durch ein paar grasbestandene Dünen zum Strand. Es war Ebbe, und der Sand streckte sich sauber und weiß dahin. Ich entfernte mich so weit wie möglich von den anderen Menschen am Strand – einem Pärchen, das sich unter einem Schirm knutschte, und zwei abgearbeiteten Müttern mit etwa zehn Kindern. Aus anderthalb Kilometer Entfernung sah die Brücke aus wie ein über die Flußmündung geworfenes Spinnennetz; eine Anzahl kleiner Boote tanzte draußen auf dem tiefblauen Wasser jenseits der sanften Brandung.

Ich entkleidete mich bis auf die Unterhosen und stieg ins Wasser. Es war kalt; ich tauchte unter einer Welle hindurch und schwamm mit kurzen, schnellen Zügen flott auf die Boote zu. Außerhalb der Brandung, aber noch ein gutes Ende von den Booten entfernt, ging mir die Puste aus. Eine Zeitlang ließ ich mich auf dem Rükken treiben und schaute zum Himmel, der klarer und näher zu sein schien als in der Stadt. Dann düste ein Flugzeug darüber und hinterließ einen dünnen weißen Streifen. Ich warf mich herum und schwamm zurück. Die

Wellen taugten nicht zum Schwimmsurfen; aber ich hätte sie ohnehin nicht einholen können – mir fehlte einfach die Schnelligkeit.

Nach einem Strandspaziergang und einer kalten Dusche im Sanitärblock fühlte ich mich hinreichend erfrischt, mich mit der Fahrt nach Canberra zu befreunden. In Blackman's Bay kaufte ich Benzin und zwei Salatbrötchen. Es war immer noch ein hübscher Ort, meine Erinnerungen daran würden jedoch nie mehr ganz dieselben sein. Als Reisebegleitung nahm ich ein paar Dosen Bier mit; ich sah noch ungepflegt aus, fühlte mich aber in bester Verfassung.

Die Strecke von der Küste nach Canberra ist nicht die schlechteste der Welt. Die Straße ist größtenteils gut, wenn auch stellenweise etwas schmal, und einige Kurven sind haarig. Ich habe sie nie mit einem guten Wagen zurückgelegt; für mich ist es eine gute Fahrt, wenn ich ohne kochenden Kühler über die Berge komme. Das schaffte ich und surrte mit konstanten hundert Kilometern durch das ebene Farmland. Akademiker und Beamte haben die Häuser in den kleinen Städten bezogen, und in den Hauptstraßen findet man heutzutage neben Restaurants auch Geschäfte, die Keramik und Rohwolle verkaufen.

Vor Queanbeyan wurde der Verkehr stärker und zwang mich zum Kriechtempo. Die Stadt schien ihr eigenes Stück blauen Himmel zu besitzen, das ordentlich darüber ruhte. Nach der Sauberkeit der Berge und Farmen schmeckte die Luft hier nach Abgasen und Gummireifen. Ich fand ein Motel mittlerer Preislage am Südrand und buchte ein Zimmer. Ich wusch mein Hemd im Waschbecken, schwamm eine Runde im Swimmingpool und legte mich aufs Ohr, nachdem ich darum gebeten hatte, um sieben Uhr geweckt zu werden. Nach dem Schlaf war ich schön ausgeruht und rasierte mich mit einer alten Klinge und der Motel-Seife. Es tat weh. Die Haare wusch ich mir mit derselben Seife und dachte an Ailsa, meine Ex-Frau, meine reiche Ex-Frau, die mir Seife und Shampoos und Rasiercremes gekauft hatte, so daß ich immer gut roch. Dann fiel mir Cyn ein, meine Ex-Frau, die sich nach kurzer Zeit einen Dreck darum scherte, wie ich roch oder was ich tat, dachte oder sagte. Das Komische war, beide fehlten mir.

Um acht Uhr hatte ich ein aufgefrischtes Hemd an, präsentierte ein sauberes Gesicht und war bereit für einen Besuch. Im Motelbüro ließ ich mir den Weg zur Red Oak Road erklären und fuhr durch die kreis- oder halbkreisförmig angelegten Straßen, mit denen man dort den Fremden den Hochmut austreibt. Das Viertel schien vornehmlich von Professoren und anderen betuchten Typen bewohnt zu sein; die Vorgärten waren groß und breit, die Häuser stellten viel Holz und Glas zur Schau und geizten nicht mit Steinmauern und Terrassen. Das Baudinsche Grundstück machte der Straße alle Ehre. Es hatte einen Vorgarten von einem halben Morgen Größe, und die Bäume schienen speziell zu dem Zweck ausgewählt, einen geballten Effekt an Geschmack und Ordnung zu bieten. Am Ende der Einfahrt sah ich eine große Garage mit zwei europäischen Wagen. Mehr von der Sorte standen auf der Straße.

Ich parkte und ging durch das offene Tor zum Haus, eine schön ausgeführte Angelegenheit aus weißem Backstein, der mit Efeu oder ähnlichem bewachsen war. Wasserplatschen und Heiterkeitsausbrüche hinter dem Haus zogen meine Aufmerksamkeit auf sich, deshalb strebte ich auf der Einfahrt dem hinteren Teil des Anwesens zu. Ein Durchlaß im weißen Gitterwerk führte auf einen gefliesten Innenhof, der von einer niedrigen Mauer umgeben war. Hinter der Mauer befand sich ein Swimmingpool und ein großer gepflegter Rasen. Es war noch hell und warm genug für Spaß, Spaß und nochmals Spaß; Wasser spritzte aus dem Becken und glitzerte wie Quecksilber. Etwa zehn Gäste tummelten sich darin, und dreimal so viele außerhalb. Die trockenen Gäste trugen Freizeitkleidung und hielten Drinks in der Hand. Die Geschlechter waren anscheinend gleich stark vertreten. Ich trat nur wenige Schritte auf den Hof, als ein großer Mann im dunklen Anzug aus dem Haus eilte und mir den Weg verstellte.

»Private Gesellschaft, Sir«, sagte er ruhig.

»Ist das der Wohnsitz der Baudins?«

»Private Gesellschaft«, wiederholte er. »Geladene Gäste.«

»Der Abend ist jung. Ich hoffe, sie genießen ihn. Ich bin nicht wegen einer Party hier, ich möchte Mr. und Mrs. Baudin sprechen.«

»Worum handelt es sich?«

Ich überreichte ihm eine Visitenkarte. Er las und musterte mich eingehend; sein Gesicht verriet nichts, aber die Augen brachten zum Ausdruck, daß er sich fragte, wie jemand so tief sinken konnte. Das störte mich.

»Wer sind Sie übrigens – der Partylieferant?«

»Ich bin Mr. Baudins Sekretär.«

»Und Rausschmeißer?«

»Wenn es nötig ist. Bisher war es nicht erforderlich.«

Falls das eine Einladung war, war ich bereit, sie abzulehnen. Er war etwas größer als ich und einige Pfund schwerer, und jedes davon durchtrainiert. Seine Haltung war gut, und er hatte die Karte so schnell verschwinden lassen, daß ich nicht folgen konnte. So hatte er die Hände wieder frei.

»Ich möchte keinen Ärger, bloß ein, zwei Minuten mit dem Gastgeber sprechen, dann bin ich schon wieder fort – ich mache noch nicht mal ein Glas schmutzig.«

Unsere Begegnung muß beunruhigend ausgesehen haben, denn sie hatte die Aufmerksamkeit einiger Gäste erregt. Zwei von ihnen schlenderten auf uns zu. Der Sekretär deutete mit einer Geste an, daß ich abgewiesen sei und schlimmstenfalls mit Gewalt zu rechnen hätte, als einer der Zuschauer mich ansprach.

»Hei, Cliff Hardy, Cliff!« Er hob das Glas. Ich erkannte in ihm einen Reporter aus Sydney. Wie ich wußte, war er jetzt Mitarbeiter eines Kabinettministers. Während ich krampfhaft nach seinem Namen suchte, gaben wir uns die Hand.

»Wie läuft's denn so, Cliff?«

»Ganz gut.«

»Kennen Sie Mr. ... Hardy, Mr. Rose?«

Tom Rose.

»Na klar, aus meiner Sydneyer Zeit. Immer noch private Ermittlungen, Cliff?«

»Richtig. Immer noch überzeugter Unabhängiger?«

Er lachte. Rose ist klein und untersetzt, und sein Lachen hört sich an, als schlage man auf ein Petroleumfaß. Es tat seine Wirkung bei dem Sekretär. Ich war akzeptiert. Er verbeugte sich und ließ ein paar vertrauliche Worte fallen.

»Mr. Baudin war indisponiert. Ich werde ihm Ihre Karte geben und erwähnen, daß Sie mit Mr. Rose bekannt sind. Vielleicht empfängt er Sie.«

»Danke, Jeeves«, sagte ich. Mit athletischen Schritten verschwand er im Haus, und ich wandte mich Rose zu.

»Sie haben wohl ein bißchen Einfluß in dieser Stadt, Tom?«

»Bloß ein bißchen. Kommen Sie und nehmen Sie einen Drink, Cliff. Hören Sie, ich möchte Sie gern mit Richard bekannt machen ...« Er drehte sich um, doch sein Begleiter, der dort gestanden hatte, war verschwunden. »Scheiß, er ist weg. Macht nichts, kommen Sie und trinken Sie was, es ist genug da – vom Besten.« Er sprach etwas undeutlich. An ihm lag es also nicht, daß noch genug da war. Er ging auf die Menge zu, und ich folgte ihm.

»Wer ist dieser Baudin überhaupt?«

Er tat beinahe einen Satz. »Industriekapitän, Kumpel, Industriekapitän. Zumindest ist er das jetzt. Er war mal Staatsangestellter, genau wie ich.«

»Welcher Bereich? Land? Finanzen?«

»Ich will lieber nicht darüber sprechen, Cliff. Jetzt ist er ganz groß im Bergbau. Da sind wir, was nehmen Sie?«

Wir waren an einem Bocktisch angelangt, der mit Flaschen, Sektkübeln, Siphons und Zitronenschreiben beladen war.

»Gin and Tonic«, bestellte ich.

Eine schlanke Blonde in pinkfarbenem Hosenanzug löste sich aus einer Gruppe von Trinkenden am Swimmingpool und kam zum Tisch.

»Lassen Sie mich das machen«, sagte sie mit heiserer Stimme. »Hallo, Tom. Und für wen schreiben Sie?« Sie hantierte mit Gordon's Dry Gin, Schweppes Tonic und Eis wie eine, die was davon versteht.

»Für die ›New York Times‹«, antwortete ich.

»Nebenberuflich oder fest angestellt? Stell uns vor, Tom.«

Rose seufzte. »Cliff Hardy, Billie Harris.«

Lächelnd reichte sie mir das Glas. Einer ihrer Vorderzähne war leicht gelblich, aber der eiskalte Drink schimmerte bläulich, wie es sich für einen guten Gin and Tonic gehört. »Ihr Akzent hört sich gar nicht amerikanisch an, Cliff, waren Sie lange drüben?« Ihre Hände waren mit dem nächsten Getränk beschäftigt, ohne daß sie die glitzernden Augen von mir abwandte. »Was machen Sie bei der NYT – Politk, Aktuelles?« Sie kam hinter dem Tisch hervor und näherte sich.

»Ich übernehme alles«, antwortete ich verzweifelt.

Eine große Person fiel in den Pool oder wurde hineingestoßen. Das Wasser spritzte hoch auf, Frauen kreischten, Männer fluchten, und Billie Harris schaute sich um. Rasch schlich ich mich nach rechts davon, hielt mich ein paar Minuten versteckt und kam auf einer höheren, künstlich angelegten Ebene wieder heraus. Tom Rose goß gerade Bier aus einer großen Dose in einen Humpen.

»Sie haben ja Ihre Hosen noch an, Cliff«, frohlockte er. »Stimmt was nicht?«

»Verdammt, hören Sie auf, ich hab zu tun. Erzählen Sie mir mehr von den Baudins. Was ist mit der Frau?«

»Da gibt's keine Frau, sie ist vor ein paar Jahren gestorben.« Er nahm einen Schluck Bier und fragte beiläufig: »Warum fragen Sie, Cliff?«

Als ich mir die nächste Frage zurechtlegte, hatte ich ein trockenes Gefühl in der Kehle, das ich mit Gin bekämpfte. »Was ist mit dem Sohn, ist er hier?«

»Baudin hat, glaub ich, zwei Söhne. Kommt darauf an, welchen Sie meinen. Na los, Cliff, worum geht's?«

Der professionelle Ton seiner Stimme warnte mich zur Vorsicht. Rose war noch Journalist, immer noch ein Schmierfink, selbst wenn er jetzt Treppenterrier eines

Politikers war. Es wäre keinesfalls im Sinne von Lady C. gewesen, wenn alle Welt über ihren lange verlorenen Enkel informiert worden wäre, bevor sie selber ihn kennengelernt hatte.

»Baudin ist nur ein Anhängsel einer anderen Sache, Tom«, gab ich zur Antwort. »Wie läßt sich denn Ihr Job hier an?«

Er berichtete ziemlich ausführlich. Es ging mir alles gegen den Strich, nichts als Entschuldigungen und noch einmal Entschuldigungen dafür, daß er einen wirklichen, wenn auch unbequemen Beruf für einen unwirklichen eingetauscht hatte. Ich hörte nur mit halbem Ohr zu, hielt nach Billie Harris und dem Sekretär Ausschau und trank aus. Rose war mit seinem Bier fertig und holte sich Nachschub. Ich schlenderte zum Pool, in dem jetzt nur zwei Personen waren – ein Mann und eine Frau, die sich wassertretend am tiefen Ende wie Verschwörer unterhielten. Die Party hatte sich auf den Teil des Rasens verzogen, wo einige transportable Grills auf vollen Touren liefen. Ich starrte in das Becken; im schwindenden Tageslicht sah das Wasser aus wie sich leicht kräuselnde grüne Tinte. Auf der Suche nach Jeeves drehte ich mich um und stieß mit einer Frau zusammen, die hinter mir aufgetaucht war. Ich entschuldigte mich und mußte ihr dabei direkt in die Augen sehen; sie war fast so groß wie ich und hielt den Kopf aufrecht. Sie wirkte arrogant.

»Schon gut«, sagte sie. »Ich hätte husten sollen oder so was. Ich wollte mit Ihnen sprechen.«

»Warum?«

»Erstens habe ich Sie noch nie auf einer dieser Feten gesehen, und zweitens waren Sie mit Rose zusammen.«

»Macht mich das interessant?«

»Könnte sein. Ich beobachte seinen Minister.«

»Sie sind also Journalistin. Was wissen Sie über diesen Baudin?«

Sie lächelte, und die Arroganz fiel von ihr ab. »Ich zuerst – haben Sie irgendwelche Skandalgeschichten?«

»Tonnenweise, aber nicht über Toms Chef – leider.«

»Na ja, es war ein Versuch.« Sie kam näher. »Jetzt fällt mir auf, daß Sie etwas Hartes an sich haben. Sind Sie Polizist?«

»Nein, Privatdetektiv.«

Wieder das Lächeln. Sie begann mir zu gefallen. »Aber Sie schnüffeln nicht hinter Crowley her?«

»Wenn das Toms Boss ist, nein. Warum zapfen Sie nicht Tom an?«

»Er ist besoffen. Da drüben ist er, mit einem ganzen Karton voller Dosen.« Sie deutete auf eine schattige Stelle. Ich versuchte, sie zum Getränketisch zu lotsen, ohne sie unverhohlen am Arm zu packen oder an den Haaren hinzuschleifen. Sie trug ein blaues Kleid mit einer roten Krawatte nach Matrosenart. Das dunkle Haar war kurzgeschnitten, und die langen schlanken Beine steckten in weißen, hochhackigen Sandaletten. Die ebenfalls dunklen Augen standen leicht schräg in einem breiten Gesicht mit hohen Wangenknochen. Am Tisch angelangt, bat sie um einen Scotch mit Eis. Ich bereitete ihn zu und goß für mich zwei Schluck Gin in ein Glas Tonic.

Ich reichte ihr den Drink. »Cliff Hardy. Und wie ist Ihr Name?«

»Kay Fletcher. Was führt Sie hierher? Sie kommen vermutlich aus Sydney?«

In ihrer Stimme schwang eine Sehnsucht mit, die ihr in meinen Augen weitere hundert Punkte oder mehr einbrachte.

»Sydney, genau. Was wird auf dieser Party gefeiert?«

»Ach, so eine Transaktion, die er getätigt hat, eine Mine, glaub ich. Die Regierung hat Geld zugeschossen, deshalb sind die krummen Politiker hier.«

»Und Leute wie Sie und Rose.«

»Ich hatte nichts Besseres zu tun.«

»Schwer zu glauben.«

»Danke, aber es stimmt. Ich habe es im ersten Jahr hier mit allen nur denkbaren Männern versucht, ich habe keine Lust, mir den Rest auch noch anzutun.«

Es war weder eine Einladung noch eine Abfuhr. Ich folgerte, daß sie sich für mich interessieren könnte, wenn ich interessant genug wäre – eigentlich fair. Doch da war mein Job zu erledigen, und unwillkürlich hielt ich nach dem Sekretär Ausschau. Ich entdeckte ihn hinten an der Mauer, wo er sich unter den Gästen umsah, die sich um das brutzelnde Fleisch versammelt hatten.

»Hören Sie, Kay, ich muß was erledigen.« Ich deutete auf den großen, dunkelhaarigen Kerl. »Ich muß zu ihm und mit Baudin sprechen. Es dauert wahrscheinlich nicht lange. Bleiben Sie noch hier?«

Sie sah auf ihre große Uhr, dazu gemacht, die Zeit anzuzeigen. »Ich gebe Ihnen eine Stunde, vielleicht etwas länger.«

Ich strich ihr über den Arm, was den Wunsch nach engerer Berührung weckte, und ging zum Haus. Der Sekretär ragte drohend vor mir auf wie ein mittelalterlicher Ritter, der von seinem Burgwall aus Angreifer inspiziert.

»Mr. Baudin empfängt Sie.«

Ich sprang mit einem Satz über die Mauer, um Eindruck auf das Mädchen zu machen, aber ich bereute es sofort. Der Ritter schien es nicht zu bemerken und schritt über die Steinplatten zum Haus. Als ich durch die Verandatür eintrat, kam ich darauf, wie seltsam es doch war, daß Baudin noch nach dreißig Jahren im selben Haus wohnte, obwohl er sich in der Welt so weit nach oben gearbeitet hatte. Nicht, daß es nicht ein recht ansehnlicher Schuppen war, mit dicken Teppichen und Bildern an den Wänden, die keine Drucke waren. Der Sekretär führte mich in ein eher kleines Zimmer, auf der einen Seite eine Bar, auf der gegenüberliegenden Bücher, vier große, samtbezogene Sessel. Zwei Männer saßen dort. Einer war klein und verwelkt mit feinem grauen Haar um den sonst kahlen Schädel. Die Glatze leuchtete babyrosa, ein seltsamer Gegensatz zu der alten, zerfuchten Gesichtshaut. Er trug ein cremefarbenes Hemd, cremefarbene Hosen und weiße Schuhe, wie die Wimbledon-Helden vor langer Zeit. Der andere hatte einen leichten Anzug mit offenem Jackett an, das einen weichen, ausladenden Bauch sehen ließ. Das Gesicht war bleich und aufgedunsen. Er war etwa dreißig Jahre alt.

14

Sir Galahad nannte leise meinen Namen und entfernte sich. Der alte Herr hielt meine Karte in einer Hand, in der anderen ein Glas mit einer Flüssigkeit von der Farbe ganz schwachen Tees – wahrscheinlich eine ganz dünne Mischung von Whisky mit Wasser.

»Guten Abend, Mr. Hardy.« Er hob die Karte einen Millimeter hoch, als wöge sie eine Tonne. »Ich bin Nicholas Baudin. Darf ich fragen, worüber Sie mit mir sprechen wollen?« Seine Stimme klang matt und bei den Endsilben bloß noch gehaucht.

Bevor ich antworten konnte, griff der andere ein.

»Sei nicht albern, Vater, was könntest du so einem schon zu sagen haben?« In seiner Stimme lag Hohn, gleichzeitig auch etwas Befürchtung: er lehnte sich vor und las die Karte. »Ein Privatdetektiv, der Rose kennt und Kay Fletcher, diese Schlampe. Das ist doch offensichtlich so eine Schnüffelei der Presse.«

»Das ist mein Sohn Keir«, sagte Baudin. »Es ist sein Haus.«

»Es gehörte doch Ihnen«, warf ich ohne besonderen Grund ein.

Keir genehmigte sich noch einen Drink. »Stellen Sie Nachforschungen über die Familie an, Hardy? Wird Ihnen nichts bringen. Wir haben keine Familiengeheimnisse.«

Das Gesicht des Alten straffte sich, und als er einen

kleinen Schluck trank, zitterte seine Hand, aber er schwieg. Ich wußte nicht, was ich davon halten sollte; hier saßen zwei Menschen, deren Nerven bis aufs äußerste gespannt waren, obwohl ich lediglich meine Visitenkarte abgegeben hatte.

»Mein Vater ist krank, wie Sie wohl merken – er darf sich nicht aufregen.«

Sehr überzeugend klang das nicht, dabei aber etwas provozierend. Ich konnte mir vorstellen, daß es ihm nichts ausmachen würde, wenn Papa sich tatsächlich ein bißchen aufregte. Keir war eindeutig nicht mein Fall. Ich wandte mich an den alten Herrn.

»Ich will versuchen, Sie nicht zu beunruhigen, Mr. Baudin. Ich stelle Nachforschungen an, die Ihren Adoptivsohn betreffen, doch das hört sich schlimmer an, als es ist.«

»Warwick!« schrie Keir beinahe, und seine Besorgnis und Aggressivität steigerten sich sichtlich.

»Meine Klientin ...«, begann ich und brach ab. Es war so schnell gegangen, daß ich mich auf diesen Augenblick nicht vorbereiten konnte. Und ich hatte ihn nicht so bald erwartet. Wie bahnt man sich den Weg in das geheime Gewölbe der Adoption? Zumal es sich hier nicht um eine gewöhnliche Adoption handelte. Das gab mir Auftrieb. Keirs offensichtliche Abneigung konnte sich auch als nützlich erweisen, wenn ich meine Trümpfe richtig spielte.

»Wir warten, Hardy«, schnurrte Keir. »Ihre Klientin ...«

»Den Namen kann ich Ihnen natürlich nicht nennen«, fuhr ich fort und wußte, wie lahm es klang. »Meine Klientin ist der Ansicht, Ihr Adoptivsohn ist eigentlich ein Teil ihrer Familie. Sie wünscht die Verbindung herzustellen; sie ist alt, und es ist ihr wichtig.«

»Ich war schon immer gespannt auf Warwicks Gene«, sagte Nicholas Baudin.

Keir war wie elektrisiert. Er kippte seinen Drink hinunter, und seine vorher sorgfältig modulierte Stimme erhob sich zu einem Quieksn.

»Wer sind diese Leute? Wer?«

»Tut mir leid, das kann ich Ihnen zu diesem Zeitpunkt nicht sagen. Viele Fäden sind zu verknüpfen. Es könnte eine falsche Spur sein; wenn nicht, erfahren Sie rechtzeitig alle Details.«

»Vielen Dank.« Wieder Keir. Er erhob sich zu seiner ganzen Größe – schätzungsweise ein Meter fünfundsechzig. »Einfach lächerlich. Ich will nichts davon hören. Ich rufe Rogers und lasse diesen Kerl rauswerfen. Eine originelle Masche, das muß ich zugeben.« Er stellte sich neben den Sessel seines Vaters und kam mir nicht zu nahe, der ich noch stand. Er sah sein leeres Glas, ging an die Bar, knallte das Glas hin und wandte sich dramatisch um.

»Natürlich! Das ist Warwicks Idee! Hör zu, Vater, das ist ein Schwindel.« Er nahm den Drink und baute sich neben dem alten Herrn auf. »Sie sind kein schlechter Schauspieler, Mr. Hardy. Sie haben mich zum Narren gehalten. Aber ich kann beim besten Willen nicht begreifen, was Warwick dabei gewinnen sollte.«

»Sie reden Blödsinn«, sagte ich. »Ihren Bruder habe ich nie kennengelernt.«

»Nennen Sie ihn nicht meinen Bruder.« Er quiekte wieder. »Dieses Recht hat er vor Jahren verwirkt.«

»Davon würde ich gern hören.«

»Das werden Sie nicht. Hauen Sie ab.«

Der Ärger und die Anstrengung, sich in voller Größe zu präsentieren, hatten ihm das Blut ins Gesicht getrieben. Ich sah mir seine Füße an und merkte, daß ich mich verschätzt hatte; er trug Schuhe mit erhöhtem Absatz, was ihn mindestens fünf Zentimeter größer erscheinen ließ. Kleine Männer, die einen guten Eindruck machen wollen, sollten entweder eine eisige Miene aufsetzen oder lustig sein – ich kannte einige Leute, die das mit Erfolg praktizierten.

Ich grinste ihn an. »Nach meiner Ansicht ist das Sache Ihres Vaters. Ich habe Ihnen die Wahrheit gesagt, soviel ich davon preisgeben darf.«

Der Alte schien die Botschaft zu verstehen. Er richtete sich im Sessel auf und hielt Keir sein Glas hin. »Mach keinen Aufstand, Keir, es ist nicht deine starke Seite. Und gib mir um Gottes willen einen anständigen Drink, es ist eine Schande, guten Whisky derart zu verwässern.«

Ungeschickt griff der Sohn nach dem Glas; sein Vater konnte ihn so schnell aus der Fassung bringen, daß er mir beinahe leid tat. Beinahe.

»Setzen Sie sich, Mr. Hardy.« Der alte Junge zeigte auf den Sessel an seiner Seite. »Möchten Sie etwas trinken?«

»Danke, nein, ich muß heute noch arbeiten.« Ich holte meinen Tabak heraus und hielt ihn fragend hoch.

»Lassen Sie sich nicht davon abhalten.« Ohne sich zu bedanken, nahm er das Glas von Keir entgegen; diesmal war der Drink dunkel, unverdünnter Scotch mit Eis. Er trank und lehnte sich zurück.

»Der ist besser. Kennen Sie den Anlaß für diese Party?«

Ich war mit den Zutaten für meine Zigarette beschäftigt. »Hat was mit Bergbau zu tun, hab ich gehört.«

»Ganz richtig. Eine Mine. Sie wird in fünf Jahren arbeiten können – wenn ich schon tot bin.«

Keir machte ein Geräusch, das schwer zu deuten war, vielleicht Schreck, vielleicht pflichtgemäßer Protest. Baudin beachtete es nicht. Ich auch nicht.

»Ich bin fast achtzig, und solche Gelegenheiten muß ich festlich begehen. Was halten Sie davon?«

Meine Zigarette brannte, und ich nahm einen Lungenzug. »Ich weiß nicht. Sie könnten feiern, daß Sie fast achtzig sind. Das schaffen nicht viele.«

Sein Schnauben sollte vielleicht Belustigung ausdrükken. Seine alten Augen sahen einfach alt aus.

»Da ist was dran. Also, Sie bieten mir etwas anderes an, das ich feiern könnte? Ist mein Adoptivsohn zu sagenhaftem Reichtum gekommen oder zu einem Titel?«

»Titel nicht. Zu einigem Wohlstand, nehme ich an, falls er der Mann ist. Andere Erwägungen sind wichtiger. Ich befasse mich nur mit der familiären Seite.«

Er trank wieder und schmatzte. »Das sollten Sie auch. Es schmerzt mich, das von jemand zu sagen, den ich aufgezogen habe, aber wenn Warwick etwas Gutes widerfahren sollte, ist das eine kolossale Ungerechtigkeit. Er gehört zu den erbärmlichsten Menschen, die je gelebt haben.«

Dieser Ausspruch schien Keir Mut zu machen.

»Er ist der letzte Dreck«, sagte er. Sein Vater erwiderte nichts, und sein Selbstvertrauen stieg. »Vater, ich kann das einfach nicht glauben. Er schnüffelt wegen etwas anderem.«

Aber das verriet mir nur, daß es etwas anderes zum Nachschnüffeln gab. Baudin senior drückte sein Mißfallen durch ein Kopfschütteln aus, und Keir beruhigte sich.

»Keir wurde ein knappes Jahr, nachdem wir Warwick adoptiert hatten, geboren. Wie es eben so geht. Die beiden Jungen haben sich nie verstanden.«

Ich nickte. »Sein Charakter ist eigentlich nicht mein Problem. Ich möchte ganz ehrlich zu Ihnen sein. Ich bin ziemlich sicher, daß er der Mann ist, den ich suche. Wenn man eine Ähnlichkeit mit anderen Familienmitgliedern feststellen könnte, wäre das hilfreich. Haben Sie ein Foto von ihm?«

»Nein«, schnauzte Keir. »Wir haben nichts.«

Die Art, wie er das so sagte, ließ panische Angst in mir aufsteigen. »Wollen Sie damit sagen, er ist tot?« Da erinnerte ich mich an Keirs frühere Bemerkung.

Man muß mir die Erleichterung angesehen haben. »Ist das wichtig für Sie, Mr. Hardy?« Baudins Gesicht schien durch die Anstrengung des Sprechens zu schrumpfen.

»Ja. Wissen Sie, wo sich Warwick jetzt aufhält?«

Ich blies Rauch in die Luft und wartete auf eine Antwort. Keir tischte sie mit einem breiten Grinsen auf dem teigigen Gesicht auf.

»Nein, das wissen wir nicht.«

Baudin père widersprach ihm nicht. Er trank seinen restlichen Whisky aus und setzte das Glas ab, als hätte er das Interesse an Alkohol für immer verloren.

»Dieser Junge war die schwerste Prüfung meines Lebens«, sagte er mit seiner schwachen, versagenden Stimme. »Alles, was ich sonst angepackt habe, ist mir geglückt, außer … außer Warwick. Von Anfang an war er schwierig. Außerordentlich begabt, aber ein Monster. Er hat meine Frau auf dem Gewissen. Sie hat ihn mehr geliebt als mich, mehr als Keir. Sie nannte ihn ihren Prachtjungen, und er hat sie durch Sorgen und Schande umgebracht!«

»Was gab es für Schwierigkeiten, Mr. Baudin?«

»Alle – Autos, Mädchen, Alkohol, Schecks. Einfach alles.«

»Wo war das?«

»Überall. Hier, in Sydney, London, New York, Rom.«

Keir genoß es, aber er war ein Heuchler durch und durch. »Wirklich, Vater, ist das klug? Ich traue diesem Mann nicht über den Weg. Seine Geschichte klingt ganz unwahrscheinlich. Er steckt mit Warwick unter einer Decke, da wett ich bei deinem Leben.«

»Bei meinem Leben«, kam es verträumt von dem alten Mann. »Für junge Leute mag das angehen. In meinem Alter ist das etwas anderes. Vielleicht interessiert dich zu hören, Keir, daß ich mein Leben darauf setzen würde, daß Mr. Hardy die Wahrheit sagt.«

»Warum?« Keir war pikiert.

»Mein Gott, Junge, werde doch mal schlau. Wenn du Menschen nicht besser einschätzen lernst, bist du arbeitslos, bevor ich kalt bin. Schau dir um Gottes willen den Mann an, sieht er aus wie ein Schwindler?«

»Er übt ein mieses Gewerbe aus«, murmelte Keir.

»Da haben wir's!« sagte der Vater triumphierend. »Da haben wir's! Daß er ein Detektiv ist, glaubst du. Du redest dummes Zeug. Du glaubst, was du glauben willst.«

Der ungleiche Kampf begann mich zu langweilen. Ich brauchte Tatsachen und Hinweise, kein Sparring. Eindrücke und Feindseligkeiten – mehr hatte ich bisher nicht; es dürfte schwerfallen, daraus für Lady Catherine einen professionell wirkenden Bericht zusammenzumixen. Die Zigarette war nur noch eine kalte Kippe.

»Verstehe ich Sie richtig, Mr. Baudin. Ihr Sohn ist – oder war – so etwas wie ein schwarzes Schaf. Aber nun ist er erwachsen. Sie erwähnten Talente, was meinten Sie damit?«

»Wiederum alles«, sagte Baudin langsam. »Er war in allem brillant. Himmel, Sie hätten ihn laufen sehen sollen ... Kricket ... Tennis ... bestand die Aufnahmeprüfung für die Universität mit Auszeichnung ...« Er war müde. Der Whisky schien ihn erledigt zu haben. Seine Augenlider zuckten, als hätte er Mühe, sie nicht zufallen zu lassen. Keir beobachtete ihn aufmerksam und fachmännisch. Da wurde mir klar, worin er ihm überlegen war – seine Lebensuhr war noch nicht so weit abgelaufen.

»Mein Vater ist müde, Hardy, und ich habe Ihnen nichts zu sagen.«

»Wann haben Sie Ihren Bruder zum letztenmal gesehen?« fragte ich ihn barsch.

»Vor drei Jahren.« Abermals kam die Antwort zu schnell; der bestimmende Eindruck von diesem schmächtigen jungen Greis war, daß er fast jedesmal log, wenn er den Mund aufmachte. »Nun gehen Sie schon«, sagte er blasiert.

Es war nicht zu übersehen, daß der alte Mann völlig erschöpft war. Verzweifelt stellte ich eine letzte Frage.

»Mr. Baudin, welche Adresse Warwicks hatten Sie zuletzt?«

»Sydney«, flüsterte er.

»Er ist zerstreut«, sagte Keir munter. »Es war London, ein Slum in Islington. Fahren Sie nicht hin, es würde sich nicht lohnen.«

»Warum nicht?«

»Warwick ist unter anderem ein Trinker. Seine letzte Karte, im Suff geschrieben ...« Er hielt inne, als sei er nicht glücklich, diese Information weiterzugeben, aber das hatte ich falsch verstanden. Sein bleiches Gesicht wurde fleckig vor Ärger, und er schien sich an seine Kindheit zu erinnern. Seine Stimme wurde leise, fast wie bei einem Kleinkind.

»Ich würde es Warwick durchaus zutrauen, daß er sich so was ausdenkt. Er haßt mich.« Psychologisch war es interessant, aber ich brauchte Fakten.

»Haben Sie die Karte?«

»Was? Nein. Ich habe sie zerrissen. Gehen Sie, machen Sie, daß Sie rauskommen!«

Ein leichtes Schnarchen des alten Mannes überzeugte mich. Baudin senior schlief fest im Sessel. Seine Hand ruhte unmittelbar neben dem Glas, das noch ein paar Tropfen Whisky enthielt, bloß wenige.

15

Als ich wieder ins Freie kam, war es dunkel geworden, und die Party hatte sich langsam verlaufen. Der Sekretär trieb sich in der Nähe herum und eilte ins Haus zurück, als er mich sah. Von welchem Baudin war er wohl eingestellt worden, vom Senior oder Junior, und wußte er überhaupt etwas? Kay saß unter einem Baum, etwas abseits von den hartgesottenen Trinkern. Ich ging zu ihr, die kleine Zündflamme der Erregung brannte noch.

»Haben Sie gekriegt, was Sie wollten?« Sie stand mühelos auf, schien aber nichts dagegen zu haben, daß ich ihr als hilfreiche Geste die Hand auf den Arm legte. Er war kühl und weich, und ich ließ nicht wieder los.

»Ich weiß nicht recht«, sagte ich. »Ich bin etwas zu müde, um jetzt nachzudenken. Später werde ich mir darüber Gedanken machen. Möchten Sie hier noch einen Drink, oder wollen wir woanders hingehen?«

»Ich würde gern etwas essen. Bin am Verhungern.«

Sie lief ins Haus und kehrte mit einer Schultertasche zurück. Wir gingen die Einfahrt hinunter, vorbei an den verbliebenen Importautos, zu meinem treuen Falcon.

»Keinen Wagen?« fragte ich sie.

»Taxe – Spesen.«

Sie entwirrte für mich die halbkreis- und kreisförmigen Straßen und dirigierte mich zur Innenstadt. Ansonsten war sie still und steuerte nicht viel zur Unterhaltung bei. Ich mußte sie hartnäckig ausfragen, um zu erfahren, daß sie zwei Tage in der Woche als Forschungssekretärin für politische Wissenschaften an der Universität arbeitete und zwei Tage als Feature-Schreiberin bei der »Canberra Times«. Der Journalismus war ihr lieber, aber die beiden Jobs ergänzten sich. Wir steuerten auf einen Parkplatz hinter einem Kaufhaus, und sie starrte auf die Lichter der Stadt.

»Was gibt's?«

»Ich bin es nicht gewohnt, über mich selber zu sprechen.«

»Okay, ich höre auf. Eine letzte Frage. Was hat Sie nach Canberra geführt?«

»Eine Heirat.«

Wir verließen den Parkplatz, folgten einigen Straßen und überquerten zwei Fußgängerzonen. Canberra hat im Stadtzentrum ein paar Punkte gegen das Automobil gutgemacht, allerdings nur wenige. Die verkehrsfreien Straßen mit Kübelpflanzen und bemalten Gittern könnten mit Leichtigkeit fortgefegt werden, falls jemand das beschließen sollte. Kay und ich kamen zu einer Treppe, die in einen großen, runden Keller mit gegossenen Wänden führte. Das Licht reichte aus, um etwas zu sehen, der Fußboden war mit Matten bedeckt. Speisen gab es im Selbstbedienungsverfahren. Wir luden Steaks und Knoblauchbrötchen und Salat auf unsere Teller, und ich holte zwei kleine Karaffen Weißwein. Es gab etwa zehn einfache Holztische für ein Dutzend Gäste, man ließ sich einfach nieder, wo es einem gefiel. Ich staunte, daß manche es vorzogen, sich neben andere, eindeutig Fremde, zu setzen, anstatt allein zu sitzen. Kay näherte sich einem Ehepaar mit Hippie-Einschlag; die Frau, die einen karierten Poncho und Jeans trug, hielt einen Säugling auf dem Knie, der Mann hatte einen dunklen Bart und war dünn. Als wir uns setzten, nickten sie, schoben uns Pfeffer und Salz hin und unterhielten sich dann leise weiter über ihr Kind. Wir machten uns über das Essen her.

»Nettes Restaurant«, sagte ich.

Sie nickte und aß weiter.

»Darf man nicht sprechen?«

Sie schüttelte lächelnd den Kopf. Sie hatte große weiße Zähne, ihr Lächeln war ein bißchen schief. Sie trug keine Ringe an den Händen. Das erste Glas des kühlen Weins trank ich schnell und goß mir ein zweites ein – sie machte es genauso. Wir lächelten beide und stießen an. Sie legte ihr Besteck hin.

»Fragen Sie«, forderte sie mich auf.

»Das ist ja ein Kompliment. Was ist aus der Ehe geworden?«

»Sie brachte das ein, was davon erwartet wurde.« Sie nahm die Gabel wieder in die Hand. »Dann ist sie kaputtgegangen.«

»Was wurde davon erwartet?«

Sie zuckte die Achseln. »Daß er seinen Dr. phil. macht und ein paar Bücher schreibt.« Das klang nicht bitter, und sie sah auch eher amüsiert aus. Wenn Wunden zurückgeblieben waren, dann ließ sie es sich nicht anmerken. Sie aß weiter und hörte nicht eher auf, bis der Teller leer war. Sie wischte ihn mit Brot aus und aß auch das. Wir machten uns an die zweite Karaffe.

»Gott, hat das gutgetan. Heute früh bin ich ohne Frühstück losgerannt, und mittags esse ich nichts. Tut mir leid, daß ich so schweigsam war. Ich war einfach verdammt hungrig. Also, erzählen Sie mir, in was für einem Fall Sie zur Zeit ermitteln.«

Wahrscheinlich hatte ich schon die ganze Zeit gewußt, daß ich das tun würde und ihre Hilfe brauchte. Der Wein, das Essen und ihre Gegenwart hatten mich aufgelockert. Details aus der Unterhaltung mit den Baudins schwirrten mir durch den Kopf, stiegen an die Oberfläche und ordneten sich zu einem Muster. Etwas Gewisses an diesem Mädchen – so dachte ich von ihr, obwohl sie Mitte Zwanzig sein mußte – und die Ungezwungenheit, mit der wir miteinander umgingen, ließen mich ihr vertrauen und das Muster bei ihr testen. Und so berichtete ich. Ich erzählte ihr alles, soweit ich mich entsann, in der genauen zeitlichen Folge. Sie sah betroffen aus, als ich erwähnte, wie ich bewußtlos geschlagen wurde, vielleicht eher interessiert als betroffen. Offensichtlich war ich am Leben geblieben, um weiterschnüffeln zu können, und das war's, was ihr wichtig war. Mir auch. Es dauerte geraume Zeit, und der Wein war alle, als ich zum Ende kam. Die Hippies waren ziemlich zu Beginn meines Berichts hinaus in die Nacht verschwunden.

Kay spielte mit ihrem leeren Glas. »Sie glauben also, Keir Baudin hat gelogen. Er weiß mehr über seinen Bruder, als er rausläßt?«

»Jaah, das ist mein Eindruck. Er haßt Warwick und ermutigt den Vater in seiner Enttäuschung. Der alte Knabe ist meiner Ansicht nach recht tolerant, dieser Warwick muß also ein richtiger Mistkerl sein.«

»Hm, ich habe nie von ihm gehört, aber ich könnte ein paar Leute fragen, die ihn vielleicht kennen. Ich könnte mich auch nach Keir erkundigen; es sieht aus, als habe er gewisse Pläne. Morgen.«

»Jaah, morgen.« Ich war müde, aber nicht zu müde, der Wein hatte mir gutgetan, und ich spürte meine Lebenssäfte steigen. Ich streichelte ihren Arm, die feinen, hellen Härchen richteten sich auf, und ich glättete sie wieder.

»Das ist schön«, sagte sie. »Und nun, Cliff?«

Ich verflocht meine Finger mit ihren. »Ich möchte zurück in mein Motel und mit dir schlafen. Dann will ich um vier Uhr morgens aufstehen und mich bei Keir Baudin einschleichen. Und du hältst Wache.« Ich legte meine Lizenz auf den Tisch; das Gesicht eines jüngeren, glatteren Hardy spottete meiner mitgenommenen Visage. Ich war nicht sicher, warum ich sie dort hingelegt hatte, höchstens als Zeichen meines persönlichen Engagements. Aber wofür?

»Das berechtigt dich nicht, einzubrechen.«

»Nein, eher im Gegenteil. Man geht ganz schön streng vor, wenn man unsereinen bei etwas Fischigem erwischt.«

»Schon mal erwischt worden?«

Ich grinste. »Jaa, ein-, zweimal. Die Kunst besteht darin, am Ende sauber dazustehen – das ist mir bisher gelungen.«

Sie sah mich an, das Foto, dann wieder mich. Wir dachten beide dasselbe – gab das eine Story für sie, und zu welchen Bedingungen? Das erklärte zum Teil ihr Interesse an mir, wie ich wußte, aber inwieweit? Traurig dachte ich an das Haus in Glebe, wo nichts auf mich wartete als Staub und die Zeitungen vom Vortag, und merkte, daß es mir gleichgültig war, wie hoch die Anteile waren. Falls sie zu zehn Prozent an mir interessiert war, war das okay; zwanzig Prozent wären ein Haupttreffer. Wenn wir uns stillschweigend auf eine halb professionelle Beziehung einlassen sollten, was zum Teufel machte es schon aus! Ich drückte zuversichtlich ihre Hand.

»Komm, denk unterwegs darüber nach. Wenn du dagegen bist, dann fahre ich dich gleich nach Hause. Natürlich muß ich dich vorher gut fesseln, damit du wenigstens bis zum Morgengrauen nichts unternehmen kannst.«

Sie lachte. Ich zahlte die Rechnung, und wir gingen. Die Luft war kühl, so daß wir uns eng aneinanderdrängten. Ich legte den Arm um sie, und plötzlich standen wir in einem Ladeneingang und küßten uns hart und leidenschaftlich, als hätten wir es erfunden. Ich nahm ihren Kopf in die Hände und hielt ihn fest, sie schnellte mir ihre Zunge in den Mund. Wir preßten uns eng aneinander, von den Knien bis zur Nase, was mir sehr zusagte, dann trennten wir uns schwer atmend.

»Also: Ja«, sagte sie. »Ja.«

Ich erwiderte gar nichts, sondern blieb auf dem Weg zum Wagen einfach dicht neben ihr. Vor dem Starten küßte ich sie noch einmal, und sie streckte die langen Beine von sich. Kurz darauf wühlte sie neben sich auf dem Sitz und förderte die eine Flasche irischen Whiskey zutage. Ich hatte ihr von Brain erzählt, hatte aber den Whiskey nicht erwähnt.

»Trinkst du viel von diesem Zeug?«

»Für gewöhnlich nicht. Der sollte Brain die Zunge lösen. Hoffentlich hat er ihm das Sterben leichter gemacht.«

Sie blickte mich scharf an, und ich fühlte, daß sie den Whiskey als Bestätigung meiner Geschichte betrachtete. Bis dahin war mir nicht in den Sinn gekommen, sie könnte mir vielleicht nicht glauben – allerdings war es eine recht seltsame Story für eine neue Eroberung.

Sie hielt die Flasche ruhig auf dem Schoß. »Wir trinken einen Schluck, ehe wir ins Bett gehen.«

Das Motelzimmer war schmuddelig und roch nach Wäsche, aber das spielte keine Rolle. Ich konnte den Alkohol in unseren Küssen schmecken, ich preßte mich auf sie, und wir vereinten uns. Sie stieß mir kräftig entgegen und grub mir die Fingernägel in die Schultern. Eine Zeitlang gaben wir uns dem hin, bis sie stöhnte und sich entspannte, so daß ich mächtig kam. Mit sanften Händen klammerte sie sich jetzt an meinen Rücken.

Wir trennten uns, ich griff nach dem Telefon und vereinbarte die Weckzeit. Wir zogen ein Laken hoch, wikkelten uns hinein und schliefen. Kurze Zeit später wachte ich auf und befreite mich. Nachdem ich alle Lichter bis auf eins gelöscht hatte, drehte ich mir eine Zigarette und betrachtete sie beim Rauchen. Sie lag mit angezogenen Beinen auf der Seite, das Gesicht von dem dunklen Haarschopf verdeckt. Die Decke war ihr bis zur Taille gerutscht und ließ die hoch angesetzten, spitzen Brüste sehen. Ihre Haut war leicht bernsteinfarben wie verblichene Sommerbräune oder eine Frühjahrsbräune oder Ganzjahresbräune. Sie schlief sanft und ruhig; ich drückte die Zigarette aus, legte mich hin und kuschelte mich an sie.

Nach der Liebe schläft man tief, und etwas Wein und Whisky befördern das noch. Plötzlich ging das Licht an, das Radio begann zu dröhnen, und ich wurde aus meinen Träumen gerissen. Baudins Sekretär, Leibwächter, oder was er sonst war, stand nicht weit vom Bett. Er hielt eine große verchromte Pistole in der Hand. Obgleich Kay mit nacktem Oberkörper dasaß, hatte er nur Augen für mich. Er hob das Schießeisen etwas an.

»Widerlich«, sagte er. »Haben sich gerade erst kennengelernt.« Kay zog die Decke hoch, die Augen vor Angst aufgerissen, und blickte auf die Kanone, als hätte sie noch nie zuvor eine gesehen. »Oder aber Sie kennen sich vielleicht schon länger. Wäre zu überlegen.«

Ich richtete mich auf, um Gleichgewicht und die eventuelle Anwendung der Hebelwirkung vom Bett aus bemüht. Ein ungeeigneter Ort zur Vorbereitung eines Angriffs.

»Hoffentlich wissen Sie, worauf Sie sich einlassen«, sagte ich.

Er grinste. Die Krawatte hatte er abgenommen, außerdem war er unrasiert, wodurch er noch brutaler aussah. Krampfhaft überlegte ich nach seinem Namen – Reynolds, Rawson, Rogers – der war's, aber es war ein solch nutzloser, unwichtiger Gedanke, wie er einem in derartigen Augenblicken einfällt. Ich hätte besser überlegen sollen, wie ich sein Schießeisen an mich bringen und ihm damit den Rachen stopfen konnte.

»Ich weiß, was ich tue. Ich bin hier, um Ihnen ein paar Fragen zu stellen. Bin ich mit den Antworten zufrieden, gehe ich, falls nicht, können Sie was erleben.«

»Nur zu«, sagte ich.

»Für wen arbeiten Sie?«

»Kein Kommentar.«

»Wo ist Warwick Baudin?«

»Das möchte ich auch wissen.«

Er seufzte. Er war etwas theatralisch in seiner Rolle, aber trotzdem tüchtig. »Es scheint also ein bißchen Druck vonnöten.« Er hielt die Knarre ganz ruhig auf meinen Bauch gerichtet und versetzte mir mit der Linken einen kurzen, kräftigen Schlag aufs Ohr. Davon verstand er etwas. Ich fiel nach hinten und hörte es in meinem Kopf schrill klingeln. Er ging auf die andere Seite des Bettes, grapschte nach Kays Brust und drehte heftig. Als sie aufschrie, ohrfeigte er sie zweimal kräftig.

»Den Revolver werden Sie nicht benutzen«, sagte ich. »Zu laut.«

Er krümmte die Finger seiner Schlaghand und richtete die Waffe auf meine Lenden. »Sie irren sich. Für mich nichts Neues. Deshalb macht es mir wirklich nichts aus, wissen Sie. Ein Privatdetektiv und eine Journalistin tot im Bett – wer kümmert sich schon darum?«

Kay bedeckte sich wieder und massierte sich die Brust. »Cliff, ich habe Angst.«

»So ist es richtig«, sagte er. »Das war erst ein Anfang, es gibt unzählige Möglichkeiten.« Sie holte tief Luft. Rogers trat etwas näher heran und sagte leise: »Wenn Sie schreien, schlage ich Ihnen ein paar Zähne aus.«

Mein Hirn arbeitete fieberhaft und versuchte dahinterzukommen, warum Keir Baudin diese Bestie nötig hatte. Es mußte Keir sein; Rogers handelte wie ein Werkzeug – er war Keirs personifizierte Bosheit und Grausamkeit. Zwar besaß er Selbstbeherrschung, doch schien es ihm etwas zu viel Vergnügen zu bereiten, Drohungen auszustoßen und kleine Grausamkeiten zu begehen, als daß er in seinem Job erste Klasse war.

»Ich frage Sie noch einmal, Hardy – wer und wo?«

Ich schwieg.

»Ich glaube, Sie werden mich begleiten müssen, Miss Fletcher«, sagte er. »Vielleicht sind Sie vernünftiger.«

»Wenn Sie sie noch einmal anrühren, bring ich Sie um.«

Er lachte kurz auf und wollte Kay am Genick packen. Ich schoß vom Bett hoch und stürzte mich auf sein Handgelenk. Ich kriegte es mit beiden Händen zu fassen, verdrehte es und stemmte mein ganzes Gewicht dagegen; brüllend ließ er die Pistole fallen, erholte sich jedoch schnell. Er versetzte mir einen Stoß in die Rippen, als ich, nackt und verwundbar, zum Stehen kam. Suchend irrten seine Augen nach der Waffe umher; da verpaßte ich ihm einen Schwinger, der ihn oben am Kopf traf und ihn nicht bremste. Er schlug mir in den Nacken, und die dahintersteckende Kraft machte mir mehr zu schaffen, als angenehm war. Ich traf ihn wieder, diesmal unterhalb der Gürtellinie, aber nicht hart genug, ihn auszuschalten. Als er die Pistole entdeckte und sich danach bückte, warf ich mich auf ihn und wuchtete ihm ein Knie unters Kinn. Grunzend ging er zu Boden und griff nach der Waffe, obwohl er verletzt war. Ich verdrehte ihm den Arm und brach ihn. Das Knacken war fast so laut wie sein Gebrüll, und ich schlug ihm hart auf den Mund. Er sackte mit dem unverletzten Arm aufs Bett. Seinem Mund entrangen sich kurze, stöhnende Laute, vermischt mit Speichel.

Kay hatte sich aufgesetzt und die Knie schützend angezogen. Sie sah mich an. Entsetzen sprach aus ihren Augen, und ich begriff, daß es zwischen uns nie mehr dasselbe sein würde. Ich griff eine Handvoll Papiertaschentücher, die ich Rogers in den Mund stopfte, dann zog ich ihm ohne besondere Vorsicht das Jackett aus. Blut quoll durch den Ärmel seines elegant gestreiften Hemdes. Ich riß den Ärmel von der Manschette bis zur Schulter auf; der Knochen war kurz über dem Ellbogengelenk gebrochen, durch die verfärbte Haut hatte sich ein Splitter gebohrt. Rogers wandte den Kopf, um sich den Schaden anzusehen, die Augen erschrocken aufgerissen. Ich nahm ihm die Tücher aus dem Mund.

»Krankenhaus«, krächzte er.

»Ja.« Ich hob die Pistole auf und legte sie auf den Nachttisch, bevor ich mir die Hose anzog. Kay kroch übers Bett zu mir, ich legte den Arm um sie und strich ihr übers Haar. Ich zog das Laken ein Stück herunter; die Brustwarze war von einer flächigen purpurroten Quetschung umgeben. Die Whiskeyflasche stand in der Nähe, ich nahm sie und trank einen Schluck. Kay lehnte mein Angebot kopfschüttelnd ab. Die stumme Bitte in Rogers' Augen übersah ich.

»Zieh dich an, Liebling«, sagte ich. »Wir machen einen Besuch.«

»Ich brauche ärztliche Hilfe«, jaulte Rogers.

»Genau. Die Wunde sieht böse aus, könnte zu Wundbrand führen. Vielleicht kratzen Sie auch ab. Wenn Sie mich fragen: Den Arm sind Sie wahrscheinlich los.«

»Großer Gott«, stöhnte er.

Ich stieg in meine Sachen, manche waren mit Kays verheddert, und wir lächelten uns beim Aussortieren zu. Ich war gerade fertig und genehmigte mir noch einen Schluck Whiskey, als der Weckruf durchs Telefon kam. Wir fuhren alle zusammen, Rogers verzog das Gesicht vor Schmerz, den die Bewegung ihm verursachte. Ich nahm den Anruf entgegen.

»Passen Sie auf, Sie Dreckskerl«, sagte ich dicht an seinem Ohr. »Sie führen uns jetzt zu Keir Baudin, und Sie werden das mit Freuden tun. Eine falsche Bewegung, und Sie können den Arm vergessen. Kapiert?«

Er nickte.

»Wir brauchen jetzt nicht einzubrechen, Cliff?« Kays Stimme zitterte noch, doch sie gewann rasch die Fassung zurück. Ich überlegte, ob ich sie überreden oder es wenigstens versuchen sollte, nicht mitzukommen, entschied mich aber dagegen. Sie hatte einen Teil der

Schmerzen ertragen und sich etwas Spaß verdient; im übrigen konnte es von Vorteil sein, einen Angehörigen der Journalistengilde dabeizuhaben.

»Richtig«, stimmte ich ihr zu. »Plan geändert. Stehst du das durch?«

»Ja.« Sie strich die zerknüllten Sachen glatt und trat zu mir, bemüht, Rogers nicht zu nahe zu kommen. »Ich mache mir Sorgen um ihn. Der Arm sieht schlimm aus.«

So war es. Rogers war sichtlich nervös und stand unter Schock, es würde vermutlich nicht mehr lange dauern, bis die Verletzung ihn seelisch und körperlich zusammenbrechen ließ. Doch die Erinnerung an sein Gesicht, als er Kay malträtierte, vertrieb jegliches Mitgefühl.

»Er ist ein zäher Bursche«, sagte ich. »Er hält aus, bis das erledigt ist, was wir uns vorgenommen haben, dann sorge ich dafür, daß er ins Krankenhaus kommt. Komm, gehen wir.«

Ich steckte Rogers' Waffe, eine nüchterne Harrison & Richardson Defender, in die Jackentasche, dann verließen wir zu dritt das Zimmer. Ein weißer Honda Civic war leicht erreichbar in der Auffahrt geparkt. Stolpernd und fluchend begleitete uns Rogers über den dunklen, einsamen Parkstreifen zum Falcon. Ich öffnete die Hintertür, er quetschte sich leise murrend hinein und hielt sich behutsam den Arm. Ich fragte Kay, ob sie den Falcon fahren könne.

»Fahre alles«, antwortete sie.

Ich schob mich neben Rogers und räumte die Kleidungsstücke, das Werkzeug und anderen Kram beiseite, den ich dort liegen habe. Ich holte die Defender heraus, öffnete und untersuchte sie. Sie war sauber und voll geladen.

»Schöne Waffe«, sagte ich.

Kay setzte sich auf den Fahrersitz und zog am Sitzverstellhebel. »Scheiß!«

»Tut mir leid, Schatz, der ist zehn Jahre lang nicht benutzt worden, du wirst dich ein bißchen strecken müssen.«

Sie betätigte die Pedale und probierte die Gangschaltung aus.

»Es geht schon. Gib mal die Schlüssel her.«

Ein paar Häuserblocks weiter kam Kay mit dem Falcon gut zurecht, und sie steuerte ihn gekonnt durch die leeren halbkreisförmigen Straßen und Alleen. Rogers' dunkler Stoppelbart zeichnete sich bläulich von seinem weißen Gesicht ab, wie mit angesengtem Kork aufgetragen; sooft das Auto schaukelte, zuckte er fluchend zusammen, sein Haar war naß und schweißverklebt.

»Von dem Dreck kriege ich vielleicht eine Infektion«, sagte er.

»Möglich. Aber jetzt halten Sie einfach die Klappe und tun, was ich sage, wenn Sie Ihren Honda nicht mit Sonderausrüstung für Behinderte steuern wollen.«

Forrest lag still und ruhig in hellem Mondschein; die Straße vor dem Baudinschen Haus glänzte im Licht von Mond und Straßenbeleuchtung wie der Centre Court der White City Tennis Courts. Ich wies Kay an, ein Stück weiterzufahren, dorthin, wo einige Bäume auf dem Grünstreifen uns etwas Deckung boten. Sie hielt und wollte aussteigen.

»Am besten bleibst du hier.«

»Ich komme mit«, entgegnete sie scharf. »Du brauchst vielleicht einen Zeugen.« Sie legte die Hand auf die Brust und drückte dagegen. »Ich bin beteiligt, falls du dich erinnerst.«

Dagegen konnte ich nichts einwenden. Ich öffnete

Rogers die Tür, und wir machten uns auf den Weg zum Haus. Rogers stand bereits auf dem Pfad, der zum Vordereingang führte, aber ich stieß ihn mit dem Finger an.

»Hinten herum«, flüsterte ich.

»Warum?« Kay war in meiner Nähe, ohne der Tasche zu nahe zu kommen, in der die Waffe steckte.

»Wer weiß, der Killer hier hat vielleicht einen Komplizen. Hast du, als du auf der Party warst, was von einem Hund bemerkt?«

Sie überlegte. »Nein.«

»Ich auch nicht, sehen wir uns trotzdem mal um.«

Das einzige Auto auf dem Anwesen war ein schöner, konservativer weißer Volvo. Das bedeutete wahrscheinlich, daß Keir allein war; Baudin senior chauffierte bestimmt nicht selber, und auf der Straße hatte ich keinen Wagen gesehen, der weiteren Gorillas gehören könnte. Wir gingen nach hinten, wo Erinnerungen an die Party lebendig wurden. Einer der Grills glomm noch schwach, und im Swimmingpool trieben einige Pappteller dahin wie Seerosenblätter. Man hatte aufgeräumt; Flaschen und Gläser waren eingesammelt worden, und es lag auch kein Essen herum, doch hatte man den Eindruck, als sei die Arbeit unterbrochen worden.

»Okay«, sagte ich. »Wir benutzen den Haupteingang.«

»Mein Arm ist ganz steif«, jammerte Rogers.

»Gut. Wenn Sie sich benehmen, sind Sie vor Morgengrauen im Krankenhaus.«

»Mir ist kalt«, sagte er.

Wir kehrten zu dem hübschen, mondbeschienenen Pfad zurück und erreichten die mit Platten belegte Veranda vor dem Haus. Ich zog die Harrison & Richardson und schob den Sperrhaken ein paarmal hin und her.

»Steck das verdammte Ding weg, Cliff, bitte«, sagte Kay.

»Es ist nur um Eindruck zu schinden.«

Ich läutete zweimal, und wir warteten, bis Licht angeknipst wurde. Hinter der Tür waren Schritte zu hören, und Keir fragte verschlafen: »Wer ist da?«

Ich stubste Rogers mit der Pistole gegen den gesunden Ellbogen.

»Raymond Rogers.«

Die Tür wurde geöffnet, bevor das Licht auf der Veranda anging, was immer ein Fehler ist. Ich hatte den Fuß schon in der Tür, während sich Keir noch auf das Gesicht seines Dieners konzentrierte.

»Was ...«

»Es ist jetzt keine Zeit für lebhafte Dialoge, Baudin. Ihr Freund hat die Sache falsch angepackt.« Ich schob ihn ins Haus und ließ Rogers und Kay ein. Keir trug über dem Schlafanzug einen türkisch gemusterten Morgenmantel; ohne die Schuhe mit erhöhtem Absatz war er ein Zwerg. Ich löschte die Verandabeleuchtung, wir standen im weichen, teuren Licht der Diele. Rogers lehnte an der Wand, und ein Rinnsal von Blut lief daran herunter auf den Spannteppich. Kay stand mit dem Rükken zur Tür. In ihrem Matrosenkleid, mit dem bleichen Gesicht und den dunklen Augen sah sie wie eine Tragödin aus. Die Szene erschreckte Keir Baudin.

»Rogers«, stammelte er, »warum sind Sie ...«

Ich forderte ihn durch Schwenken der Pistole auf, zurückzutreten. Er gehorchte.

»Ist jemand hier?«

»Mein Vater.«

»Wo?«

Er schlurfte über den Spannteppich und zeigte auf

eine Tür am Ende des Korridors. Wir marschierten hin, behutsam öffnete ich die Tür. Der Schein einer Nachttischlampe fiel direkt auf den krebsroten Schädel des alten Mannes. Er lag auf dem Rücken und schnarchte leise; seine cremefarbenen Kleidungsstücke hingen ordentlich gefaltet über einem Stuhl, sein Gebiß ruhte in einem Glas.

Ich gab Baudin zu verstehen, daß wir ins Wohnzimmer wollten, und er trollte sich gehorsam voran. Es war ein großer Raum mit einer kunstvollen Stuckrosette an der Decke, zu vielen Bildern an den Wänden und mit Möbeln überladen. Als wir uns setzten, starrte Baudin Rogers an und leckte sich nervös die Lippen. Kay ging und kam nach wenigen Minuten mit einem Handtuch zurück, das sie Rogers gab; er tupfte das Blut ab und machte ein provisorisches Polster für den Arm. Er sah sie nicht an und bedankte sich nicht.

»Bringen wir das rasch hinter uns. Rogers hat alles vermasselt, er hat Miss Fletcher tätlich angegriffen. Wir könnten ihn und Sie anzeigen. Ich glaube nicht, daß Ihnen das passen würde.«

»Nein«, sagte Baudin.

»Außerdem läuft er Gefahr, seinen Arm zu verlieren. Je schneller Sie auspacken, desto schneller kriegt er Hilfe.«

»Es ist sein Ernst«, flüsterte Rogers. »Es ist ihm ernst, Mr. Baudin.«

»Genau. Was gibt es also für ein Problem, warum der ganze Ärger?«

»Nun, Warwick …« Er stockte, und es bedurfte erst eines Stöhnens von Rogers, daß er von neuem anfing und diesmal recht fließend berichtete. Er wurde von Warwick erpreßt. Was die letzte Mitteilung betraf, so hatte er gelogen, denn jetzt legte er sie vor – eine auf eine Postkarte gekritzelte Mitteilung. Da sie ungestempelt war, mußte sie also in einem Umschlag gekommen sein. Ein Datum war nicht angegeben.

»Keir,

das ist das letztemal, daß ich dich um Geld bitte, das schwöre ich dir. Ich habe eine große Aktion vor, brauche aber anständige Garderobe. $ 1500 genügen. Schicke es per Adresse Honey, 10a Clark Street, Darlinghurst. Zum letztenmal, ich verspreche es. Sobald ich das Geld habe, schicke ich dein Material zurück.«

Die Nachricht war nicht unterschrieben. Beim Anblick dieses gemeinen Elaborats stieg Erregung in mir auf, aber der Zeitpunkt der Niederschrift war überaus wichtig. »Wann haben Sie das erhalten?«

Baudin war erleichtert, weil ihm eine Frage gestellt wurde, die er beantworten konnte. »Vor einem Jahr oder etwas später.«

»Haben Sie gezahlt?«

»Ja.«

»Was hatte er gegen Sie in der Hand?«

Die Erleichterung ebbte ab, das war schwieriger. Er betrachtete seine kleinen blaugeäderten Füße. »Was mit Sex«, murmelte er.

Ich dachte darüber nach und wurde mißtrauisch. Rogers auszuschicken war eine Überreaktion, selbst wenn er glaubte, ich handelte in heimlichem Einverständnis mit Warwick. Es mußte etwas anderes dahinterstecken. Als ich mir über das Gesicht fahren wollte, merkte ich, daß ich die Pistole noch in der Hand hielt. Baudin zuckte zusammen und machte sich in seinem Sessel ganz klein.

»Mann, sind Sie nervös. Sie verheimlichen etwas. Hat

er Ihnen das geschickt, was es auch war ... das Material, das er erwähnt?«

»Nein. Er war immer ein Betrüger und ein Lügner.«

»Und Sie sind ein Ehrenmann, vermute ich.« Ich war müde, mir fiel nichts mehr ein. Ich sah Kay an, sie hob die Schultern in einer ratlosen Geste. Mit einemmal war ich zornig, wütend auf diesen kleinen Widerling und seinen Schläger, die mich dazu gebracht hatten, mich wie ein Sadist zu benehmen. Ich kam mir gemein und schäbig vor und mußte mich auf irgendeine Art rächen.

»Warum haben Sie uns Rogers auf den Hals geschickt?«

»Ich sagte Ihnen, ich dachte, Sie und Warwick ...«

»Blödsinn! Ich will den wahren Grund wissen.«

Baudin starrte mich bloß an, und ich zwang mich zu einem Lächeln und machte es mir im Sessel bequem.

»Na schön«, sagte ich, »bleiben wir hier sitzen, bis ich's erfahre. Einverstanden, Raymond?«

»Mein Gott«, krächzte Rogers. »Mr. Baudin, mein Arm brennt wie Feuer. Reden Sie, um Himmels willen. Ich brauche Hilfe.« Baudin erwiderte nichts, und Rogers schrie: »Reden Sie!« Kays Gesicht drückte dasselbe aus wie vorher, als ich Rogers zusammengeschlagen hatte. Sie stand auf meiner Seite, hatte aber gleichzeitig vor mir Angst. Ich spürte, daß mir die Situation zu entgleiten drohte und ich gemeiner wurde.

»Sagen Sie's mir«, wandte ich mich an Rogers. »Geben Sie mir einen Hinweis, ich bin mit wenigem zufrieden.«

»Indonesien«, antwortete Rogers. »Indonesisches Öl, er ist ...«

»Rogers, seien ...«

»Sie halten die Klappe!« Ich schwenkte die bewaffnete Hand. »Was ist mit Indonesien? Ein bißchen mehr!«

Kay beugte sich in ihrem Sessel vor, berufsmäßig wach. Rogers befeuchtete sich die Lippen, und die Augen traten ihm vor Anstrengung fast aus dem Kopf.

»Er wäscht Geld für sie, und zwar über die Gesellschaften seines Vaters. Er dachte, Sie wären ihm auf die Schliche gekommen. Ich weiß nicht viel darüber, ich schwör's. Es ist ein Haufen Geld. Gott, ach Gott, mein Arm!«

Ich stand auf und winkte Kay zu. »Wir gehen«, sagte ich zu Baudin. »Schmutzige Geschäfte mit indonesischen Offizieren – das paßt genau zu Ihnen. Mir ist das völlig gleichgültig. Aber wenn Ihre Information über Ihren Bruder falsch war, lasse ich mich wieder bei Ihnen sehen. Am besten bringen Sie ihn jetzt ins Krankenhaus.«

Kay und ich gingen. Ich steckte den Revolver und Warwick Baudins Karte ein. Kay, so groß wie ich, war spürbar voller Energie, beherrscht und hellwach. Plötzlich wünschte ich, allein zu sein, mich einfach ins Auto werfen und losfahren zu können. Allein. Das erinnerte mich daran, warum ich stets allein zu arbeiten versuchte – weil ich es nie gelernt hatte, jemandem außer mir selbst zu trauen. Wir stiegen ein, und ich saß auf dem Beifahrersitz, gegen meinen Willen. Verkrampft und mißtrauisch. Sie streckte die Hand nach mir aus, erkannte aber meine Stimmung und zog sich zurück.

»Soll ich fahren?«

»Ja.« Ich wollte schreien *Nein.* Hau ab! und tat es nicht, weil ich hoffte, das Gefühl würde vergehen. Mein Kopf schmerzte, wo man mir eins übergezogen hatte, und der Schlafmangel forderte seinen Tribut. Ich entdeckte die andere Flasche Whiskey, drehte den Verschluß ab und trank. Die Flasche auf dem Schoß, wartete ich darauf, daß der Alkohol seine wohltuende Wirkung ausübte.

Sie ließ den Motor an. »Cliff, was ist los?«

Ich gab keine Antwort. Wie konnte ich ihr sagen, daß ich ihr nicht traute? Wie konnte ich sagen: *Ich glaube nicht, daß du diese wirksame Story für dich behältst.* Also schwieg ich und trank noch einen Schluck. Sie fuhr gut, aber sie hielt das Lenkrad zu fest und hatte ein zu hohes Tempo. Da fielen mir die Reibereien ein, die ich mit Cyn im Auto hatte, Auseinandersetzungen, die so heftig waren, daß ich ihr die Faust aufs Bein knallte und sie vor Schmerz und Wut heulte, aber weiterfuhr; so böse Streitereien, daß sie Hebel und Knöpfe vom Armaturenbrett gerissen und die Windschutzscheibe eingetreten hatte. Und ich konnte mir vorstellen, daß mein Mißtrauen zu diesen Zusammenstößen beigetragen hatte. Ich zwang mich, Kay sanft am Arm zu berühren.

»Fahr links ran, Kay, halt mal an.«

Sie musterte mich mißtrauisch und hielt. Ich zog sie eng an mich und hielt sie fest und warm. Zunächst wollte sie sich mir entziehen, entspannte sich jedoch, und wir kamen uns so nahe, wie es auf dem Vordersitz eines alten Falcon möglich ist. So verharrten wir eine Zeitlang und sagten uns Worte, an die ich mich nicht mehr erinnere, außer daß sie bedeuteten, wir wollten gut zueinander sein. Wir lösten uns, und sie fuhr weiter; ich trank keinen Whiskey mehr und steckte die H & R Defender unter den Sitz. Im Motel war noch alles dunkel; wir zogen uns aus und gingen ins Bett. Sie schlief fast auf der Stelle ein, den Kopf auf meiner Schulter. Ich lag wach, hing meinen Gedanken nach und hörte einen Zweig gegen das Fenster klopfen, aber nicht lange.

16

Als ich aufwachte, war es strahlend hell im Zimmer, und Kay schlief noch, mit dem Rücken zu mir und in ein Knäuel von Laken eingerollt. Ich streichelte ihr die Schulter.

»Hei, es ist Morgen.«

»Ach«, brummte sie aus dem Gewirr, »was haben wir heute?«

Ich mußte überlegen. »Sonntag.«

Sie kuschelte sich tiefer ein. »Gott sei Dank.«

Ich zog sanft an den Laken, sie hielt fest, und bald liebten wir uns, mit zärtlichem und am Schluß mit hartem, stoßendem Rhythmus. Das Bett glich einem Schlachtfeld, und wir kamen erst gegen Mittag in die Kaffeestube des Motels.

Sie aß wiederum mit Genuß und nahm mit einem angefeuchteten Finger die Toastkrümel von ihrem Teller auf.

»Du fährst also wieder zurück nach Sydney, um die Sache weiterzuverfolgen?«

»Ja, aber nicht gleich. Du hast gesagt, du könntest dich über die Baudins erkundigen; ist das heute möglich, am Sonntag?«

»Ja, kein Problem. Was genau brauchst du?«

»Alles. Schön wäre was über Warwicks Eskapaden – von Autos, Mädchen und Schecks hört man. Einiges könnte in die Presse gelangt sein. Er war auch ’ne Sportkanone, vielleicht findet sich ein Foto.«

Ich machte eine Pause und wählte meine Worte sorgfältig. »Das Indonesien-Geschäft ist gut für eine Story. Ich nehme an, du wärst daran interessiert, ja?«

»Hm. Ich müßte wohl warten, bis du alles aufgeklärt hast, oder?«

»Wahrscheinlich, aber man kann nie wissen. Ein bißchen Publicity wäre womöglich zu einem bestimmten Zeitpunkt von Nutzen. So was ist schon vorgekommen.«

Sie nickte und trank ihren Kaffee aus. Als ich mir eine Zigarette drehte, verzog sie das Gesicht.

»Was gibt's?«

»Du solltest nicht rauchen.«

»Ich weiß.« Ich zündete die Zigarette an, zog kräftig und blies den Rauch zur Seite. »Ein merkwürdiger Fall ist das. Sieht wie 'ne glatte Sache aus, doch irgendeiner versucht mitzumischen. Ich muß davon ausgehen, daß man mich daran hindern will, den ...«

»Findling aufzuspüren?«

»Das ist er wohl kaum. Er bekam anscheinend von allem das Beste.«

»Hast du keine Angst?«

»Nein. Nach meiner Meinung hält sich die Gewalttätigkeit in Grenzen – Brain hatte vielleicht eine dünne Schädeldecke, und bei mir war's nur eine leichte Verletzung. Das ist es unter anderem, was mich verwirrt.«

»Falls Warwick der verlorene Enkel ist, weiß das vielleicht jemand und hat ein Interesse daran, daß er nicht auftaucht.«

»Ja, aber warum nimmt man ihn nicht einfach aus dem Bild – warum hält man sich an kleine Fische wie mich?«

»Kann sein, der Betreffende will nicht, daß Warwick Erfolg hat, und bringt es nicht fertig, ihn umzulegen. Oder kann es sich nicht leisten.«

»Du meinst Keir?«

»Ja.«

»Möglich. Ich muß herauskriegen, wer am meisten davon profitiert, wenn alles so bleibt, wie es ist. Darum kümmert sich schon jemand für mich.«

Sie schwieg; ich machte die Zigarette aus und griff nach der Rechnung. Sie wechselte die Haltung, das breite, fast mongolisch wirkende Gesicht war traurig, als sie nervös, ohne ihre übliche Lebhaftigkeit fragte: »Cliff, machst du dir Gedanken über den moralischen Aspekt der Sache?«

Ich wurde vorsichtig. »Was meinst du damit?«

»Knurre nicht, ich meine, so in der Vergangenheit herumzuwühlen, all das aufzudecken, Menschen auseinanderzubringen.«

»Es belastet mich nicht«, sagte ich, obwohl ich wußte, daß ich log. Natürlich belastete es mich, aber es war nicht zu ändern. Flache Gräber wurden aufgedeckt, Geheimnisse enthüllt, Lügner entlarvt – das war der Lauf der Welt, und ich war bloß ein Mittel, ein Werkzeug. Manchmal gab es ein Happy-End. Manchmal. Sie schlug die Augen nieder, und ich dachte: Verflucht, noch mehr Ärger. Doch als sie den Kopf hob, schien alles in Ordnung. Sie bedachte mich mit einem schiefen Lächeln, wühlte in ihrer Tasche nach Stift und Papier und gab mir den Zettel. Dabei berührten sich unsere Hände – der Kontakt war noch schön. Beide plänkelten wir, sagte mir mein Gefühl, beide waren wir mißtrauisch, doch voller Hoffnung. Es hätte schlimmer sein können.

»Ruf mich in zwei Stunden bei der Zeitung an. Nein, in einer Stunde, bis dahin müßte ich was haben.«

»Okay, was hast du heut abend vor?«

»Kommt drauf an«, antwortete sie und erhob sich. »Kommt auf eine ganze Menge an.« Sie winkte und verließ munter den Raum. Ich sah ihr nach, wie sie so ging, in ihrem zerknüllten Kleid, mit dem schmalen Rücken den langen Beinen und den Abendschuhen, die am Tag seltsam rührend aussahen. Ich saß da und dachte nach, und der Fall Chatterton und Kay gerieten mir heillos durcheinander, bis ich nicht mehr wußte, worüber ich Fragen stellte oder welche Antworten ich zu finden hoffte.

Ein zweites Mal spülte ich mein Hemd, ein zweites Mal rasierte ich mich scharf und badete im Swimmingpool, der frisch und stark gechlort war. Das Wasser war kalt, kräftig schwamm ich eine Bahn nach der anderen, dann duschte ich, zog das saubere Hemd an und fühlte mich wohl. Ich wählte die Nummer, die Kay mir gegeben hatte; am Telefon klang ihre Stimme lebhaft und professionell, doch es lag auch Wärme darin. Sie schien mit sich zufrieden.

»Warwick Baudin ist wahrscheinlich eine rechte Ratte«, sagte sie.

»Was macht er denn – vergewaltigt er alte Damen?«

»Das würde mich nicht wundern. Er hat alle möglichen Schwierigkeiten gehabt. Hat ein paar Autos zu Schrott gefahren, die ihm nicht gehörten.«

»Ja, davon hab ich gehört. Übermut vielleicht.«

»Nein, an ihm ist etwas Gemeines. Wie man hört, hat er hier Drogen – nicht bloß Marihuana – verkauft und dabei Geld verdient. Als die Geschichte aufflog, ging er straffrei aus. Es heißt, er hat die anderen verpfiffen. Bald darauf hat er Canberra verlassen. Ach ja, einmal hat er seinen Vater in der Öffentlichkeit tätlich angegriffen, aber das wurde vertuscht.«

»Klasse. Irgendwas über Keir?«

»Nicht viel. Er scheint der langweiligste Mensch der Welt zu sein. Besuchte hier Schule und Universität, ohne sich auszuzeichnen. Seither arbeitet er für seinen Vater. Er ist sozusagen nie von zu Hause weggekommen.«

»Er war doch bestimmt in Übersee.«

»Ja, früher ist er mit Mama und Papa gereist. Über sein enges Verhältnis zu ihnen wurde schon gewitzelt.«

»Die Welt ist zynisch. Du sagst ›früher‹?«

»Genau. In den beiden letzten Jahren war er ein paar Mal in Indonesien.«

»Aha. Gibt's was über Warwicks sportliche Triumphe?«

»Und ob, ja, haufenweise. Er hat ein halbes Dutzend Schulen hier in der Gegend besucht, wurde überall rausgeschmissen, aber im Sport hat er abgesahnt – Laufen, Schwimmen, Wurfdisziplinen und Ballspiele – alles. Tut mir leid, es sagen zu müssen, aber er war auch intelligent; in seinem letzten Schuljahr hat er Höchstnoten bekommen.« Sie machte eine Pause. »Ja, hier steht's – Mathematik, Volkswirtschaft, neuere Geschichte, Italienisch. Englisch hat er gerade so bestanden.«

»Hart. Ist dann zur Uni gegangen, oder?«

»Ja, zwei Jahre Jura. Im ersten Jahr hat er den Eisernen Mann gewonnen. Weißt du, was das ist?«

»Nein.«

»Ein Wettrennen. Es geht über fünf Meilen, glaub ich, und die Läufer müssen dabei dauernd essen und Alkohol in Mengen trinken. Wer sich übergibt, wird disqualifiziert. Warwick hält den Rekord!«

»Toll. Wie hat er sich beim Jurastudium gemacht?«

»Hat etwas nachgelassen, durchs erste Jahr aber ist er

ganz gut gekommen – die Drogengeschichte flog mitten im zweiten Jahr auf.«

»Aha. Du hast phantastische Arbeit geleistet, Liebling. Sonst noch was?«

»Ja, du wolltest Fotos; ich habe nämlich rausgekriegt, daß es in der ›Canberra Times‹ zwei gibt.« Sie nannte die Daten. »Sonntags arbeitet unser Archiv nicht. Da mußt du in die National Library gehen, die hat heute geöffnet. Weißt du, wo sie ist?«

»Am Lake Burley Griffin?«

»Richtig.«

»Braucht man eine Lesekarte?«

»Nein, es ist eine öffentliche Einrichtung. Als Bürger dieses Staates darfst du sie nutzen.«

Plötzlich änderte sich ihr Ton und wurde ganz energisch, ja geschäftsmäßig. »Ruf mich an, wenn du fertig bist.«

»Hör zu, Kay, geh nicht so auf Abstand. Ich hole dich um fünf Uhr ab, okay?«

Sie stimmte zu. Im Motel machte ich eine Anzahlung; die Moneten wurden knapp, aber ich besaß die Quittungen, und Lady Catherine bekam etwas für ihr Geld. Ich war obenauf – die bewährten und erprobten Methoden funktionierten. Ich hatte Anhaltspunkte, nach denen ich mich richten konnte.

Über die Commonwealth Avenue Bridge in Canberra zu fahren ist keineswegs ein aufregendes Erlebnis: Der See wirkt künstlich und ist es auch, ruhig und blau, ohne Abfälle. Die Brücke überspannt ihn mühelos. Alles vermittelt den Eindruck des Geplanten und Regulierten, ist bequem und glatt. Die National Library erhebt sich als creme- und pinkfarbene Kopie der Akropolis am gestalteten Ufer des Sees. Sie ist auf drei Seiten von Parkplätzen umgeben; Autos waren auf Gehwege und Trennstreifen gepfercht, und Strafzettel flatterten an den Frontscheiben wie Flaggen. Ich quetschte mich in eine halblegale Parklücke, schnappte mir Block und Kugelschreiber und begab mich zum Haupteingang.

Ein schnatterndes Grüppchen von Touristen bestaunte die bunten Glasfenster und die Bronzearbeiten; ein zweites Häuflein widmete sich der Keramikausstellung im Zwischengeschoß. Ich erhielt Hinweise von mehreren Angestellten und landete schließlich in einem dumpfen Raum vor einem Lesegerät. Doktoranden kritzelten auf Karten, kratzten sich, gähnten und kauten Kaugummi. Ich bediente die Automatik, und schon blitzten Monate von Menschenleben, Hochzeiten, Todesfällen und Weltereignissen an meinen Augen vorbei, während sich die Studenten mit finsterem Blick Zentimeter für Zentimeter, Bild um Bild durch ihre Zeitungen quälten.

Die »Canberra Times« erscheint im Großformat, und das bedeutete, daß ich das Gerät häufig verstellen mußte, um die ganze Seite überfliegen zu können. Ich ließ mich von den Schlagzeilen und Stories vom Beginn der siebziger Jahre ablenken. Mit der Regierung war es bergab gegangen, die Reden der Minister wurden von Tag zu Tag alberner, und die Opposition saß sozusagen auf dem Sprung. Sie versuchte, einen vernünftigen Eindruck zu erwecken, und wartete auf ihre große Stunde. Eine Flut war im Kommen – eine dreijährige Flut. Das erste Foto von Warwick Baudin fand ich in einer Novembernummer aus dem Jahr 1968. Er hatte an den Wettkämpfen zwischen den Schulen teilgenommen und alle drei Sprintdisziplinen gewonnen, außerdem den Weitsprung; aufrecht und in voller Größe stand er im Trainingsanzug da, eine Dose mit einem Softdrink in der Hand, und trank. Es wirkte wie eine Reklame. Er hatte ein breites, offenes Gesicht mit einem dichten Schopf dunkler Locken. Er war selbstbewußt – das wäre ich ebenfalls gewesen, wenn ich die vierhundert Meter in achtundvierzig vier gelaufen wäre. Zweiundfünfzig – weniger brachte ich nicht zustande. Doch mit Warwick, dem Wunderknaben der Aschenbahn, war es innerhalb von zwei Jahren mächtig abwärts gegangen. Das nächste Foto, vom Oktober 1971, prangte auf der Titelseite einer Sonnabendzeitung. Der Unfall hatte sich auf der Cotter Road ereignet – zwei Sportwagen waren zusammengestoßen. Der eine Fahrer war tot, die Beifahrerin schwer verletzt, und der andere Fahrer stand unverletzt am Straßenrand. Ein Scheinwerfer leuchtete ihm voll ins Gesicht und tauchte ihn in gleißendes Weiß. Das waren keine idealen Bedingungen für eine Aufnahme, Warwicks Gesicht sah viel voller aus, beinahe aufgedunsen, und in der Straßenkleidung machte er einen wuchtigen Eindruck. Man schrieb von Anklage – Fahren unter Alkoholeinfluß, Totschlag –, es war eine üble Sache. Während ich so das freimütige, ungezwungene Bild anstarrte, versuchte ich eine Ähnlichkeit mit dem alten Mann zu entdecken, der als Richter so harte Urteile gesprochen hatte, oder mit den weicheren Zügen des Gesichts, das von der Wand in Rushcutters Bay herabschaute. Sie war auf alle Fälle vorhanden, aber seltsamerweise stärker ausgeprägt in dem Gesicht des jungen Mannes. Bei allen Abstrichen wegen der besonderen Umstände verriet Baudins Gesicht auf den späteren Bildern Anzeichen von Unschlüssigkeit oder Selbstzweifeln, die Sir Clive nie gequält hatten.

Ich druckte mit dem Kopierer einige Abzüge der Fotos aus und reichte die Filmrollen einer Angestellten zurück, die mich müde und skeptisch anlächelte. Die ganze Prozedur hatte nicht einmal eine Stunde gedauert, und ich hatte keinen einzigen Kaugummi gebraucht. Draußen war es warm und windstill; ich machte einen Spaziergang um den See, versuchte über Genetik und Bluttests nachzudenken und ob sich damit beweisen ließ, daß jemand das Kind eines anderen ist. Ich hatte das Gefühl, daß es nicht möglich war und daß mit Tests nur nachzuweisen ist, wenn jemand nicht als Vorfahr eines anderen zu betrachten ist. Möglicherweise würde es nicht dazu kommen, vielleicht würde auch gar nichts dabei herauskommen. Es war noch immer wie eine Schnitzeljagd, die Fotos in meiner Tasche glichen einem Talisman, aber nach meiner Ansicht konnte der Mann ebenso wegen Heroinhandels an eine Gefängnismauer in Bangkok gekettet sein.

Auf meinem Weg um den großen grauen Komplex der Regierungsgebäude bemühte ich mich, die ganze Sache beiseitezuschieben. Die Karte, die mir Keir Baudin überlassen hatte, rief mich nach Sydney, zu Honey in Darlinghurst, wer immer sie war, aber dauernd mischte sich Kay in meine Gedanken. Mein Liebesverhältnis zu Ailsa war unregelmäßig gewesen, mal eine Nacht hier, mal eine Nacht dort; ich dachte angestrengt nach, wann ich zum letztenmal zwei Nächte hintereinander mit einer Frau geschlafen hatte. Es war lange her.

17

Der Abend lief gut. Bloß um die Zeit totzuschlagen, bevor ich Kay abholen konnte, fuhr ich mit dem Falcon durch eine Autowaschanlage. Ich fühlte mich wieder jung, zurückversetzt in eine Zeit, in der Autos und Mädchen alles bedeuteten. In einem Restaurant, das früher einmal ein altes Wohnhaus war, aßen wir und tranken ein paar Gläser; den Wein brachten wir selber mit, und ich war nicht der einzige Mann ohne Krawatte. Gegen zehn Uhr standen wir in einem der Einkaufsboulevards, sie preßte sich mit den Hüften gegen mich, und wir küßten uns, als müßte ich am nächsten Tag an die Front.

»Komm mit zu mir«, sagte sie, als wir uns voneinander lösten. »Ich kann nicht drei Tage hintereinander dieselben Sachen tragen.«

Ich strich ihr übers Haar. »Das tue ich oft.«

»Du bist eben unzivilisiert, ein räuberisches Wesen.«

»Magst du das nicht?«

»Doch.« Sie küßte mich rasch. »Die Welt ist voller Bürohocker, die nach Shampoo und Seife duften. Du riechst nach …«

»Alkohol und Schweiß?«

»Ein bißchen, nicht zu stark.«

Ihre Wohnung lag in Ainslie, nicht weit vom Stadtzentrum entfernt. Sie bewohnte das obere Stockwerk eines Hauses, in das wir über einen Gehweg und durch einen überwucherten Garten gelangten. Drinnen dominierten die Farben Creme und Braun, und es herrschte eine behagliche Unordnung. Während sie duschte, sah ich mir automatisch ihre Bücher an, für meinen Geschmack etwas viel Philosophie, aber die Romane waren gut gewählt – Hemingway und Waugh, Kesey und Amis, dazwischen ein paar von Hammett und Chandler. Ich las gerade in Fussells »The Great War and Modern Memory«, da kam sie in einem chinesischen Morgenrock herein. Ihr nach Apfelesther duftendes Haar war naß und stand zu Berge. Wir küßten uns leidenschaftlich und schmiegten uns aneinander, Trost suchend und Trost spendend.

»Tolles Buch«, sagte sie.

»Ja.« Wir küßten uns wieder, und bald darauf lagen wir auf einem großen, niedrigen Bett, das unter einem Fenster stand. Rasch befriedigten wir unser erstes, starkes Verlangen, danach lagen wir eng beieinander, unterhielten uns und ließen wohlige Wärme über uns kommen. Beim zweitenmal war das Tempo langsamer; ich war mir ihres ganzen Körpers bewußt und ihrer Erfahrung, ihrer schlanken, kräftigen Arme und der langen Beine, die mich locker umschlungen hielten. Da lag ich im Dämmerlicht, lauschte ihren Atemzügen, bis mein Atem sich ihrem Rhythmus anglich, und schlief ein.

Um fünf Uhr wurde ich wach, stand leise auf und zog mich an. Gerade notierte ich ihre Telefonnummer, da warf sie sich im Bett herum.

»Was hast du vor?« Sie saß aufrecht, und mir schlug eine Woge von Spannung entgegen. Da beugte ich mich zu ihr und küßte sie auf die nackte Schulter.

»Kay, ich muß gehen. Hab deine Telefonnummer. Ich rufe dich an.«

Sie packte meine Hand. »Wann?«

»Heute abend und jeden Abend, bis der Fall geklärt ist. Dann komme ich zurück.«

»Wenn du den Auftrag erledigt hast?«

»Ja.«

»Geschäft ist Geschäft.«

Ich wußte, was sie meinte, genau wie ich immer gewußt hatte, was Cyn meinte – die nicht eingehaltenen Verabredungen, das beruflich motivierte Trinken und die Phasen, in denen ich nur schlief. Sie ließ sich zurückfallen und zog die Beine wieder an, wie sie es im Motel getan hatte.

»In Canberra beschränkt man sich auf flüchtige Affären, Cliff«, sagte sie. »Mir haben Männer beim Frühstück einen Heiratsantrag gemacht, und mittags sind sie nach London geflogen.«

»Ich rufe dich heute abend um acht an, ich verspreche es.«

»Hoffentlich«, flüsterte sie; sie rollte sich auf die andere Seite des Bettes und wickelte sich in die Decke.

Leise zog ich die Tür hinter mir zu und trat auf den Gartenweg; von den überhängenden, tauschweren Ästen, durch die ich mich hindurcharbeitete, tropfte es auf mich herab. Mir war nicht zumute wie einem Mann, der eine erfreuliche, kurze Nummer hinter sich gebracht hat, überhaupt nicht.

Im Motel machte ich mich unbeliebt, weil ich den Manager aus dem Bett holte, um meine Rechnung zu bezahlen. Nach seinem Blick zu urteilen, hätte ich wetten mögen, daß er, kaum war ich weg, zunächst einmal die Handtücher nachzählte. Canberra stand ein heißer Tag bevor; der Himmel war ein reines Blau, und über den Bergen bildete sich ein Hitzeschleier. Die Luft war noch kühl, doch der Westwind ließ erwarten, daß sie innerhalb einer Stunde trocken und sandig war. Genau wie die Hunde und Jogger durchquerte ich die ruhigen Straßen und ließ meinem frischgewaschenen Wagen freien Lauf, als wir die Fernverkehrsstraße erreichten. Die Strecke von Canberra nach Sydney ist in den letzten Jahren besser geworden, denn ein paar Hügel wurden untertunnelt, und um einige Städte wurden Umgehungsstraßen gebaut. Ein guter Fahrer kann sie mit einem guten Wagen in einer Zeit unter vier Stunden schaffen. Ich brauchte fast fünf.

Als ich in Glebe ankam, war ich hungrig und durstig. Ich nahm die Post und die Zeitungen aus dem Briefkasten und trat ins Haus: In den Sonnenstrahlen tanzte der Staub, die Küchenschaben, für ein paar Tage selig ungestört, suchten fluchtartig Schutz. Ich duschte ausgiebig, machte mir aus schlaffen Resten, die ich im Kühlschrank fand, etwas zu essen fertig und trank reichlich kalten Wein dazu. Die Zeitungen brachten viel über Wirtschaft, alles Schwindel, etwas über Gefängniskrawalle, meist erlogen, und tiefschürfende Analysen der Vorgänge im Mittleren Osten. Henry Brain wurde nicht erwähnt. Vier eingegangene Rechnungen entsprachen fast der Höhe des von Lady Chatterton gezahlten Honorars, und wenn ich mich recht erinnerte, waren andere Gelder nicht zu erwarten. Vom Anrufbeantworterdienst erfuhr ich, daß sich zwei Personen gemeldet hatten – Cy Sackville und Verna Reid.

Ich rief Sackville an. Er bat mich, ein paar Wochen lang nicht unangenehm aufzufallen, da er zu einer Konferenz nach Athen fliegen und danach etwas durch Europa reisen wolle.

»Wer bezahlt das?«

»Du natürlich, der Steuerzahler. Nun zum Thema

Chatterton. Über Henry Brain konnte ich kaum etwas erfahren. Er war ein bei höheren Gerichten zugelassener Anwalt, ein sehr guter, und die Approbation wurde ihm wegen Trunkenheit vor Gericht entzogen. Das liegt eine ganze Zeit zurück; er hat sich nie um Rehabilitierung bemüht.«

»Er blieb betrunken.«

»Das sollte dir eine Lehre sein«, sagte Cy bieder. »Beim Chatterton-Erbe kann ich dir nicht viel helfen. Booth junior wußte nicht, wer die Knete kriegt, Papa hat's ihm nicht verraten. Allerdings gibt's da ein paar fischige Dinge.«

»Zum Beispiel?«

»Na ja, zum einen die Geheimnistuerei. Booth junior sagt, es sei ungewöhnlich, daß Booth senior so verschlossen ist. Das könnte bedeuten, daß das Erbe einer Verfügungsbeschränkung unterworfen ist. Außerdem hat sich jemand anders danach erkundigt.«

»Wer?«

»Booth erinnert sich nicht mehr an den Namen, ein Mensch, der sich in einer Squash-Halle an ihn herangemacht hat. Er hat nur gesagt, ein großer Kerl, der offensichtlich die sportliche Betätigung nötig hatte. Das hat Boothie wahrscheinlich überheblich gemacht – er ist in Bestform.« Cy selber ist so dünn wie die Spaghetti, die er in großen Mengen vertilgt. Er treibt nie Sport; er ist ein Arbeitsfanatiker, der überflüssige Pfunde dadurch abbaut, daß er Ehrgeiz mit Leistung kombiniert.

»Was hat dieser große Kerl gesagt?«

»Wohl nicht viel, und Boothie hat wahrscheinlich wenig rausgelassen. Er arbeitet für eine alte, eine konservative Firma, und er weiß, daß er nicht der Schlaueste ist. Er gibt sich keinerlei Blöße.«

»Wann war das, und bist du sicher, daß das alles ist?«

»Vor vierzehn Tagen. Das einzige, worauf Booth sich noch entsann, war folgendes: Die Gesellschafterin der alten Dame – Miss Reece? – wurde erwähnt.«

»Reid.«

Cy knurrte, solche Irrtümer waren bei ihm selten.

»Soll ich dich über die ganze Geschichte aufklären, Cy?«

»Eigentlich nicht. Es ist bestimmt eine schmutzige Angelegenheit, und ich versuche, mir den Kopf für den Urlaub freizumachen. Ich habe 'ne Menge zu tun, muß mich über griechische Taucherausrüstungen informieren und habe vor, da drüben einen Citroën zu kaufen und ihn hier einzuführen ... Was hältst du davon?«

»Tolle Idee. Gib mir deinen alten.«

»Ich habe dein Auto gesehen, du verdienst keinen Citroën.«

Er nannte mir den Namen des Mannes, der seine Vertretung übernehmen würde, und gab mir eine Zusammenfassung seiner Vorurteile – sie schienen alles zu umfassen, was ich tat und wofür ich stand. Hörte sich an, als sei er der richtige Mann für die Anklagevertretung, falls ich in Schwierigkeiten geriet.

Nachdem ich aufgelegt hatte, ging ich zum Wagen, kramte meine Aufzeichnungen zu dem Fall hervor und ergänzte einige Fakten. Nachdenklich saß ich da, rauchte eine Zigarette, trank noch etwas Wein und schrieb Kay Fletchers Nummer in mein Notizbuch. Als mir keine Ausflüchte mehr einfielen, wählte ich die Nummer von Lady Chatterton. Verna Reids Stimme kam über den Draht wie ein eisiger Wind aus dem Süden. Zunächst war sie nicht bereit, mich mit ihrer Brotgeberin zu verbinden, aber als ich darauf bestand, blieb die Leitung offen. Während ich wartete, überlegte ich, ob Miss Reid in der Erbfolge berücksichtigt war, nur einen kleinen Schritt entfernt von einem Vermögen, und wo ihr Geliebter und Richard Selby ins Bild paßten.

Im Hörer knackte es. »Mr. Hardy, sind Sie das?«

Ich bejahte.

»Ich hatte erwartet, eher von Ihnen zu hören. Wo haben Sie gesteckt?«

»An der Küste im Süden und in Canberra.«

»Was haben Sie erfahren?«

»Henry Brain ist tot – das wissen Sie bereits. Auch Schwester Callaghan ist tot.«

Ganz schwach kam ein langer Seufzer. »Sie haben mir also nichts zu berichten?« Ihre Stimme verriet keinerlei Interesse am Leben und Sterben von Brain und Callaghan. Gekannt hatte sie beide, doch bedeuteten sie ihr nichts, waren nur Mittel zum Zweck. Das erinnerte mich daran, daß die Chattertons rücksichtslose Elitefanatiker waren, keine Menschenfreunde. Es hatte keinen Sinn, sich darüber Gedanken zu machen, ob die alte Dame kriegte, was sie haben wollte, oder nicht. Es war einfach ein Auftrag.

»Das habe ich nicht gesagt«, tröstete ich sie. »Ich habe mit Brain gesprochen, bevor er starb, und wahrscheinlich mit dem Arzt, der Ihrem Enkel auf die Welt verhalf. Dem jungen Mann bin ich jetzt auf der Spur.«

»Wer ist es?« fragte sie aufgeregt. »Erzählen Sie mir von ihm.«

Ich hielt sie hin. »Das wäre unklug, glaub ich; er könnte sich als der falsche herausstellen, und es könnte sein, daß er nicht zu finden ist.«

»Noch nie habe ich so oft das Wort ›könnte‹ gehört.

Hoffentlich vertuschen Sie damit nicht einen Mißerfolg, Mr. Hardy.«

Obwohl diese beißende Arroganz in mir den Wunsch weckte, den Hörer hinzuknallen, holte ich bloß Luft und bediente mich der einzigen Waffe, die ich besaß.

»Jetzt hören Sie noch ein ›konnte‹ von mir«, sagte ich barsch. »Es könnte sein, daß Sie ihn nicht sympathisch finden, wenn und falls Sie ihn kennenlernen.«

»Wenn er der richtige Mann ist, Mr. Hardy, dann hat er Charakter, dann ist er im Kern gesund.« Ihr Ton klang weniger zuversichtlich als die Worte. »Vielleicht können Sie mir, da Sie entschlossen sind, Katz und Maus zu spielen, wenigstens noch eins verraten: Ist der in Frage kommende Mann von ... angesehenen Leuten erzogen worden?«

Es war leicht zu begreifen, was sie dachte. Ein Mann von Dreißig steht fest oder sollte es zumindest. Sie könnte noch ein wenig nachhelfen, und etwas Geld, richtig angewandt, würde Wunder wirken; aber aus einem Maurergehilfen wäre kein Chatterton-Enkel zu machen. Ich zögerte mit der Antwort, bevor ich mit der Nadel zustieß.

»Hoch angesehenen.«

»Ich danke Ihnen, das ist gut.« Ihre Stimme hörte sich jünger, unbeschwerter an. Ob sie sich dabei wohl übers eisengraue Haar strich? Es müßte interessant sein zu erleben, wie sie mit dem zukünftigen Erben fertig würde, falls ich ihn herbeischaffte. Als ich versuchte, ihr von einigen Schwierigkeiten zu berichten, auf die ich gestoßen war, hatte sie bereits das Interesse verloren. Ich wollte sie nach ihrem Testament fragen und hätte vielleicht sogar eine Antwort erhalten. Denn ich war der Rettungsanker für ihre Hoffnungen, und das sollte ich ausnutzen, um ihren natürlichen Hang zu zähmen, mich wie einen Sklaven zu behandeln. Da ich nicht wußte, wer an anderen Apparaten im Haus mithörte, bat ich sie statt dessen um noch etwas Geld.

»Verna wird sich darum kümmern. Bleiben Sie am Ball, Mr. Hardy. Sobald Sie ein greifbares Ergebnis haben, treffen wir uns wieder. Leben Sie wohl.« Sie geht wieder auf Nummer sicher, dachte ich, und bedauerte den begeisterten Ausbruch. Der Junge würde eben lernen müssen, daß Großmutter mit ihren Gefühlen zurückhaltend war.

Miss Reid meldete sich wieder, und ich teilte ihr mit, daß Lady Catherine einer weiteren Zahlung zugestimmt habe. Sie nahm es ohne Einwand hin, was vielleicht bedeutete, daß sie mitgehört hatte. Ich bat sie um Honorar für drei Tage und fünfundsiebzig Dollar Spesen.

»Haben Sie Quittungen für die Unkosten?«

»Einige. Bars und Massagesalons stellen allerdings keine aus. Ich schicke Ihnen eine Liste.«

»Das ist nicht nötig«, sagte sie bestimmt. »Ich bin berechtigt, Sie zu entlohnen. Heute geht ein Scheck ab.« Sie hängte auf.

Ich schielte aus dem Fenster, das Wetter war grau und unbestimmt geworden. Auf die Mauer des Nachbarhauses warf das Sonnenlicht einen breiten, hellen Streifen, und von den eleganten Farnen stieg ein feiner Dunst auf. Mein eigener Garten ist karg und kümmerlich, hier gedeihen Pflanzen, die für ihre Fähigkeit bekannt sind, Vernachlässigung hinzunehmen. Ich schloß zwei Kopien der Fotos von Warwick Baudin ein, steckte einen Satz ein und verließ das Haus. Die Clark Street in Darlinghurst ist eng und gewunden, so daß es in den Kurven den Anschein hat, als hingen die hohen Reihenhäuser über die Straße wie Häuser in Europa. Es ist eine Einbahnstraße, die am Ende, wo sie auf die Oxford Street trifft, scharf ansteigt. Es war Mittagszeit, an diesem warmen, windstillen Tag war die Luft schwer von Abgasen und Staub. Überall standen rechtswidrig geparkte Autos, barfüßige Leute in Jeans und Männer in dreiteiligen Anzügen waren unterwegs.

In der launischen Sonne vor Nummer 8 saß ein Mädchen. Sie trug einen gelbseidenen Morgenmantel mit chinesischem Muster, der bis zur Taille offen stand und blasse, schwere Brüste mit rosa Warzen und großem Hof zur Schau stellte. Sie war bei der Maniküre, die Zunge vor Konzentration zwischen den Zähnen. Der Blick, den sie mir zuwarf, verriet kaum Interesse, wie ein alter Hund, der einen alten Knochen mustert. Ich legte die Hand auf die Gartenpforte von Nummer 10.

»Die werden noch nicht auf sein«, sagte sie mit starkem Akzent, vielleicht deutsch oder holländisch. »Kann ich Ihnen helfen?«

»Ich möchte zu einem Mädchen namens Honey«, antwortete ich. »Bin ich hier richtig?«

»Ja.« Sie unterbrach das Feilen. Der Morgenrock verrutschte unter dem schmalen Bindegürtel und enthüllte die Rundung eines weißen, weichen Bauches und den Ansatz der blonden Schamhaare. »Sie wohnt dort, aber ein junges Mädchen ist sie nicht. Machen Sie's gern mit alten Frauen?«

»Eigentlich nicht, Miss ...?«

»Inge.« Sie zuckte die Achseln, ihre Brüste wackelten wie Pudding. »Da kommen Sie ungefähr dreißig Jahre zu spät.« Sie lachte, und unter ihrem Kinn, auf der Brust und den unbehaarten weißen Beinen wabbelte es.

»Hören Sie nicht auf sie, Süßer«, kam eine Stimme von

oben, und ich schaute hinauf. Eine Frau beugte sich über die Brüstung des Balkons von Nummer 10. Ihr Haar war purpurrot, ihr Hausmantel ebenfalls. Sie hatte eine tiefe Stimme und sprach die Vokale übertrieben sorgfältig. »Warten Sie, Süßer, ich bin gleich unten. Nimm dich vor der Sonne in acht, Inge, sonst ruinierst du dir deinen Teint.«

Das Gesicht des blonden Mädchens war von Aknenarben gezeichnet. Sie bemerkte, daß ich darauf starrte, lief rot an und feilte weiter an ihren Nägeln.

Ich öffnete die Pforte und näherte mich der Tür von Nummer 10, einem alten, einstöckigen Reihenhaus. Die Ziegel waren beworfen und so bemalt worden, daß sie Sandsteinblöcke vortäuschten. Vorher war es mindestens dreimal gestrichen worden, und nun präsentierte es sich in einem abblätternden schmutzigen Grün mit gelben Blenden an den Fenstern. Auf der Veranda standen ein gußeiserner Gartenstuhl und zwei Topfpflanzen – die Töpfe quollen von Zigarettenstummeln über.

Die Tür wurde geöffnet, und die Frau in Purpur stellte sich im Eingang in Positur; sie war groß und dünn und schien gewohnt, das Beste aus ihrer Figur zu machen. Sie stemmte eine Hand herausfordernd an die Hüfte, die andere reckte sie mit müder, aristokratischer Geste in meine Richtung. Ich legte eine Visitenkarte hinein.

»Das bin ich«, erklärte ich. »Ist Ihr Name vielleicht Honey?«

»Stimmt, Liebling, ich bin Honey Gully.« Nachdem sie die Karte beäugt hatte, verschwand das gekünstelte Lächeln. »Gibt's Ärger?« Die mühsame Beherrschung blätterte ab wie die Farbe vom Haus, und die Worte kamen rauh und verängstigt heraus.

»Ich glaube nicht, Miss Gully, darf ich eintreten?«

Sie zögerte. »Es ist früh und noch nicht aufgeräumt.«

»Das stört mich nicht. Es dauert nicht lange, und ich zahle Ihnen die Zeit.«

Sie kam mit dem Gesicht ganz nah heran und starrte mich mit zusammengekniffenen Augen an. Im Netzwerk der Falten um Augen und Mund klebten Reste ihres Make-ups. Der breite Mund begann einzufallen. Sie hätte eine verbrauchte Vierzigerin oder eine guterhaltene Sechzigjährige sein können. Sie trat zurück, und der Blick ihrer hellblauen, kurzsichtigen Augen richtete sich ins Leere.

»Mir gefällt das nicht«, sagte sie. »Ich werde nicht für meine Zeit bezahlt, was wollen Sie?«

Ich schob mich rasch näher und drängte sie in den Korridor. Sie ließ es geschehen, ich schob noch einmal und schloß die Tür hinter mir. Ihre Hand, die rankenartig nach vorn wies, wurde zu einem nervösen Etwas, mit dem sie am Ausschnitt des Morgenrocks aus Baumwollsamt nestelte, um ihn höher und sicherer zu schließen.

»Wo ist Ihr Zimmer, Honey?«

Ob sie nun mein ehrliches Gesicht mochte oder ob sie glaubte, ich hätte inzwischen zugeschlagen, wenn ich das gewollt hätte – jedenfalls zuckte sie mit den Schultern. »Oben,« sagte sie. »Rechts.«

»Gehen wir doch nach oben und reden.« Ich packte sie am Oberarm, den meine Finger mit Leichtigkeit umspannten; sie hatte Knochen wie ein Hühnchen aus einer Legebatterie und kaum Fleisch daran. Mit meinem ganzen Gewicht schob ich sie vor mir her nach oben. Das Geländer war mit Damengarderobe behängt, in der Luft hing der abgestandene Geruch von Parfüm, Schweiß und Zigarettenrauch.

Honey Gullys Zimmer, vom Licht des frühen Nachmittags durchflutet, war mit den Produkten ihrer Kreativität vollgestopft: seidenbezogene Kissen lagen verstreut auf dem Boden und dem niedrigen Bett, einige Wandbehänge mit orientalischem Einschlag, die nicht eindeutig erkennbare Figuren in ungemütlichen Positionen darstellten, schmückten die Wände. Auf einer Frisiertoilette standen die üblichen Utensilien, außerdem gab es eine schwere, geschnitzte Truhe und ein hohes Bücherregal, das mit Paperbacks und gebundenen Büchern vollgestopft war.

Sie befreite sich aus meinem Griff und schlüpfte ins Zimmer, wo sie sich auf ein großes Kissen vor dem Bett fallen ließ, die Knie anzog und das purpurfarbene Gewand zu einem eleganten Dreieck ordnete.

»Nun?«

Meine Aggressivität war auf der Treppe abgeklungen, jetzt war ich ganz friedlich. Auf seine Art war das Zimmer rührend, wie die Arbeit eines frustrierten Künstlers oder einer Frau, die vorgab, ein Collegegirl zu sein. Ich blieb in der Tür stehen und überließ ihr wieder die Initiative. Wie sie das Kinn aufstützte und dabei den Kopf schieflegte, das hatte sie wahrscheinlich schon vor zwanzig Jahren vollendet beherrscht, trotzdem hatte die Geste noch Charme und entbehrte nicht der Frische.

»Also ich glaube nicht, daß Sie wegen 'ner Nummer hier sind, so sehen Sie nicht aus. Wenn Sie 'ne Information über jemand wollen, haben Sie Pech gehabt. Ich frage keinen nach dem Namen und höre weg, wenn ihn mir einer sagen will.« Sie hielt sich die Ohren zu und lachte spöttisch. Ich grinste zurück und trat ein.

»Sie sind mir schon eine«, sagte ich und meinte es

auch. »Vor einigen Jahren haben Sie die Männer bestimmt ganz schön durcheinandergebracht.«

»Das tu ich immer noch, Schätzchen.« Sie warf den Kopf zurück. »Sie würden staunen, wie viele Männer auf Hängetitten stehen.« Sie spielte mit dem Verschluß ihres Gewandes. »Wollen Sie mal sehen?«

»Nicht gerade jetzt. Ich möchte über jemand sprechen, der bestimmt die ganze Show kennt.«

»Ich hab's Ihnen gesagt, keine Namen.«

»Das zieht nicht, Honey.« Ich tippte auf meine Tasche. »Ich habe sein Foto. Eins kann ich Ihnen versichern: Sie bringen ihn damit nicht in Schwierigkeiten. Wenn Sie mir helfen können, ist es für alle Beteiligten ein Glückstreffer.«

Sie seufzte. »Ich könnte selber ein paar Treffer gebrauchen – Glückstreffer, meine ich.« Ihr eigener Witz heiterte sie auf. »Lassen Sie mich doch mal sehen.«

»Dazu setzen Sie lieber die Brille auf, Honey.«

Mit der Hand fuhr sie unter das große Kissen auf dem Bett. Sie zog ein besticktes, perlenbesetztes Etui hervor, dem sie eine Brille mit einer hauchdünnen Goldfassung entnahm. Auf dem gut geformten, lebenserfahrenen Gesicht wirkte sie elegant.

»Sieht gut aus.« Ich ließ mich auf einem Kissen nieder und holte die Fotoabzüge heraus.

»Furchtbar«, sagte sie, als ich sie ihr reichte, »wie ein altes Weib, das ich auch bin.« Sie war aber trotzdem erfreut und bereit, mich zu unterstützen. Lange betrachtete sie die Bilder aufmerksam, nahm schließlich die Brille ab und starrte gedankenverloren vor sich hin.

»Er ist nicht sehr gut getroffen.«

Mein Herz pochte schneller. »Aber er ist doch hiergewesen?«

Sie lehnte sich verführerisch zurück. »Viele Male, viele Male.«

Ich war zu nervös. »Und wo ist er jetzt?« fragte ich mit heiserer Stimme.

»Habe keinen blassen Schimmer,« antwortete sie heiter. »Hab ihn seit Ewigkeiten nicht gesehen.«

»Verdammt! Sie wissen nicht, wo er gewohnt hat?«

»Nein, mein Lieber, er hat mich nie mit nach Hause genommen, damit ich seine Mama kennenlerne.«

18

Enttäuscht war ich eigentlich nicht; ich hatte nicht erwartet, daß er dort in Pension wohnte, aber gehofft, Honey stünde noch in Verbindung mit ihm. Immerhin, dachte ich, ein Jahr ist keine lange Zeit. Die Spur war noch warm, verglichen mit manch anderen, die ich verfolgt hatte, und es war Zeit, den Fall zu untermauern, so viel wie möglich über den jungen Mann zu erfahren und mich zur nächsten Haustür zu begeben.

Während sie mit den Fotos beschäftigt war, drehte ich mir eine Zigarette. Ihr Gesicht hatte harte und eitle Züge, dagegen verriet es, genau wie die Haltung ihres schlanken Körpers, auch Humor. Sie sah aus, als würde sie allen weiteren Fragen nur mit einem Achselzucken begegnen. Ich stieß den Rauch aus und legte das Streichholz in eine Muschel, die als Aschbecher diente.

»Den haben Sie wohl gern gemocht, Honey, was?«

»Warum sagen Sie das?« Sie sortierte weiter nervös herum.

»Gestatten Sie allen Ihren Kunden, ihre Post an Ihre Anschrift schicken zu lassen?«

Sie sah mich pfiffig an. »Das wissen Sie also? Aha. Eins kann ich Ihnen sagen: Ich war mächtig sauer. Es hat gegen alle meine Prinzipien verstoßen.«

»Wie beispielsweise ihren Namen nicht zu kennen?«

»Na ja, das wird dann und wann mal vergessen. Nein,

ich meine, hineingezogen zu werden in Familiengeschichten und so.«

»Verstehe. Aus Canberra ist etwas gekommen?«

»Ja, aus Canberra.«

»Als er sich das abgeholt hat, da haben Sie ihn das letztemal gesehen?«

»Das allerletztemal. Ich war nicht böse darüber, er taugte nichts.«

»Inwiefern?«

»In jeder Hinsicht – er war gemein, egoistisch, grob ...«

»Gewalttätig?«

»Und ob. Beim erstenmal hab ich gedacht, er macht mich fertig. Hören Sie, ist Ihnen das nicht peinlich?«

»Ach wo, ich bin älter, als ich aussehe. Erzählen Sie weiter.«

»Er stand auf alte Nutten, verstehen Sie? Richtig schräg.«

»Inwiefern schräg?«

»Einfach ... ganz scharf drauf, ganz versessen auf mich. Dabei bin ich wahrlich keine Schönheit. Ich hab schon alles mitgemacht, und man sieht's mir an. Das hat er genossen.«

»Hatte er viel Geld?« Ich drückte die Zigarette in der Muschel aus, die alte Schnepfe fächelte irritiert den Rauch fort und langte unter den Hausmantel, um sich zu kratzen. Sie war doch eher sechzig als vierzig.

»Viel hat er nicht gehabt«, antwortete sie langsam, »aber es hat gereicht. Das meiste davon hat er wahrscheinlich fürs Saufen ausgegeben.«

»Was hat er getrunken?«

»Alles, trotzdem ist er nie richtig blau gewesen. Er war groß und schwer, wissen Sie? Ich meine riesig.« Sie tippte auf die Fotos. »Hier ist das nicht zu erkennen. Hat schätzungsweise fünfundneunzig Kilo gewogen und war am Zunehmen. Der konnte 'ne Menge Alkohol vertragen.«

»Na schön, nun wollen wir mal versuchen, Nägel mit Köpfen zu machen. Wann ist dieser Brief aus Canberra gekommen?«

»Ungefähr vor einem Jahr, im Oktober oder November letztes Jahr. Hören Sie, was *soll* das alles ...?«

»Sag ich Ihnen gleich. Hat er Ihnen erzählt, was in dem Brief stand, oder irgendwie angedeutet, was er selber tat?«

»Kein Schimmer. Er ist zwei- oder dreimal die Woche hergekommen, ein halbes Jahr lang oder so, wir haben ein paar gehoben und ...« Sie deutete auf das Bett. »Manchmal ist er über Nacht geblieben, nicht oft. Er hat gezahlt, und unterhalten haben wir uns so gut wic überhaupt nicht. Meistens war er betrunken, wenn er eintrudelte, und das blieb er. Alkohol hat er jedesmal mitgebracht.«

»Was hatte er an?«

»Warum?«

»Es könnte ein Hinweis darauf sein, was er getan oder wo er gewohnt hat.«

»Ja, das könnte sein. Lassen Sie mich mal überlegen.« Sie stützte das Kinn wieder auf und schien recht guter Dinge. Irgendwie strahlte sie viel Wärme aus, und ich wäre in ihrer Gesellschaft froh gewesen, wenn ich nicht so erpicht auf die Information gewesen wäre. »In einem Anzug hab ich ihn nie gesehen, das heißt, er war kein Büromensch, stimmt's?«

Ich lächelte. »Stimmt.«

»Er trug Jeans und T-shirt, auch mal 'nen Pullover ... Stiefel, glaub ich.«

»Irgendwas Auffälliges – Tätowierung, eine Narbe, Schmuck?«

»Nein, nichts dergleichen. Oh, er war ganz braun.«

»Braungebrannt?«

»Na ja.«

»Aber nicht wie nach einem Sonnenbad?«

»Nein, es war gelblich und überall ganz gleichmäßig. Er muß Nudist gewesen sein.«

Bei mir begann es zu klingeln, ein schwaches Summen, ein leichtes Dröhnen, das einen Zusammenhang verhieß, ein Bindeglied. Ich schloß die Augen und ließ meine kleinen grauen Zellen arbeiten, bevor ich die nächste Frage stellte. Sie sah mich erwartungsvoll an.

»Sagen Sie, Honey, waren diese fünfundneunzig Kilo bloß Fett?«

»Ach, Scheiß, nein, hab ich das nicht gesagt? Er ist ein Kraftmensch oder ist's gewesen. Er wurde ein bißchen schwabblig vom Trinken, aber mit solchen Muskeln.« Sie hob einen Arm und spannte ihren Bizeps mit Bodybuilder-Pose.

Ich lächelte sie an, und sie ließ lächelnd ihr Handgelenk kreisen; im Geiste sah ich den winzigen Bizeps unter der Haut hin und her gleiten.

»Wo haben Sie ihn kennengelernt, Honey?« fragte ich locker.

»Hab ihn vor dem Spartacus Health Studio angemacht. Kennen Sie das?«

»Nein.«

»Am unteren Ende der Pitt Street; war mal 'n guter Strich in den alten Tagen. Bin in der bewußten Nacht dort vorbeigekommen, nicht um einen aufzugabeln. Na ja, ich bin nicht jedermanns Geschmack, nicht mehr. Er kam gerade heraus und hat schon Eindruck gemacht, so ein Herkules, verstehen Sie? Mein Blick muß wohl genau richtig gewesen sein, denn er hat mich angesprochen, und so ging's los.«

Ich glaubte ihr, jedes Wort. Es hing alles zusammen – der Sport, die Lobhudelei, das Bodybuilding, vielleicht auch die Zügellosigkeit. Anderes ergab nun ebenfalls einen Sinn. Ich brannte darauf, mir meine Aufzeichnungen vorzunehmen und die Details zu verknüpfen, mit Pfeilen und Zeichen zu versehen, a mit b gleichzusetzen. Mit den Gedanken ganz anderswo, starrte ich Honey direkt an, so daß sie aufgeregt wurde und mit den blaugeäderten Händen unruhig an der Rüsche ihres Kissens zu zupfen begann.

»Ach, Sie haben gesagt, Sie wollen es mir sagen.« Das kam zögernd. »Es ist doch nichts Politisches, oder? Wenn's politisch ist, will ich's nicht wissen.«

»Warum fragen Sie das?«

»Na ja, Canberra und so.«

»Nein, es ist nichts Politisches. Es geht um alte Damen, die verlorene Söhne suchen, um schlechten Einfluß und um Leute, die nicht kriegen, was sie verdienen.«

Sie gähnte, sie war an Schwätzer gewöhnt. »Sie haben was von Bezahlen erwähnt.«

»Wissen Sie noch mehr über diesen Kerl, Honey? Irgendwas? Hat er ein Auto gehabt?« Ich spürte und suchte nach kleinen Details, die meine im Entstehen begriffene Theorie bestätigten und untermauern würden.

»Nein, ich habe nie ein Auto gesehen. He, wohin wollen Sie? Was ist mit dem Geld?«

Ich stand auf, zog meine Brieftasche heraus, entnahm ihr einen Zwanziger und einen Fünfer und ließ sie aufs Bett flattern. Enttäuscht sah sie auf die Scheine, zog die

Augenbrauen hoch und machte einen Schmollmund. »Ich dachte, es wäre mehr.«

Ich tätschelte ihr das rote Haar, zum Teil aus Neugier. »Sie waren mir eine große Hilfe, Honey. Soll ich Ihnen was sagen? Wenn alles glattgeht, kaufe ich Ihnen was Schönes. Was können Sie gebrauchen?«

»Eine Gesichtsstraffung.«

Ich dachte an andere Gesichter, Gesichter, die von der Zeit, vom Alkohol und von Kummer gezeichnet waren. Das jüngste Foto von Warwick Baudin war älter als acht Jahre. Ob ich ihn wohl erkennen würde?

»Mal sehen, was ich tun kann«, versprach ich. »Da wir gerade von Gesichtern sprechen – ist Warwick nach den Bildern hier heute noch zu erkennen?« Ich bückte mich und nahm die Abzüge langsam an mich.

Sie zuckte die Achseln. »Weiß nicht. Aha, Warwick. Auf dem Brief stand nur W. *Ich* habe ihn erkannt, aber ich hab ein gutes Gedächtnis für Gesichter – es kommt eben drauf an, ob man das hat.«

Dagegen war wohl nichts zu sagen. Ich strich ihr noch einmal übers Haar, es war stumpf von Spray und Farbe und Chemie. »Ich hoffe, es geht alles gut aus, Honey, ich melde mich.«

Sie murmelte etwas, was ich nicht verstand, und so verließ ich das Zimmer, ging die Treppe hinunter und aus dem Haus. Die Sonne war wieder hervorgekommen, ein heller und strahlender Tag, doch Inge saß nicht mehr auf ihrem Stuhl. Honey Gully trat nicht auf ihren Balkon, um mir zum Abschied zu winken – alle guten Huren warteten jetzt zu Hause auf das Ende des Tages.

19

Meine Theorie beruhte auf Andeutungen und wurde von Vermutungen und Sprüngen meiner Intuition erhärtet. Ich dachte darüber nach, als ich mich durch die dampfende Hitze zu meinem Auto schleppte. Alles schien von Richard Selby auszugehen; ich vermutete, daß er Henry Brains Wohltäter war, derjenige, der die Sache ins Rollen gebracht und anschließend mit dem jungen Anwalt Booth geredet hatte. Er war stark daran interessiert, denn seine Frau und seine Kinder waren Anwärter auf das Vermögen der Chattertons oder drohten leer auszugehen. Er hatte eine Menge zu verlieren, doch die Frage war – wie war er ins Spiel gekommen? Die Antwort lag auf der Hand: durch etwas, was Henry Brains lockere Zunge unter Alkoholeinfluß ausgeplaudert hatte.

Im Auto war es wie im Schwitzkasten; ich kurbelte die Fenster herunter und fuhr, den anderen schmorenden Gefangenen gleich, am Park vorbei zur unteren Pitt Street. Ein paar Blocks vor dem Bahnhof parkte ich, steckte die 38er ein und wagte mich auf die Straße. Das Studio war im Telefonbuch verzeichnet, und in wenigen Minuten war ich dort. Über einem Laden für Armeebestände befanden sich zwei Fenster; auf dem einen las man »Spartacus« und auf dem anderen »Health Studio«, in großen, frisch gemalten Buchstaben. Ich stieg eine steile Treppe hinauf und stieß auf dieselbe Ankündigung, diesmal auf zwei Spiegelglastüren. Darunter, in kleinerem Schriftgrad: Leonidas Green, Manager. In einem kleinen Raum, der durch zwei Meter hohe variable Trennwände entstanden war, saß eine junge Dame an einem Schreibtisch; sie las in einem Magazin, rauchte und trank Kaffee aus einem Plastbecher. Das gelbe Haar fiel ihr glatt zu beiden Seiten des Mittelscheitels herab, der sich wie eine weiße Narbe über ihren Kopf zog. Aufblickend bedachte sie mich mit einem strahlenden Lächeln, das die überkronten Zähne, die roten Lippen und die wie juwelenbesetzte Spinnen glitzernden Augen zur Geltung brachte.

»Guten Tag, Sir«, hauchte sie. »Interessieren Sie sich für einen Bodybuilding-Kurs?«

»Eigentlich nicht, ich brauchte einen völlig neuen Körper.«

Das Lächeln verlor etwas von seinem Glanz. Sie trug ein ärmelloses Kleid in der Farbe ihres Haars, die gleichmäßige Sonnenbräune war künstlich erzeugt. Sie paffte und wandte mir ihr Profil zu, als sie den Rauch ausstieß.

»Was kann ich für Sie tun?« Die Stimme klang pseudoamerikanisch.

»Ist Mr. Green zu sprechen?«

»Er ist sehr beschäftigt. Wenn Sie mir sagen könnten, worum es sich handelt ...?«

Ich gab ihr meine Visitenkarte. »Ein paar Fragen, kein Ärger.«

»Werd mal sehen.« Auf hohen Absätzen stolzierte sie um den Schreibtisch herum.

»Ich werd auch mal sehen«, sagte ich und folgte ihr durch die Öffnung in der Trennwand.

Wir kamen in einen hellerleuchteten Raum, der etwa zwanzig Meter lang und zehn Meter breit war. Die gebohnerten Dielen glänzten, Hanteln aus Chrom und anderes Gerät glänzten, doch das Glänzendste von allem waren die an allen vier Wänden und selbst an der Rückseite der Trennwand angebrachten Spiegel. Sie reichten vom Boden bis zur Höhe eines großen Mannes, und nach ein paar Schritten hatte ich das Gefühl, von Menschen umgeben zu sein. Die Sekretärin schaukelte auf drei Männer zu, die sich einen Medizinball zuwarfen. Drei Meter voneinander entfernt in einem Dreieck stehend, schleuderten sie den großen Ball kräftig abwechselnd mit hohen und niedrigen Würfen. Wir warteten in angemessener Entfernung und sahen zu, bis einer der Spieler den Ball fallen ließ.

Das Mädchen trat vor. »Mr. Green, hier ist ein Herr, der Sie sprechen möchte.«

Der Kleinste der Gruppe, ein untersetzter Kerl mit krausem, gewelltem grauem Haar, riß den Kopf ungeduldig herum.

»Jetzt nicht, Ronnie, sagen Sie ihm, er soll später wiederkommen.«

Ich machte einen Bogen um Ronnie und trat zu ihm. Er war ein Meter fünfundsiebzig groß und hatte ein Meter zwanzig breite Schultern; unter dem schwarzen Turnhemd wölbten sich Muskeln. Er war mittleren Alters, doch die Gesichtshaut war straff und glatt. Seine beiden Gefährten ähnelten ihm auffallend – einsachtzig groß mit welligem Haar und leerem Gesichtsausdruck. Ihre Muskeln schienen Turnhemden und Shorts zu sprengen und außerhalb ein eigenes Leben führen zu wollen.

»Erledigen wir's doch jetzt,« sagte ich, »es geht ganz schnell, und dann können Sie weiter Ball spielen.«

Plötzlich schmetterte der Adonis zur Linken den Medizinball zu mir, ich trat beiseite, so daß er Ronnie in den Magen traf. Sie sank zusammen, Kaffee schwappte in alle Richtungen, und ihre Zigarette fiel auf eine Segeltuchmatte. Green stürzte sich auf den Stummel und fauchte den Werfer an.

»Kurt, du Pfeife, geh und hol einen Scheuerlappen!«

Der andere Typ half Ronnie auf; die Spinnenaugen blitzten, und sie schüttelte seine Hand ab. Green hielt die qualmende Kippe wie eine tote Maus zwischen den Fingern.

»Ich habe Ihnen verboten, hier drin zu rauchen, Ronnie«, sagte er. »Gehen Sie, wir unterhalten uns später.« Er gab ihr die Zigarette und bückte sich noch einmal, um meine Karte aufzuheben, die sie hatte fallen lassen. Er las und schlug sich theatralisch an die Stirn.

»Mein Gott, was wollen Sie?« Er musterte mich mit Kennerblick und bemerkte die Wölbung. »Lassen Sie die Kanone stecken, ja? Ich hab ein paar zartbesaitete Leute hier, die könnten beim Anblick des Schießeisens in Ohnmacht fallen.«

Kurt kam mit einem Lappen zurück und wischte den verschütteten Kaffee auf. Der andere Kraftprotz hatte sich in die Nähe einer Wand begeben. Er hob eine kleine Hantel hoch und stemmte sie mit einer Hand von der Taille bis zur Schulter auf und ab; er wandte den Kopf und bestaunte verliebt die schwellenden Muskeln am Oberarm. Ich holte die Fotos heraus und gab sie Green.

»Ich suche diesen Mann. Kennen Sie ihn?«

Gelangweilt warf er einen Blick darauf. »Schwer zu sagen, ich glaube, nicht.«

»Sehen Sie noch mal hin, es ist wichtig.«

»Was bilden Sie sich eigentlich ein? Ich habe gesagt, ich erkenne ihn nicht.«

Erhobene Stimmen und hastige Bewegungen lenkten unsere Aufmerksamkeit auf das Ende des Saals.

»Nicht schon wieder!« stöhnte Green und eilte zum Schauplatz der Handlung. Kurt schulterte den Schrubber und folgte, sein Kumpel übte vor dem Spiegel wie ein in Ekstase geratener Narziß. Am Ende des Saals, in einiger Entfernung von den Fenstern, standen vier Männer um zwei auf einer Matte liegende Gestalten. Ein großer fetter Kerl, der gerade einen Spiegel polierte, hielt in der Arbeit inne und wandte sich um, um den anderen zuzusehen. Die Männer am Boden hatten nichts an außer ihren Suspensorien; sie lagen so hintereinander, daß sich ihre Fußsohlen berührten.

»Was geht denn da vor?« fragte ich Green.

»Eine Wette,« antwortete er widerwillig. Er wandte sich an den einen auf der Matte. »Wie oft ist es diesmal, Carl, fünfhundert?«

Carl streckte die Hände nach hinten und packte einen Medizinball. »Siebenhundertfünfzig«, knurrte er.

Green zuckte mit den Schultern. »Wette fünfzig dagegen.«

»Du bist dabei, Leo,« sagte einer der Zuschauer, ein großer, muskelbepackter Kerl, dessen glattes schwarzes Haar zur Mitte der Stirn hin spitz zulief. Kurt und ein anderer Bodybuilder plazierten ihre Wetten, und Carls Kumpel richtete sich elastisch zu einer sitzenden Haltung auf, ohne die Sohlen von Carls zu lösen.

»Carl wettet, er kann den Medizinball siebenhundertfünfzigmal hochheben, von Saul antippen lassen und wieder über dem Kopf ablegen. Das geht mächtig über die Rückenmuskeln. Wollen Sie wetten?«

»Nein«, gab ich zur Antwort, war aber unwillkürlich interessiert. Carl machte den Eindruck, als habe er das Zeug dazu; sein Bauch war muskelbepackt, Nacken und Arme stellten grotesk ausgebildete Kraftspeicher dar.

Der Spiegelputzer hatte das Reinigungsmittel über den Spiegel tröpfeln lassen, und in den Winkeln seines schlaffen, offenstehenden Mundes standen Speichelbläschen; Fett staute sich am Hals und bildete unter dem fleckigen T-Shirt an der Taille eine große Wulst. Außer mir war er der einzige im Raum ohne perfekten Muskeltonus.

Carl hob den Rumpf mit einer leichten, geschmeidigen Bewegung an, den Medizinball ausgestreckt. Saul berührte ihn mit den Handflächen, und Carl legte sich zurück und kam wieder hoch, zurück und hoch, wie eine Maschine, die eingerichtet ist, tausend identische Teile zu pressen. Nach hundert Beugen traten ihm dicke Adernstränge an Hals und Stirn hervor, und in den Vertiefungen zwischen den sich scharf abhebenden Muskeln rann der Schweiß. Nach zweihundertfünfzig stieß er den Atem in kurzen Stößen aus, und ich wettete im Geist gegen ihn. Jedermann im Saal war gefesselt, ausgenommen der Spiegel-Starrer, der weiterstemmte und seinen Körper bewunderte. Ich warf einen Blick auf die gegenüberliegende Seite und entdeckte Ronnie, die, auf Zehenspitzen stehend, über die Trennwand spähte. Ein Mann ging an ihr vorbei zu Green, doch da ich zu stark an dem Wettkampf interessiert war, nahm ich ihn nicht zur Kenntnis. Inzwischen hatte Carl die fünfhundert überschritten, die Zuschauer zählten, leise, rhythmisch: fünfeinundsechzig, fünfzweiundsechzig, fünfdreiundsechzig …

Ich nahm eine Bewegung im Spiegel wahr und wich

zurück, kam aber zu spät, dem Stoß ganz zu entgehen; Leonidas Greens Faust erwischte mich am Ohr und warf mich seitwärts zu Boden. Ich fiel in voller Länge über Carl und Saul, der Rhythmus war unterbrochen, und die Männer begannen zu fluchen. Green griff mich erneut an, ich duckte mich, rollte zur Seite und war auf den Füßen. Ich rückte ihm zuleibe und versetzte ihm einen Haken in den Magen, doch ebenso hätte ich auf einen Baum einschlagen können. Er kam näher, da trat ich ihm gegen das Knie. Er sackte zusammen, und ich schlug ihm mitten auf die Nase. Carl und Saul standen inzwischen, rempelten sich brüllend an, und eines der Muskelpakete ging mit einer kurzen, verchromten Stange auf mich los. Ich ließ ihn kommen und hieb ihm, als er aus dem Gleichgewicht war, mit dem Handrücken kräftig ins Gesicht. Blut aus seiner Nase spritzte über den Spiegel. Für einen scheinbar endlosen Augenblick sah ich alles als Spiegelbild – Carl und Saul, die miteinander rangen, ein anderer Mann am Boden, dem Blut durch die Finger rann, und den knienden Green, der schreiend befahl, mich hinauszuwerfen. Blitzschnell drehte ich mich um, stellte mich mit dem Rücken vor die gläserne Wand und zog einen der Athleten zu mir heran. Da flog etwas über meine Schulter und zertrümmerte den Spiegel. Die Scherben prasselten auf uns, große Spiegelteile bekamen Sprünge und sausten herab wie Guillotinemesser. Das Klirren setzte der Action ein Ende, und ich zog die Pistole und richtete sie auf Greens Bauch.

»Sagen Sie ihnen, sie sollen Platz machen, Green«, befahl ich keuchend, »sonst haben Sie 'n Loch im Wanst. Los!«

Green schwenkte die Arme wie ein Lotse beim Einweisen eines Flugzeugs auf dem Rollfeld. »Geht schon«, stöhnte er, »haut ab. Ach verdammt, sieht das hier aus, das reinste Chaos.«

Der Dicke hatte sich verdrückt und den Spiegel ganz wolkig und streifig hinterlassen. Eine Fläche von zwei Meter Breite daneben war blutbespritzt und der Boden mit Splittern übersät. Dort, wo die Hantel nach der Kollision mit dem Spiegel gelandet war, verunstaltete eine tiefe Scharte die glanzgeschliffenen Planken. Auch ich fühlte mich ziemlich mies.

Green erhob sich von den Knien, und ich zwang ihn mit der Kanone in eine Ecke, wo ein Stuhl und eine niedrige Bank standen. Er setzte sich in Bewegung und fuchtelte weiter mit den Armen.

»Laßt uns allein. Kurt, Carl, räumt die Schweinerei hier beiseite und verpißt euch. Wir haben geschlossen.«

Er schien die notwendige Autorität zu besitzen, und das in hohem Maß. Zwei Männer hoben den Kerl auf, dem ich das Gesicht demoliert hatte, und trugen ihn wie ein Baby fort. Ein Teil der Spiegelwand war als Tür gearbeitet, die offenbar zu einer Umkleidekabine und einem Abstellraum führte, denn sie kehrten mit Besen und nassen Lappen zurück und rückten der Verwüstung zuleibe.

Green ließ sich auf die Bank plumpsen und warf mir und meiner Pistole einen häßlichen Blick zu.

»Wissen Sie, was diese Spiegel kosten?« schnauzte er.

»Ich hab sie nicht zerteppert. Ich wollte keinen Ärger. Nun frag ich Sie noch einmal, wissen Sie etwas über den Mann auf diesen Fotos?«

Er schwieg und sah mich durchdringend an; sein Blick schien belustigt oder war vielleicht auch bloß feindselig. »Ich habe gesagt, ich kenn ihn nicht«, antwortete er wohlüberlegt.

Ich hob die Kanone etwas höher, doch er wußte, ich würde sie nicht benutzen. Wir wußten es beide. Er entspannte sich, während ich überlegte, ob er mich wohl überrumpeln wollte; allerdings hatte er eine tiefe, an den Rändern gequetschte Verletzung unter dem Knie, die heftig blutete. Ich glaubte nicht, daß er es riskieren würde.

»Warum haben Sie das alles inszeniert?«

Er zuckte die Achseln. »Ich hab was gegen Bullen jeder Art.«

»Quatsch. Wer war der Kerl, der Sie angesprochen hat, als Carl bei fünfhundert war?«

Wieder der belustigte oder feindselige Blick. »Niemand. Er hat eine Wette plaziert.«

Ich musterte die Aufräumemannschaft. »Wo ist er abgeblieben?«

»Nicht mitgekriegt?« höhnte Green. »Er ist mit dem Glas in Konflikt geraten, nehme an, er läßt sich zusammenflicken.«

Ich versuchte, mich an seine Gesichtszüge zu erinnern und mir ein scharfes Bild zu machen, aber es gelang nicht. Ich hatte es versäumt, ihn genau zu betrachten, denn ich war zu sehr an dem blöden Spiel mit dem Medizinball interessiert gewesen. Er war groß und dunkelhaarig, soviel wußte ich noch, aber von denen waren die meisten groß und dunkelhaarig.

»Wie heißt er?«

»Das sage ich Ihnen nicht. Was wollen Sie tun – mich abknallen?« Lachend fuhr er sich mit der Hand über das graue Haar.

»Hier ist doch was faul,« sagte ich. »Ich kann es förmlich riechen.«

»Nichts ist faul, mein Freund, ich mache Männer zu

den Männern, die sie sein wollen. Weiter nichts.« Als er beim Aufstehen das verletzte Bein belastete, hielt er vor Schreck die Luft an. Er sank auf die Bank zurück. »Sie haben mir Kosten verursacht. An Ihrer Stelle würde ich mich hier nicht wieder blicken lassen.« Er holte Luft und grölte: »Ronnie!«

Das Mädchen lugte mit dem Kopf um die Trennwand, erblickte die Pistole und zog sich wieder zurück.

Green brüllte abermals. »Ronnie, holen Sie mir den Erste-Hilfe-Kasten ... und bringen Sie einen Prospekt mit.«

Sie wippte über die Dielen, als die Aufräumarbeiten gerade beendet waren. Ihre Augen guckten groß und erschreckt, und mit den teuren Schneidezähnen kaute sie auf ihrer vollen Unterlippe. In der Hand hielt sie einen weißen Kasten von der Größe eines Schuhkartons und ein flatterndes, braungelbes Stück Papier im Kanzleiformat.

Green streckte das Bein aus. »Machen Sie das sauber, Ronnie.« Er ließ sich das Blatt geben, faltete es einmal der Länge nach und überreichte es mir.

»Das hier ist ein legales Geschäft, wahrscheinlich legaler als Ihr's. Nehmen Sie das im Austausch für Ihre miese Karte.«

Ich steckte die Pistole ein und nahm den Prospekt mit einem unbehaglichen Gefühl entgegen. Oben stand der Firmenname in eleganten Druckbuchstaben, daneben ein Foto von Green in sportlicher Pose. Mir blieb nichts mehr zu sagen, also steckte ich auch den Prospekt ein und erhob mich. Green würde wahrscheinlich nur lachen, wenn ich drohte, ihm alle Spiegel zu demolieren. Mich ließ der Gedanke nicht los, daß Warwick Baudin, mein Bonus und alles andere, was zählte, mir entglitten sein könnte. Green fluchte, als Ronnie sich an seiner Wunde zu schaffen machte, und da wurde mir etwas besser.

Ich zog die 38er, als ich an Ronnies Schreibtisch vorbeiging, und hielt auf der Treppe Ausschau, ob ein Racheengel lauerte, es war aber niemand da. Der Laden für Armeebestände strotzte vor Bajonetten und Messern, gleich nebenan befand sich ein Waffenladen; Waffen gab es in der Gegend genug, Intelligenz zuwenig, und das galt auch für mich. Eine Straße weiter kaufte ich mir Kaffee und ein paar Aspirin, saß da, rieb mir die schmerzende Stelle am Ohr und dachte über meinen nächsten Zug nach. Ich holte den Waschzettel des Spartacus Studio aus der Tasche und las ihn durch: Der Name Leonidas war etwa zehnmal ausgedruckt, und es gab Anerkennungsschreiben für die Kurse von zufriedenen Mr. Victoria und Mr. Queensland. Ein Name fast am Ende des Textes fiel mir ins Auge – das Studio bezog Fitneßgeräte und Ausrüstungen von Richard Selby.

20

Jetzt kam es als reiner Reflex, ich sprang von einer Frage zur anderen, ohne mir etwas zurechtzulegen, aber so lösen sich Probleme mitunter; denn ich ahnte, daß ich mich mit dieser Methode dem Punkt näherte, von dem alles ausging, was zum Teufel es auch immer war. Selbys Firma war als Titan Gymnasium Equipment Company registriert. Fabrik und Büro befanden sich in St. Peters, nicht weit entfernt, im zähen Nachmittagsverkehr allerdings eine heiße und belebte Strecke. Ich schleppte mich zum Auto zurück und bediente mich unter Mißachtung aller Regeln über den Konsum von Aufputschmitteln zunächst vom irischen Whiskey und rauchte beim Fahren eine Zigarette.

Ich fuhr an den für St. Peters typischen Schornsteinen vorbei und wand mich durch die Straßen, in denen sich Betriebe der Leichtindustrie mit Fabriken und Reihenhäusern abwechseln. Selbys Firma, ein großer roter Ziegelbau mit glatter Front, war auf gleicher Ebene wie der Bürgersteig errichtet. In der Mitte eine Tür mit eingesetzten Glasscheiben, flankiert von zwei riesigen Rolltüren, darüber stand das Wort Titan, dessen Buchstabenelemente sich aus Hanteln zusammenfügten.

Ich hockte rauchend in meinem Wagen, beobachtete das Haus und überlegte, wie Selby zu packen war. Vielleicht konnte ich ihn zwingen, mir mitzuteilen, was er über Brain, Bettinas Kind und Warwick Baudin wußte, vielleicht aber auch nicht. Vielleicht hatte er keine Ahnung oder wurde von jemand vorgeschoben. Es war ein verhedderter Strang; die Todesfälle von Brain und Callaghan stellten Knoten dar, und der vermißte Chatterton war am Ende des Fadens zu suchen. So grübelte ich und fuhr mich fest, als zwei Männer aus der mittleren Tür traten. Der kleinere, in gelbem Blazer und hellbrauner Sporthose, war Selby. Im Sonnenlicht wirkte sein Gesicht ziegelrot, das strähnige schwarze Haar glänzte. Der andere war etwas größer und sehr breit gebaut; er trug einen rehbraunen Anzug, und das Gesicht war zum Teil mit frischen weißen Binden umwickelt. Ich beobachtete sie und mußte plötzlich nach Luft schnappen; daran merkte ich, daß ich den Atem angehalten hatte. Ein paar Minuten unterhielten sie sich angeregt miteinander, bis Selby dem anderen freundschaftlich auf den Arm klopfte und ins Haus zurückging. Der Mann mit dem Verband blieb kurz stehen und blinzelte gegen die Sonne; ich gab mir große Mühe, ihn zu erkennen, und wünschte, es möge der Mann sein, den ich suchte, doch ich war unsicher. Er war einsfünfundachtzig groß und hatte dunkles Haar, die Binden verbargen die Gesichtszüge. Seine Garderobe war gut, wenn auch nicht maßgeschneidert; körperlich wirkte er fit, mit einer Neigung zu Übergewicht. Möglich war's.

Er ging zu einem blauen Datsun und brachte es fertig, einzusteigen, indem er sich zur rechten Zeit an den richtigen Stellen verrenkte. Ich heftete mich an seine Hinterreifen und versuchte darauf zu vertrauen, wenn auch voller Zweifel, daß ich den Fisch im Netz hatte. In Newtown hielt er an, um eine Zeitung zu kaufen, zu tanken und den Reifendruck überprüfen zu lassen; bei allem, was er tat, verriet er keine Eile. Das nächstemal hielt er am Victoria Park, wo er sich auf eine Bank setzte und die Zeitung las. Darauf rauchte er eine Zigarette. Ich, fünfzig Meter entfernt im Auto sitzend, folgte seinem Beispiel und kämpfte mit einem beginnenden Blasenproblem. Er schlenderte zu einer Telefonzelle, die leider nicht weit genug von seinem Auto entfernt war, um mir zum Austreten Zeit zu lassen, und plauderte eine Weile. Nach einer weiteren Zigarette, dem Zurechtrücken der Krawatte und dem Kämmen vor dem Außenspiegel war er zur Weiterfahrt bereit.

Der Verkehr auf der George Street hatte sich gelichtet, wir fuhren ruhig und gemütlich und bogen in die Park Street ein. Nach den beiden Naßrasuren in Canberra hatte ich mich mit dem Rasiermesser etwas zurückgehalten, so daß mein Gesicht einen blauen Schimmer hatte und stachlig war. Ich hatte mich mit Nutten und Kraftprotzen unterhalten und einen tüchtigen Schlag von einem Mann eingesteckt, der verstand, wie man so etwas austeilt. Wir hielten auf das Cross zu, und mir war nicht nach einer Disco oder Spielhölle zumute; dem Mann im Datsun allerdings auch nicht, wenn ich es mir recht überlegte. Er sah aus, als brauche er eine gute Mahlzeit und ein bißchen menschliche Wärme; das ließ mich an Kay denken und mein Versprechen, sie anzurufen. Bis dahin waren es noch zwei Stunden.

Wir machten einen Bogen um das Cross und fuhren an der Rushcutters Bay vorbei, wo das Stadion einmal stand, in das die Massen strömten, um Männer für Ruhm und Geld boxen zu sehen, bis es weder Ruhm noch Geld mehr damit zu gewinnen gab. Und niemand trug mehr solche Hüte wie die Leute damals, und nie würde jemand wieder so rauchen wie sie, so frei von Schuldgefühlen. Jetzt tanzten teure Boote auf dem Wasser, und für den Liegeplatz gab es Wartelisten; die Menschen verfolgten die Todesanzeigen und suchten zuversichtlich nach einem Namen, der sie in der Liste aufsteigen und ihren eigenen kleinen 50 000-Dollar-Traum längsseits der Träume von Sir Ian und Sir Abraham vertäuen ließ.

Wir preschten bergauf, bogen einige Male ab, bis ich auf einmal wußte, wo ich war – mitten drin in der Straße der Millionäre. Der Datsun verschwand in Lady Catherines Einfahrt, und ich fuhr vorbei, während sich in meinen Gedanken die Dinge ordneten wie Billardbälle, die in die Taschen gestoßen werden. Der Mann, der den Datsun auf das Anwesen der Chattertons steuerte, war bei meinem letzten Besuch dort damit weggefahren, und eben dieser kleine blaue Wagen hatte in der Nacht auf Schwester Callaghans Grundstück geparkt, als ich eins über den Schädel kriegte.

Eine Stunde wartete ich und wurde von Minute zu Minute ungeduldiger und zappeliger. Ich genehmigte mir noch einen kleinen Whiskey und eine Zigarette. Einige kostspielige Wagen surrten vorüber. Ich betete, die Polizei wäre weit weg, und rief die unteren Klassen zur Ordnung, was ja ihre Aufgabe war – in dieser Straße fiel der Falcon ins Auge wie ein Clown auf einer Beerdigung. Ich verhielt mich still und erwog schon das Risiko, mein Wasser in eine leere Bierdose abzuschlagen, als der Datsun aus der Einfahrt kam. Ich hielt angemessenen Abstand und ließ ihn auf dem Weg zur Stadt noch ein, zwei Autos einholen. Er fuhr schnell und gut, Spurwechsel und das Umspringen der Ampeln bereiteten ihm keine Schwierigkeiten; Warwick Baudin hatte, soviel ich wußte, einige Autounfälle gebaut, doch das bedeutete nicht, daß er kein guter Fahrer war.

Er bog in die Macquarie Street ein und hielt auf den

Hafen zu. Ich verringerte den Abstand, und zwar mehr, als es den Regeln entspricht, und fand bestätigt, daß eine Frau neben dem Fahrer saß. Dem Anschein nach eine mit schlanker Figur – Verna Reid. Vermutlich steuerten sie auf das Opernhaus zu, was einerseits günstig war, weil ich einen Parkplatz finden würde, andererseits schlecht, weil ihnen dort viele verschiedene Restaurants oder Vorstellungen offenstanden. Einige Wagen hinter ihnen parkte ich. Galant half er ihr beim Aussteigen und bot ihr den Arm; Miss Reid klammerte sich fest und hätte ihm womöglich den Kopf auf die Schulter gelegt, doch dazu hätte sie hochspringen müssen. Sie schlenderten auf die geblähten Segel, die Theaterkassen und teuren Champagner zu. Ich folgte, unbewaffnet, naiv und mit fast platzender Blase.

Einige Passanten drehten sich nach dem prominierenden Paar um, denn ein solcher Herkules mit Kopfverband in Begleitung einer ansehnlichen Dame mit spitzer Nase ist kein alltäglicher Anblick. Für den Fall, daß sich Verna umsah, hielt ich mich im Hintergrund und versuchte, im Strom der Touristen, Schau- und Kauflustigen unterzutauchen. Die beiden lehnten am Geländer, sahen den ankommenden und abfahrenden Fähren und den auf den Wellen tanzenden Plastflaschen zu, dann begaben sie sich zum Restaurant. Am liebsten hätte ich gejubelt; selbst wenn sie bloß Suppe und Salat bestellten, würde ich die Zeit finden, mich zu erleichtern. Ich wartete noch eine Minute, um sicherzugehen, daß sie Platz genommen hatten. Erst als ich mich auf die Suche nach einem gewissen Örtchen machte, sah beziehungsweise spürte ich ihn. Regel Nummer eins beim Beschatten von Leuten lautet, keine ruckartigen Bewegungen. Denn diese nimmt man sogar wahr, wenn sie außerhalb des

Gesichtsfeldes liegen. Wahrscheinich ein atavistischer Instinkt. Als ich mich der Treppe zuwandte, bemerkte ich, daß sich plötzlich hinter mir und zu meiner Linken eine Veränderung in der Umgebung vollzog. Ich eilte die Stufen hinunter, bog um die erste Ecke und spannte all meine Sinne an; da waren außer etlichen Spaziergängern Passanten mit einem bestimmten Ziel unterwegs und mein Verfolger.

Er war da, als ich in die Toilette ging, und immer noch, als ich herauskam. Ich schlenderte umher, machte mich mit der Anlage vertraut und wartete, daß die ersten Abendschatten fielen. Die Lichter der Stadt und der teuren Vororte jenseits des Hafens begannen aufzuleuchten, das Wasser änderte seine Farbe von gedämpftem Blau in Grün und endlich Kieselgrau. Die Nachtschwärmer zogen zu ihren Vergnügungen, ich begab mich zum Ende der Landzunge und drückte mich hinter einer Ecke platt gegen die Mauer. Er näherte sich. Seine Schritte verursachten kaum ein Geräusch, doch ich meinte seinen rasselnden Atem zu hören und seinen Geruch in der Nase zu haben. Als er um die Ecke bog, rammte ich ihm die Faust in den Magen und verdrehte ihm den Arm wie ein Gummiband. Ich drängte ihn zum Geländer, warf ihn mit dem Rücken darauf und drückte ihn nach hinten. Mit großen, runden, erschreckten Augen blickte Albie Logan zu mir auf, wie ein Frosch, der gerade sein Leben der Wissenschaft opfert.

»Nanu, nanu«, sagte ich bösartig, »wenn das nicht Mrs. Logans kleiner Albert ist! Was mögen Sie wohl hier machen?«

Er schwieg, deshalb hob ich ihn kurz hoch und knallte ihn hart aufs Geländer. Er schrie auf.

»Lassen Sie mich los, Langer, Sie brechen mir das Kreuz!«

Ich tat es noch einmal. »Warum beschatten Sie mich, Albie?«

»Mach ich gar nicht«, behauptete er und jaulte von neuem, als ich ihn mit dem Rücken aufs Geländer wuchtete.

»Warum?«

»Ich wurde ... angeheuert«, keuchte er.

»Sie leisten ganz miese Arbeit. Wer hat Sie angeheuert?«

»Ich weiß seinen Namen nicht.«

Ich schaute mich um. Wir waren allein auf der Halbinsel aus Beton. Albie trug Anzug und Krawatte, ich riß ihm die Krawatte ab und das Taschentuch aus der Brusttasche.

»Können Sie schwimmen, Albie?«

»Nicht gut,« stammelte er.

»Ich werd Ihnen sagen, was ich mache. Wenn Sie nicht auspacken und jede Frage zufriedenstellend beantworten, binde ich Sie hiermit zusammen« – ich zeigte ihm die Krawatte –, »stopfe Ihnen das hier ins Maul und werf Sie ins Wasser. Sie sind ein Dealer – den Leuten wäre es scheißegal.«

Er wandte den Kopf und blickte aufs Wasser; es war dunkel und von häßlichem metallischem Glanz.

»Okay, okay, lassen Sie mich erst mal Luft holen.«

Ich ließ etwas locker. »Wer war's?«

»Derselbe, dem Sie folgen.«

Das warf mich glatt um. »Wie heißt er?«

»Russell James, jedenfalls hat er das behauptet.«

»Sie sagten, Sie wissen nicht, daß Miss Reid einen Freund hat.«

»Hab's auch nicht gewußt. Als ich sie heut abend zusammen gesehen habe, konnt ich's kaum glauben.«

Ich war verwirrt, doch schien es die Verwirrung vor der Klarheit zu sein.

»Wann hat James Sie beauftragt, mich zu beschatten?«

»Neulich, nachdem Sie in meiner Bude waren. Hab Sie gesucht, aber Sie waren nirgends. Heute hab ich Sie aufgespürt.«

Vor Ärger über meine Sorglosigkeit griff ich fester zu. »Machen Sie so was öfter, Albie? Leute beschatten?«

»Sachte«, stieß er hervor. »Eigentlich nicht.«

»Wie lange kennen Sie James schon? Kunde von Ihnen, stimmt's?«

»Na ja, so. Kenne ihn seit ein, zwei Jahren, er kauft aber erst seit kurzem.«

»Sieht gar nicht danach aus. Seit wann genau?«

»'n Jahr vielleicht. Alle möglichen Typen stehen auf Drogen, Langer.«

»Sie sollen mich nicht so nennen«, knurrte ich. »Wo haben Sie ihn kennengelernt?«

»In 'nem Pub in Kings Cross.«

»Verdammt. Im ›Noble Briton‹?«

»Möglich, ja. Woher wissen Sie das?«

»Geraten. Sind Sie dort Stammgast?«

Er zögerte. »Nein, na ja …«

Ich schob in tiefer übers Geländer. »So einfach kommen Sie nicht davon, Albie. Ich muß alles wissen. Wenn Sie mir helfen, dürfen Sie meinetwegen noch eine von Ihren Bahnreisen machen und einen Koffer voll mitbringen. Wenn nicht, sind Sie vergessen. Na, wie war das?«

»Also, eigentlich hab ich ihn in diesem Bordell in Darlinghurst getroffen. Wir sind ins Quatschen gekommen und dann ins ›Briton‹ eins trinken gegangen. Gelegentlich hab ich ihn bei Honey gesehen, äh ...«

»Honey kenne ich. Weiter.«

»Er hat was springenlassen, für Getränke und so. Und hat mir geholfen, was auf die Beine zu stellen, wissen Sie. Dann fing er an zu kaufen. Wenn Sie mich fragen, war's für jemand anders.«

»Für wen?«

»Weiß nicht.« Ich packte fester zu. »Ich weiß nicht. Scheiß, sachte!«

»Worüber habt ihr geredet, Sie und James? Hat er Sie nach Ihrem alten Job bei den Chattertons gefragt?«

»Ja, wahrscheinlich. Ja, davon haben wir gesprochen.«

»Was macht er?«

»Hat er mir nie verraten.«

»Sie haben nicht gefragt?«

»Nein, hören Sie, meistens war ich besoffen oder high.«

»Was kauft er?«

»So gut wie alles – Gras, Speed, manchmal Schnee. Meistens Speed und Tranquilizer. Beim letztenmal hat er 'nen großen Posten gekauft.«

»Sie haben ihm von meinem Besuch erzählt?«

»Na ja, ich war ziemlich fix und fertig. Ich hab es bloß erzählt, und da hat er von mir verlangt, daß ich Sie beschatte. Hat gemeint, wir könnten Sie in die Pfanne hauen. Er wollte mich bezahlen.« Wieder blickte er aufs Wasser. »Tut mir leid«, würgte er.

»Will ich stark hoffen.« Ich hörte Geräusche, Stimmen, Schritte und folgerte, daß Leute aus dem Kino kamen, um eine zu rauchen. Ohne den Griff zu lockern, führte ich Albie vom Geländer weg hinunter zum Parkplatz. Er zitterte und sah bleich aus. Wir gingen zwischen den Autoreihen entlang, und in einer dunklen Ecke stellte ich ihn an einen VW-Kleintransporter.

»Sie können eine rauchen, Albie.«

Er holte Zigaretten heraus und zündete sich eine an. Die Flamme tanzte in seiner Hand, und die Augen waren vor Angst oder Turkey oder beidem starr. Rasch fächelte er den Rauch, der in meine Richtung trieb, mit der Hand fort.

»Ein gefährliches Spiel, in das Sie sich da eingelassen haben, Albie. Zwei Menschen mußten sterben, bevor ihre Zeit gekommen war, und Ihr Kumpel mit dem Verband hat mir neulich nacht von hinten eins übergebraten. Also bin ich nicht gerade glücklich über ihn, genausowenig wie über einen kleinen Dreckskerl wie Sie, der mir nachspioniert.«

Er zog nervös an seiner Zigarette, ohne etwas zu sagen.

»Sie haben insofern Schwein«, fuhr ich fort, »als Sie klein sind und dick und ich keine Lust habe, Sie zu verdreschen. Ich schlage vor, Sie verlassen morgen New South Wales und nehmen Urlaub oder sonstwas. Wenn ich erfahre, daß Sie in Sydney sind, führe ich 'n paar Telefonate, dann sind Sie Ihren Job los, und die Jungs vom Drogendezernat drehen Sie durch die Mangel. Klar?«

»Ja,ja.«

Ich stopfte ihm Krawatte und Taschentuch vorn in die Jacke. »Verpissen Sie sich, Albie.«

Er schlich davon, den Rücken zum Auto, bis er daran vorbei war, und machte sich eilig in Richtung der tröstlichen Lichter des Circular Quay aus dem Staub. Ich drehte mir eine Zigarette, rauchte langsam und fügte die Details aneinander – Henry Brain, das »Noble Briton«, Russell James (wie er sich nannte), Honey Gully, Richard Selby und Verna Reid, alle in ein Netz aus Kalkül und Betrug verstrickt. Brain war wohl Baudin zufällig in Kings Cross begegnet, hatte seine auffallende Ähnlichkeit mit den Chattertons bemerkt und ihm etwas von der Story erzählt. Baudin mochte Selby durch das Spartacus Studio kennengelernt haben, und sie hatten wahrscheinlich Brain zu Lady Catherine geschickt, um ihre Reaktion zu testen. Da nichts dabei heraussprang, gingen sie dazu über, irgendwie Verna Reid einzuschalten. Das paßte zum Tatbestand. Russell James erzählte Verna Reid, er sei Baulöwe; die von Keir stammenden tausendfünfhundert Dollar konnten benutzt worden sein, um das entweder de facto oder zum Schein zu finanzieren. Welche Taktik sie auch gewählt haben mochten, mein Auftauchen mußte sie aus dem Konzept gebracht haben – Abgang Brain und Callaghan. Das alles war nicht ganz sicher: Wenn James wirklich Baudin war, warum offenbarte er sich nicht einfach und beanspruchte den ganzen Plunder? Doch dafür gab es eine einleuchtende Erklärung: Lady Catherines Wunsch, ihren Enkel zu finden, war vielleicht ein Geheimnis, das sie nur mir anvertraut hatte. Selbys Beteiligung war womöglich schwierig. Entweder handelte er in heimlichem Einverständnis mit Reid und James, oder er besaß ein anderes Motiv, denn eigentlich durfte seine Frau sowieso ein großes Stück des Kuchens beanspruchen. Und dann noch ein Geheimnis: das Testament Chattertons. Darin konnte etwas begründet sein, was eine Verzögerungstaktik notwendig machte.

Ich drückte die Zigarette aus und blickte in milder Selbstzufriedenheit übers Wasser. Meine Rekonstruktion erschien mir recht schlüssig, wenn auch der Charakter des Chatterton-Erben zusehends finsterer aussah.

Schnell kehrte ich zum Restaurant zurück und verstieß im nächsten Augenblick gegen alle meine Regeln: Hastig und mit auffälligen Bewegungen suchte ich mich am Fuß der Treppe zu verbergen, denn im grellen Neonlicht rückten soeben der große Kerl mit dem verbundenen Gesicht und seine dunkeläugige Freundin an und flanierten zu ihrem Wagen.

21

Verna Reid und Russell James hatten eine Meinungsverschiendenheit; sie hielten Abstand voneinander und bewegten unruhig die Köpfe. Ich beobachtete sie und pendelte auf der anderen Straßenseite hin und her wie ein Boxer im Ring, der den Schlägen auszuweichen versucht. Sie stiegen ein, und James verfiel rasch in seinen leicht aggressiven Fahrstil. Geübt und mühelos nahm er mit dem Toyota die Kurven und fuhr in die vertraute Auffahrt von Richard und Bettina. Ich ließ meinen Wagen langsam hundert Meter weiterrollen, bevor ich die Scheinwerfer ausschaltete. Die Schlüssel verbarg ich unter dem Sitz, steckte meine Waffe ein und ging die Straße hinauf, um vor Ort ganz gewöhnliche Schnüfflerarbeit zu verrichten.

Kein Tor, kein wachsamer Hund im Vorgarten, kein Kinderspielzeug, über das man stolpern konnte. Ich kam am Toyota vorbei; der Honda Accord fehlte, doch dafür stand ein Chevrolet dort. Im rückwärtigen Teil des Hauses brannte Licht, und vom Pool her, der kühl, einladend und schlicht aussah, drang ein sanftes grünes Glühen. Lautes Klopfen, als schlage jemand mit der Faust auf Blech, ließ mich im Schatten an der Garage in Deckung gehen. Vorsichtig lugte ich um die Ecke und sah den Mann im rehbraunen Anzug an die Hintertür klopfen.

»Richard!« Er sprach eindringlich und mit hoher Stimme. »Richard, wo zum Teufel steckst du?«

Ja, wo nur! Es hatte nicht nach einem unerwarteten Besuch ausgesehen, und ich hatte mir vorgestellt, sie mit gelockerter Krawatte gemütlich bei einem Bier zu überraschen.

Er klopfte weiter, und noch immer geschah nichts; schließlich begann er ordinär zu fluchen und ließ seiner ganzen Wut die Zügel schießen, indem er gegen die Tür trat. Die Pistole drückte gegen meinen Magen, und allmählich bekam ich in der Hockstellung steife Glieder. Vorsichtig streckte ich mich und kroch zentimeterweise voran, um den Mann besser sehen zu können, der auf die Tür eindrosch. Alles geschah sehr schnell – eine Autotür wurde zugeschlagen, ich warf mich herum, und dann traf mich etwas mit voller Wucht in den Magen. Ich sank nach vorn und glaubte eine breite, helle Gestalt in meiner Nähe zu erkennen. Plötzlich verspürte ich einen fürchterlichen Schmerz im rechten Oberarm und teilte einen langen Schwinger aus, der immer länger wurde und im Leeren endete.

Danach war ich bloß noch ein Viertel Mann oder weniger. Die beiden zerrten mich ins Haus. Bewegen konnte ich mich nicht, wohl aber hören.

»Sie ist mit den Kindern weg«, sagte Selby.

Als der andere antwortete, schlug mein Kopf gegen etwas.

»Sachte«, brummte Selby. »Albie hat angerufen, ich warte schon seit einer halben Stunde auf diesen Kerl hier.«

Albie, dachte ich. Der verdammte Albie, dieser gemeine Hund …

Sie ließen mich unsanft auf den Fußbodenbelag fallen, der sich hart wie Marmor anfühlte.

»Wie lange wird er außer Gefecht sein?«

»Kommt drauf an«, antwortete Selby. »Dies Zeug macht manche Leute für Stunden k. o., bei anderen wiederum wirkt es kaum. Sehen wir doch mal nach.«

Es schien das Klügste zu sein, einen von der empfindlichen Sorte zu spielen, also ließ ich die Augenlider zufallen und den Kopf baumeln. Sie zwickten mich ins Gesicht, dann knallte ich wieder auf den steinharten Teppichboden.

Ich brauchte mich nicht allzu sehr zu verstellen. Zwar lag ich still, doch schien ich zu schwimmen, und in meinem Kopf dröhnte es, als schlügen unentwegt Wellen über mir zusammen. Durch das aufsprühende Wasser hindurch nahm ich Bruchstücke ihrer Unterhaltung wahr.

»Was *machen* wir bloß mit diesem Typen?«

»Das solltest du heute abend eigentlich herausfinden«, kam es von Selby.

Da fuhr Verna Reid dazwischen. »Er hat's versucht, aber ich *weiß* einfach nichts! Das hat sie für sich behalten.«

Ich riskierte einen Blick durch ein halb geöffnetes Auge; sie saßen in Sesseln, waren jedoch erregt und nervös. Verna Reid trug ihr übliches Schwarz, was ihrer grimmigen, feindseligen Stimmung entsprach. Selby hatte Jeans und ein weißes Hemd an; über dem schneeweißen Stoff wirkte sein Gesicht dunkelrot. Sein Getränk sah nach Whisky aus, der andere Mann hantierte mit Flaschen und Eis und mixte sich ebenfalls etwas. Ich selber war am Verdursten und hörte nun neben dem Rauschen der Brandung den Wind heulen. Ich tauchte unter und wieder auf, verstand einige Worte, verpaßte andere und verspürte plötzlich vom Scheitel bis in die Zehen einen kalten Schauer.

»Wir müssen uns einigen«, kam es von Selby. »Ist er oben am Fluß?«

»Müßte inzwischen dort sein. Aber wenn ...«

»Lauter Wenn und Aber. Wir müssen etwas unternehmen, es herausfinden.«

»Was ist mit ihm?«

Das Rauschen und Heulen verschluckte den Rest, und sie packten mich wieder und trugen mich fort. Ich raffte alle meine Kräfte zusammen und versuchte, mich zu wehren, aber es half nichts – ebensogut hätte ich ein Schmetterling sein können. Mit ihren Gewichtheberarmen zogen sie mich mühelos fort und scherten sich nicht darum, ob ich irgendwo anstieß oder nicht. Eigentlich war es mir auch gleichgültig. Ich wollte schlafen, mich einrollen und schlafen, bis mir Kay einfiel und daß ich sie nicht angerufen hatte. Ich bäumte mich auf, widersetzte mich und sagte wenig schmeichelhafte Worte, die sich in meinem Mund wie Steine anfühlten. Danach müssen sie mich irgendwo hineingeworfen oder mich zusammengeschlagen haben, denn alles entglitt mir; die Geräusche setzten aus, ich schlitterte in Schwärze und Schweigen.

Das Auftauchen war wie eine Geburt – ich kämpfte mich durch einen langen, dunklen Tunnel, ohne ans Ende gelangen zu wollen und ohne das, was geschah, beeinflussen zu können. Ich wurde in einen Lichtkreis geschoben und gezogen, der größer und größer wurde, bis er mein ganzes Gesichtsfeld ausfüllte und mich blendete. Mir war, als sei ich einmal zusammengefaltet und in eine Schachtel gestopft worden. In Wirklichkeit saß ich, die Knie bis zum Kinn hochgezogen. Ich versuchte, die Beine auszustrecken, aber das gelang nicht ganz, denn sie stießen irgendwo an. Ich schüttelte den Kopf, öffnete mit Gewalt die Augen und sah eine Wand; ich fühlte eine Wand hinter mir und eine harte Fläche unter mir. Ich befand mich in einer Duschecke, sie hatten mir die Hände hinter dem Rücken gefesselt und die Füße an den Knöcheln zusammengebunden. Krampfartige Schmerzen durchzuckten mich, meine Kehle war trokken wie ein Tafellappen. Anfangs glaubte ich, das schwache Klopfen sei in meinem Kopf, bis ich merkte, daß die Brause stetig tropfte. Die Tropfen fielen nicht weit von mir entfernt herunter, doch konnte ich mich nicht weit genug vorbeugen, um die Zunge darunterzuhalten. Mein ganzer Körper war wie ausgedörrt, es war qualvoll.

Ich hatte keine Vorstellung, wie spät es war, im Raum brannte Licht, ein Fenster war nicht zu sehen. Es hätte Mitternacht sein können oder Mittag. Ich vergeudete die Zeit, indem ich meine Sorglosigkeit und Unfähigkeit verfluchte, und verschwendete Luft, indem ich um Hilfe rief. Als ich etwas ruhiger geworden war, wurde ich praktischer: Ich lauschte, das Haus war totenstill. Ich zog an dem Strick, der meine Knöchel zusammenhielt, und an der undefinierbaren Fessel um meine Handgelenke – sie gaben nicht nach. Ich sah mich um, so gut ich konnte, die gekachelte und glatte Dusche enthielt nichts, womit ich schneiden oder wogegen ich reiben konnte. Daher schrie ich von neuem, verschluckte mich dabei und übergab mich über meine Beine, und alles war noch viel schlimmer. Ich versuchte, gegen die Wand zu treten, doch die war solide gebaut, und ich erreichte nichts weiter, als daß mir irre Schmerzen bis in den Unterleib schossen. Ich versuchte mich herumzudrehen und merkte, daß meine Hände an etwas festgebunden waren – Drehen nicht möglich.

Es war schwer. Der Durst und der Muskelkrampf und

der Gestank waren schlimm, das Gefühl der Hilflosigkeit war einfach vernichtend. Es überkam mich in Wellen, machte mich wütend und rasend und ließ mich geschlagen, fast teilnahmslos zurück. Die Droge wirkte noch, etliche Male schwanden mir die Sinne. Anfälle von kalter Wut lösten sich mit sentimentalem Selbstmitleid ab: ich dachte nicht mehr klar. In einer Phase der Teilnahmslosigkeit vernahm ich Geräusche – in der Ferne wurde eine Tür geöffnet, da waren Schritte und Unbestimmbares. Ich achtete kaum darauf oder glaubte, es mir einzubilden. Ich lächelte vor mich hin und spürte, wie das trockene Erbrochene auf meinem Gesicht rissig wurde – pfui Deibel. Dann kamen die Geräusche näher, bis sie wieder mit einem abschließenden Krach verschwanden. Sie waren wirklich. Ich stampfte brüllend mit den Füßen gegen die Wand, ich heulte wie ein Wolf.

Hohe Absätze klapperten auf den Fliesen, der Duschvorhang wurde beiseite gerissen. Vor mir stand Bettina Selby, der herrlichste Mensch der Welt, eine Göttin, eine Heilige.

»Meine Güte«, hauchte sie.

»Wasser, und holen Sie ein Messer«, krächzte ich ihr entgegen.

Eine Stunde später saß ich, ein Hemd ihres Mannes auf dem Leib, bei meiner dritten Tasse Kaffee in der Küche. Rasiert, einigermaßen sauber, wenn auch noch nicht in völligem Normalzustand, war ich mir immerhin bewußt, was das Normale bedeutet. Bettina war bei den notwendigen Hilfeleistungen schnell und gelassen verfahren. Wie sie mir erzählte, hatte sie vorgehabt, eine Woche bei einer Freundin zu verbringen, war aber zurückgekommen, weil sie etwas vergessen hatte. Bei dem Gedanken an einen einwöchigen Aufenthalt in der Duschecke wurde mir ganz anders. Ich trank Kaffee und drehte mir eine Zigarette. Noch hatte ich ihr nicht das geringste erklärt, doch es war an der Zeit. Sie trug ein schulterfreies Kleid mit Blumenmuster, hohe Keilabsätze und sah zum Anbeißen aus. Es war Dienstag, elf Uhr vormittags, verriet sie mir, als sie sich einen großen Brandy eingoß. Ich nahm einen Schuß davon in meinen Kaffee.

»Mr. Kennedy, nicht wahr?«

»Hardy«, berichtigte ich. »Das war alles Taktik. Was hat Ihr Mann nach unserem Krach gesagt?«

»Geschäftsproblem. War's aber nicht, oder?«

»Nein. Es ist ein Familienproblem, ich arbeite für Ihre Mutter – bin Privatdetektiv.«

Sie hatte mit angesehen, wie ich ihren Mann zu Boden schlug, und sie hatte mich, wie ein Huhn dressiert, in meinem Erbrochenen vorgefunden. Sie wußte, daß ich sie einmal belogen hatte; sie nahm einen Schluck Brandy und wirkte interessiert, aber skeptisch. Ich holte die Zeitungsfotos heraus, faltete sie auseinander und reichte sie ihr. Sie warf einen kurzen Blick darauf.

»Ein Junge und ein Mann«, stellte sie fest. »Sehen nicht schlecht aus. Und?«

»Das ist Ihr Sohn, Betty.«

»Nennen Sie mich nicht so«, fuhr sie mich an. Als sie die Bedeutung meiner Worte verstand, nahm sie einen tüchtigen Schluck. »Lächerlich.«

»Es ist die Wahrheit. Er ist einunddreißig Jahre alt. Sehen Sie noch einmal hin, er ist das Ebenbild Ihres Vaters.«

Sie sah genau hin und nickte langsam. Die Knöchel der Hand, die das Glas umklammerte, waren weiß, und Schweißperlen standen ihr auf der Stirn. Sie griff nach der Flasche.

»Nehmen Sie's nicht so schwer«, riet ich ihr. »Versuchen Sie, der Tatsache entgegenzusehen. Es müßte Sie interessieren, es ist mal 'ne Abwechslung nach Alkohol und schlechten Ehemännern.«

Als sie lächelte, bestimmte jene Stärke und Intelligenz, die sie so attraktiv machte, die Linie ihres Gesichts.

»Ich hab Ihnen neulich ganz schön zugesetzt, nicht wahr?«

»Sie waren nicht Sie selber. Wahrscheinlich können Sie sich jetzt vorstellen, worum das alles geht.«

»Zum Teil. Der alte Drachen will ihn aufspüren« – sie tippte auf die Bilder – »und ihn beteiligen.«

»Ich glaube, sie hat vor, ihm alles zu vermachen.«

Sie riß die Augen auf und nippte nachdenklich, nicht verzweifelt von ihrem Drink. »Woher wollen Sie das wissen?«

»Es ist eine Vermutung. Am Testament Ihres Vaters, oder vielleicht auch Ihrer Mutter, scheint irgendwas fischig zu sein. Ihr Mann hat davon Wind gekriegt. Miss Reid will etwas für sich herausholen, und dann gibt's noch einen, der eine Chance wittert.«

Sie tippte noch einmal auf die Bilder. »Der hier?«

»Möglich.«

Ich erzählte ihr alles mehr oder weniger so, wie es sich zugetragen hatte. Sie nahm Henry Brains Tod hin, ohne mit der Wimper zu zucken, über Schwester Callaghan vergoß sie ein paar Tränen. Sie fragte mich, was ich über ihren Sohn wußte.

»Nichts Gutes«, stellte ich fest. »Er war ein hervorragender Athlet und recht intelligent, aber irgendwann ist er versackt. Vor dieser Geschichte lag meines Wissens nichts Schwerwiegendes gegen ihn vor, aber er könnte die alten Leutchen auf dem Gewissen haben. Es ist problematisch.«

»Das verstehe ich. Sie wollen ihn ganz sauber und strahlend abliefern.«

»Im Augenblick sieht es nicht danach aus. Es gibt nicht oft ein Happyend, aber man kann nie wissen. Haben Sie ein Grundstück am Fluß?«

»Ja, das heißt ...«

»Kommen Sie, es ist kein Geheimnis, nun müssen Sie es durchstehen.«

Sie war störrisch; wir tranken noch etwas und betrachteten die Sache von allen Seiten. Sie bestätigte, daß ihr Mann stark am Vermögen ihrer Mutter interessiert sei und riesige Pläne damit habe. Nach meiner Meinung, sagte ich, sähe es aus, als versuche ihr Mann, so oder so an das Geld heranzukommen – über sie oder über Verna Reid oder den Enkel.

»Genau das denkt er«, sagte sie. »Er sichert sich gern nach allen Seiten ab.«

»Er verdient doch nicht schlecht, oder?« Ich ließ den Blick über die technisierte Küche schweifen.

»Nein, aber er ist ehrgeizig, er will was Großes erreichen.«

»Warum?«

Sie zuckte die Schultern. »Weiß nicht, irgendwas schaffen, nehme ich an. An mir oder den Mädchen ist er nicht interessiert. Was planen Sie als nächstes, Mr. Hardy?« Sie betrachtete die Flasche, und ich hatte das Gefühl, sie gehöre zu der Sorte Trinker, die sich einen Drink genehmigen, bevor sie eine schwierige Sache anpacken, nur für den Fall, daß es schiefgeht. Ich stellte den Brandy außer Reichweite.

»Ich folge ihnen; es ist Zeit, ihr Spielchen zu durchkreuzen und die Sache nach meinem Plan laufen zu lassen. Wo ist dieses Grundstück am Fluß?«

Sie sah mich so an wie ihre Mutter – berechnend.

»Würden Sie gern mit mir schlafen?«

»Klar. Ein andermal.« Bei meinen Worten fiel mir Kay wieder ein. Mein Anruf würde fünfzehn Stunden zu spät kommen; ich war voller Ungeduld, versessen darauf, den Fall Chatterton abzuschließen und mein sogenanntes Leben weiterzuleben.

Sie seufzte. »Dachte mir, daß Sie das vielleicht sagen. Ich bringe Sie zum Fluß. Wenn Sie mich nicht mitnehmen, können Sie zum Teufel gehen. Es würde eine Weile dauern, bevor Sie es finden.«

Richtig, dachte ich, vielleicht ist sie von Nutzen. Es war eine ganz vertrackte Situation, ohne festzulegende Regeln. Ich würde es mit zwei Männern aufnehmen, die ich nicht kannte. Wichtig war, daß einer von ihnen keinen Schaden nahm. Die Ehefrau und mutmaßliche Mutter mitzunehmen wäre klug; vielleicht wußte sie im voraus, wie Selby reagieren würde. Allerdings konnte es auch den ersten Schritt zur Katastrophe bedeuten.

»Gibt es dort irgendwelche Waffen?«

»Ja, ein paar.«

Toll. Sie hatten ja schon eine von mir, und nicht zu vergessen die Drogen. Wer nahm den Stoff – Selby? Baudin? Alle beide?

»Ob wir lieber die Polizei rufen?« fragte Bettina.

Das festigte meinen Entschluß. Die Polizei kam nicht in Frage, das letzte, was Lady Catherine wollte, waren neugierige Behörden. Sonst gab es keinen Bonus für Hardy.

»Nicht die Polizei. Behandeln wir es als Familienangelegenheit. Sie können mitkommen, halten sich aber genau an meine Anweisungen. Einverstanden?«

»Einverstanden. Wollen Sie jetzt hin? Ich ziehe mich um.«

Ich nickte. Sie erhob sich mit der Anmut, die ich schon von ihr kannte – wenn sie nicht betrunken oder seelisch erschüttert war, bewegte sie sich wie eine Tänzerin. Kaum war sie draußen, griff ich zum Telefon und wählte Kays Nummer; es klingelte und klingelte, hoffnungslos. Ich legte auf, betäubt und ausgepumpt, auch ärgerlich – die Chattertons mit ihren dynastischen Ambitionen und Komplexen und ihrer Mittelklasselangeweile waren ein Schmerz im Arsch. Ich kam mir vor wie ein mißvergnügter Söldner, dem keine andere Wahl blieb. Gerade die richtige Stimmung für Baudin und Selby, Pistolen und alles andere.

Bettina kam in Jeans und einem weißen indischen Hemd zurück; sie hatte das Haar im Nacken zusammengebunden und nur ein leichtes Make-up aufgelegt. Eine große lederne Umhängetasche über der Schulter, sah sie kampfbereit aus.

Ich holte meinen Tabak und die anderen Sachen, sie wartete. Bewegung fiel mir noch schwer, und mein Arm schmerzte an der Einstichstelle. Ansonsten konnte ich nicht klagen.

»Wächst dort oben viel Gras?« fragte ich.

»Ja, warum?«

Ich schnappte mir die Brandyflasche. »Die nehmen wir gegen Schlangenbisse mit.«

22

Ich holte meine Zweitwaffe, den Colt, aus dem Falcon. Sie ist zwar nicht angemeldet, aber gut. Wir fuhren mit dem Honda nach Norden. Das Wochenendhaus der Selbys lag in Wisemans Ferry, mehr ließ Bettina nicht heraus. Sie erwies sich als vortreffliche Fahrerin; es war nicht viel Verkehr, an einigen kniffligen Stellen aber beherrschte sie den Honda elegant. Unterwegs versuchte ich zu rekonstruieren, was ich in meinem betäubten Zustand gehört hatte, doch da klafften Lücken. »Oben am Fluß« war klar, ebenso die Absicht, in allen Punkten zu einer Entscheidung zu gelangen, nicht viel mehr. Ich hatte das Gefühl, noch jemand sei im Spiel – Leonidas Green? Albie Logan? Ich hoffte, Albie.

Zunächst schwieg Bettina, um sich aufs Fahren zu konzentrieren, und stellte später eine Frage nach der anderen – über ihre Mutter, Henry Brain, Blackman's Bay. Mir erschien sie wie eine verklemmte Frau, die nach Selbsterkenntnis lechzte. Er bestand kein Zweifel: Sie wußte, daß sie vor einer Krise in ihrem Leben stand und das Einerlei von Alkohol, Parties und kleinlichen Auseinandersetzungen mit ihrem Mann vorüber war. Ich fragte sie, was sie mit dem Chatterton-Erbe machen würde, falls es an sie fiel.

»Ich würde mich gern irgendwo auf dem Land niederlassen. Eine Farm, verstehen Sie? Pferde ... das wäre gut für die Mädchen und würde mich vielleicht wieder aufrichten. Wahrscheinlich wird nichts daraus.«

»Schwer zu sagen. Ihrem Sohn will sie die Moneten vermachen.«

»Es ist wohl kaum zu erwarten, daß er für mich Zuneigung empfindet, ich hab ihn bloß einmal gesehen.«

Ich zuckte die Schultern. »Vielleicht ist er total happy, seine Mama kennenzulernen.«

»Das ist nicht komisch«, fauchte sie.

»Tut mir leid, wollte bloß, daß es nicht zu traurig wird.«

Sie jagte mit Vollgas um die Kurve, ohne abzubremsen. »Können Sie überhaupt ernst sein, Hardy?«

»Nä, dazu hab ich zu oft mit Gaunern und Lügnern zu tun.«

Sie seufzte. »Ich glaube, Sie benehmen sich so, weil Sie nervös sind und nicht wissen, was Sie tun sollen.«

»Genau das hab ich gesagt.«

Wir verließen die Landstraße und machten uns an die Abfahrt zum Fluß, der breit und tief ist, wie Flüsse es sein sollten. Der Hawkesbury, der den Gezeiten unterworfen ist, führt ein ganzes Stück aufwärts Salzwasser und beherbergt zahlreiche Haie; es gibt auch schicke Inseln und eine Insel mit einer Gefängnisfarm, wohin man vornehme Gesetzesbrecher schickt, zum Beispiel pflichtvergessene Anwälte. Wir krochen die Straße nach Wisemans Ferry hinab, einem Ort, den es schon hundertfünfzig Jahre gibt, der aber noch immer aus nur wenigen Läden und einer Tankstelle besteht. Vor dem Abzweig in den Ort bog sie links ab, und wir holperten ein paar hundert Meter über eine unbefestigte Straße, bevor sie hielt und die Handbremse anzog. Wir befanden uns auf einem steilen, zum Fluß abfallenden Hügel.

»Es ist nicht mehr weit«, sagte sie.

Ich blickte über den Fluß auf die rauhen Klippen am anderen Ufer; wir waren nur etwa neunzig Kilometer von Sydney entfernt, aber es fiel nicht schwer, sich einen dort entlangschleichenden Aborigine vorzustellen, der mit dem Speer seine Mittagsmahlzeit aufzuspießen hoffte. Ich versuchte, mich an den ganzen Quatsch aus den Lehrbüchern zu erinnern, mit denen sie uns in Malaya genervt hatten: sondiere die Umgebung, Höhen, Deckung, Fluchtwege. Das alles war gewiß nützlich, doch was am Ende zählte, waren Glück und Mut.

»Wo ist das Haus?«

Sie deutete auf zwei Blechdächer, die durch schützende Eukalyptuszweige hindurch in der Sonne schimmerten.

»Da unten, das Haus abseits von der Straße.«

Ihre Stimme verriet Besitzerstolz, und ich kniff die Augen zusammen, um mir das Terrain einzuprägen. Eins der Häuser stand tatsächlich wenige Meter abseits von der Straße, und anscheinend hatten solche Details hier oben Gewicht. Ich selber hätte es als das Haus bezeichnet, dessen Außenverkleidung weiß gestrichen war und nicht grün.

Ängstlich sah sie mir zu, als ich den Colt prüfte und andere wichtige Vorbereitungen traf: zum Beispiel stopfte ich die Hosenbeine in die Socken und vergewisserte mich, daß ich nicht im entscheidenden Augenblick einen Absatz verlor.

»Was wollen Sie tun?«

»Erstens aufpassen, daß ich nicht verletzt werde, und zweitens versuchen, niemanden zu verletzen. Wenn möglich, ihnen einen Riesenschreck einjagen. Ob die Nachbarn wohl da sind?«

»Nein, die kommen nur am Wochenende.«

»Okay. Wo stehen die Autos?«

»Vor dem Haus. Wir sind hier eher auf der Rückseite.«

»Können Sie mir zeigen, wie man hineinkommt, und mich einen Blick auf die Autos werfen lassen?«

Sie nickte. Ihr Mund war verkniffen und die Farbe aus ihrem Gesicht gewichen, doch wirkte sie eher entschlossen als ängstlich.

»Gehen wir. Denken Sie an unsre Abmachung – Sie tun, was ich Ihnen sage.«

Ich griff hinüber, zog die Schlüssel ab und steckte sie in die Seitentasche des Wagens; wir stiegen aus, und ich bedeutete ihr, die Tür nicht zuzuschlagen. Wir gingen ein Stück die Straße entlang und bogen in einen abzweigenden Trampelpfad ein, der zu den Bäumen führte. Er war steil, und Bettina stützte sich geschickt an den schlanken Eukalyptusstämmen ab.

Der Zaun an der Rückseite des Selbyschen Grundstücks bestand aus drei Strängen Stacheldraht, die an einem halben Dutzend grober Pfähle befestigt waren. Mir fiel der Text des alten Soldatenliedes aus dem Ersten Weltkrieg ein – »Hängen an dem alten Stacheldraht ...! – gräßliches Zeug, unmenschlich. Das Unterholz wuchs bis in unmittelbare Nähe des Zauns und gewährte uns Deckung auf der ganzen Länge. Ich zog Bettina auf den Boden.

»Die Autos?«

Sie deutete und rannte in gebückter Haltung auf die Seite des Grundstücks; für eine kräftige Frau, die die Jugend hinter sich gelassen hat, war das eine Leistung. Ich folgte ihr und packte sie am Arm.

»Das macht Ihnen Spaß.«

»Ja.« Ihr Atem kam schwer und stoßweise – Anstrengung und Aufregung.

»Hoffentlich zerfetzen Sie sich nicht die Hose am Draht.«

»Scheiß.«

Durch die gefiederten Blätter hindurch waren neben dem Haus die geparkten Autos – der Chev und der blaue Toyota – auszumachen. Das Haus befand sich in gutem Zustand: solides Dach mit Regenrinnen, frischer Anstrich. Ich konzentrierte mich auf ein Fenster und sah drinnen eine sich bewegende Gestalt.

»Richard«, flüsterte Bettina.

»Was macht er?«

»Was zu essen, wie's aussieht – das ist die Küche.«

»Ein recht günstiger Zeitpunkt«, flüsterte ich Bettina ins Ohr. »Ich benutze den Vordereingang und überrasche sie, wenn sie mit vollen Backen kauen. Warten Sie eine Viertelstunde, und wenn Sie nicht mehr als einen Schuß hören, folgen Sie nach.«

»Und wenn doch mehr geschossen wird?«

»Gibt's hier einen Ortspolizisten?«

»Ich glaub schon, ja, gibt es.«

»Dann rufen Sie den und, wenn möglich, andere tüchtige Leute dazu.«

»Viel Glück«, wünschte sie mir und begann zu kichern. »Wenn ich doch meinen Fotoapparat dabei hätte!«

Verdammt, dachte ich, das fehlt mir noch, authentische Schnappschüsse von Hardy, der im Busch herumkriecht, die Kanone schußbereit. Trotzdem baute diese Vorstellung die Spannung etwas ab. Die Lage war heikel, denn ich ging gegen bewaffnete Männer vor, die ich nicht kannte; als ausgesprochenen Kriegszustand konnte man es noch nicht bezeichnen. Ich schlich am Grundstück entlang zum Vordereingang. In fünf Meter Abstand vom Haus wuchs dichtes Gehölz; ein Vogel flatterte darüber und ließ sich nach langem, blitzartigem Sturzflug dahinter nieder. Obwohl ich mich sehr vorsah, zerbrach, zerkratzte und zerriß ich alles mögliche beim Anschleichen. Die Fenster standen offen, und die Schlüssel steckten im Zündschloß, wie es die Leute auf dem Land so aus Gewohnheit tun. Die Schlüssel ließ ich in meine Tasche gleiten.

Der Selbysche Bungalow, ein quadratischer Bau aus Faserasbestplatten auf gemauerten Pfeilern mit einer Plattform an der Vorderfront, war ganz im Gegensatz zu ihrem Vororthaus einfach und bescheiden. Bislang habe ich noch kein Wochenendhaus mit einem anständigen Türschloß gesehen, und dieses bildete keine Ausnahme; mein Lehrmeister hätte es mit dem Daumennagel öffnen können. Ich benutzte die steife Plastkarte, und das Schloß gab nach; ich ließ es nicht zurückschnappen, sondern stieß die Tür vorsichtig auf und gab erst dann das Schloß langsam und geräuschlos frei.

Der cremefarben gestrichene Flur war mit Seegrasmatten ausgelegt, eine Tür am anderen Ende führte zu den Räumen im rückwärtigen Teil und wurde gerade geöffnet. Der Mann mit dem verbundenen und verpflasterten Gesicht trat heraus und drehte den Kopf, um etwas in den Raum zu rufen, aus dem er gekommen war. Als er mich bemerkte, blieb ihm vor Schreck der Mund offen stehen.

Ich hob den Colt und schoß knapp über seinem Kopf in die Wand. In dem geschlossenen Raum klang es wie Donner. Er blieb wie angewurzelt stehen. Schon war ich bei ihm und bohrte ihm die Kanone in die Rippen.

»He«, sagte er leise, »he.«

»Zurück. Zurück ins Zimmer.«

Sanft wie ein Lamm gesellte er sich wieder zu Richard und Verna Reid. Selby hob gerade ein Glas Bier zum Mund; als die Frau aufschrie, ließ er es fallen. Das Bier ergoß sich über seine Hose, das Glas ging auf dem Boden zu Bruch.

Ich stieß den Großen wieder an. »Setzen Sie sich.«

Er gehorchte. Er hatte sich von dem Schock erholt und musterte mich eingehend. Seine Hände waren riesig, mit kräftigen Knöcheln und Gelenken. Er ballte sie und bewegte die Füße.

»Versuchen Sie's nicht auf die Kampfsport-Masche«, riet ich ihm. »Ich schulde Ihnen noch was und würde mich wirklich gern revanchieren.«

Selby, der sich die Hose abtupfte, sah auf. »Höchste Zeit, Hardy. Zeit, daß wir uns unterhalten.«

Ich warf ihm einen bösen Blick zu. In normannischen Tagen hätte man ihn den Roten Richard genannt und als schönes Mannsbild bewundert. Mir erschien er etwas zu fett, und stellenweise schimmerte die rosa Kopfhaut durch die sorgfältig gelegten schwarzen Locken.

»Ihnen bin ich auch noch was schuldig, wegen der kleinen Sache in der Garage«, sagte ich, »und ich bin nachtragend. Versuchen Sie nicht, mich einzuwickeln, ich kann Ihnen einen Mord anhängen, vielleicht auch zwei, und das tu ich, wenn Sie es so haben wollen.«

Verna Reids Gesicht wirkte vor Gehässigkeit verkrampft. »Ich habe Ihnen gesagt, wir müssen ihn umlegen.«

Es war nicht eindeutig, ob Selby zu mir sprach oder zu ihr, jedenfalls sagte er: »Ich weiß nicht, wovon Sie reden.« Das war ungefähr so überzeugend wie die Warnung auf einer Zigarettenpackung, und ich reagierte nicht darauf.

Der Kerl mit dem Verband war direkter. »Wie sind Sie freigekommen?« Seine Stimme klang tief und gepflegt.

»Das werden Sie sehen.« Ich schwenkte den Colt in seine Richtung. »Jetzt nehmen Sie erst die Binden ab.«

Angst schwang jetzt mit. »Warum?«

»Machen Sie schon.«

»Nein! Russell, nein!« Verna Reid gebärdete sich, als habe jemand gedroht, der Venus von Milo ein Bein abzuschlagen.

James tastete den Verband ab und blickte Selby nervös an. »Ich kann nicht!«

Ich grinste und warf ihm einen skeptischen Blick zu; jetzt klang seine Stimme nicht mehr so tief und gepflegt.

»Ich kann nicht, ich habe schlimme Schnittverletzungen, von dem Spiegel im Übungssaal – das hinterläßt Narben.«

»Meinetwegen können Sie hinterher wie Quasimodo aussehen, Sonnyboy. Ich will Ihr Gesicht jetzt sehen, so oder so. Wenn ich es selber tun muß, geh ich bestimmt nicht so sanft zu Werke.«

Flehend sah er Selby an, der die Schultern zuckte. »Mach es lieber, Russ.«

»Ich brauche eine Schere.« Er stand rasch auf und schob den Sessel nach hinten; er war gefährlich und leichtfüßig, und in den breiten Schultern und Armen steckte enorme Kraft. Ich mußte ihm zeigen, was eine Harke ist, und zwar sofort. Also trat ich auf ihn zu, richtete den Revolver auf ihn und schlug ihm mit der Linken ins Gesicht. Er schrie auf, und ich drosch ihm die Waffe auf die Schulter.

»Setzen Sie sich und lösen Sie den Verband!«

Er führte die Hand ans Gesicht und ließ sie wieder fallen. »Ich kann nicht.«

Die Binden bedeckten fast die gesamte obere Gesichtshälfte, ließen genügend große Sehschlitze frei und liefen um das Kinn. Ich faßte ein Pflasterende und zerrte. Abermals schrie er auf, ich aber zog, bis das Pflaster ab war, und hielt es ihm vor die Sehschlitze.

»Los, sonst mache ich weiter so.«

Er griff zum Kopf und tastete nach den Pflasterstreifen. Als er sie langsam vom Verband löste, wäre ich am liebsten zusammengezuckt. Tränen traten ihm in die Augen, und jeglicher Kampfgeist schien ihn verlassen zu haben. Mein Blick fiel kurz auf Selby, der mit einem Brötchen auf dem Teller spielte. Er wirkte verdutzt, als wolle er etwas sagen, sei sich aber nicht sicher, in welcher Sprache. Es war ein Fehler, mich ablenken zu lassen – James ging plötzlich auf mich los, er schoß aus dem Sessel wie eine große Katze, die Hände mörderisch und verkrampft ausgestreckt. Er machte es gut, war jedoch ein bißchen langsam; ich ließ ihn ins Leere laufen und knallte ihm die flache Seite der Waffe ins Gesicht, so daß er Halt suchend und vor Schmerz leise stöhnend zu Boden ging.

»Ich hatte Ihnen geraten, vernünftig zu sein«, sagte ich. »Aufstehen!«

Er zog sich in den Sessel und fummelte mit zitternder Hand an den Binden. Selby äußerte sich in keiner Sprache und rührte sich nicht. James brauchte fünf Minuten, und es dauerte nicht lange, bis Blut durchsickerte. Verna Reid schluchzte still vor sich hin. Das Blut floß ihm reichlich über das Gesicht, als er die letzte Binde abnahm, aber seine Züge waren deutlich zu erkennen. Er war nicht Warwick Baudin – ganz und gar nicht.

23

Enttäuschung traf mich wie ein elektrischer Schlag; ich starrte ihn an und fühlte meine Beine nachgeben. Bettina Selbys Stimme durchschnitt die geballte Spannung.

»Er ist es nicht.« Sie trat vom Flur herein, und als ihr Mann den Zusammenhang begriff, wanderte sein Blick von ihr zu mir.

»Wer bin ich nicht?« Blut lief Russell James über das Gesicht und tropfte auf das cremefarbene Seidenhemd.

»Ja, wer?« Selby stand auf und entfernte sich ein paar Schritte vom Tisch. Ich hob den Colt, um ihn in Schach zu halten, war aber völlig unvorbereitet. Denn ich hatte die Kanone sinken lassen, als ich beim Abwickeln des Verbands zusah, und war nun nicht ganz sicher, worauf sie zielte. Außerdem befand sich eine Person mehr im Zimmer, und eine der anderen bewegte sich. Das alles soll die Tatsache entschuldigen, daß ich schließlich mit dem Rücken zu einer Tür stand, die jemand geöffnet hatte. Das wußte ich, als ich etwas Hartes und Scharfkantiges im Nacken spürte.

»Werfen Sie die Kanone weg, Hardy«, kam es selbstgefällig von Selby, »oder er pustet Ihnen das Gehirn aus dem Schädel.«

Ich ließ die Waffe fallen und wandte mich langsam um. Der Mann mit der Schrotflinte war fast so groß wie der, der sich das blutende Gesicht tupfte. Er hatte einen gewaltigen Ballonbauch und ein dreifaches Kinn. Er grinste noch genauso idiotisch wie beim Spiegelputzen im Fitneß-Studio, doch hier war das Licht besser, und ich konnte mich ganz auf ihn konzentrieren – unter dem Fett, hinter dem Grinsen und dem leeren, verrückten Blick steckte Warwick Baudin.

Er trug noch immer das schäbige T-Shirt und alte Turnschuhe, und die Jeans waren am Bund nicht zugeknöpft, um dem Riesenwanst mehr Platz zu geben.

Im Zimmer herrschte Totenstille. Nachdem der Dicke eingetreten war, wußte er anscheinend nicht recht, was er tun sollte. Er sah Selby und James an, die genauso erschrocken waren wie ich.

»Ich hab den Krach gehört«, sagte er. Er sprach langsam und breit, als sei seine Zunge zu groß für den Mund. Er war in schlechter Verfassung, das Haar strähnig und fettig, das Gesicht blaß und gedunsen. In den Nackenfalten hing Schmutz, die hellgrauen Augen waren trübe und verklebt. Jetzt sah er einem Chatterton kaum ähnlich.

»Kein Grund zur Aufregung«, sagte ich in ruhigem Ton und streckte die Hand vorsichtig nach dem Gewehr aus.

Er warf den Kopf zurück und stieß ein schrilles Kichern aus; die Doppelläufige blieb, wo sie mich in zwei Hälften zerreißen würde. Selby, kurz zuvor noch selbsternannter Zeremonienmeister, hatte sein Selbstvertrauen verloren; er nahm seinen Platz hinter dem Tisch wieder ein und wäre wohl gern daruntergekrochen.

»Er ist völlig übergeschnappt«, sagte James und äugte nach meinem Colt, der auf dem Fußboden in seiner Nähe lag.

»Vorsicht«, warnte ich ihn, »er kann uns beide abknallen. Sterben lohnt sich hier nicht.«

Es war eine verrückte Situation, als hätte uns ein Kind mit einer Panzerbüchse gegen eine Wand gedrängt. Bettina und Verna Reid schienen von alldem nicht sonderlich berührt, sie konzentrierten ihre ganze, mit Gehässigkeit geladene Aufmerksamkeit aufeinander. Mit einiger Mühe erinnerte ich mich an meine Ausbildung und sah mir Baudins Hände an, die im Gegensatz zu seiner übrigen Erscheinung sauber und gepflegt waren. Als detektivische Leistung ganz gut, doch im Augenblick nicht eben von großem Nutzen. Plötzlich fiel mir etwas anderes auf, so daß ich etwas freier zu atmen begann: Nur ein Hahn der alten Waffe war gespannt, und sein Finger lag am verkehrten Abzug. Ich hatte also massenhaft Zeit zur Verfügung.

Baudin wandte kurz den Kopf, um Bettina anzusehen: »Wer ist die da?« fragte er heiser.

Blitzschnell reagierte ich. Ich schlug ihn auf den linken Oberarm und packte ihn mit der anderen Hand am rechten Handgelenk. Die Läufe schwenkten nach unten, sein Finger krallte krampfhaft am Abzug: Das Gewehr ging los, und vom Boden abprallende Schrotkörner bespritzten uns. Ich entriß Baudin die Büchse und stieß sie ihm mit aller Wucht in den Bauch. Stöhnend ging er zu Boden. Ich hob meine Waffe auf und hielt nun wieder alle Trümpfe in der Hand. Außerdem war ich der einzige Mann, der nicht blutete: Baudin hatte Schrot in die Beine gekriegt, Selby in die Schulter, und James hielt leise stöhnend beide Hände vors Gesicht. Es war ein schlechter Tag für James.

Bettina trat in Aktion. Sie warf ihre Tasche beiseite und half ihrem Mann und James in Sessel. Baudin schleppte sich zur Wand, um sich dagegenzulehnen, und ich ließ ihn gewähren. Bettina holte auf meine

Bitte Wasser und etwas, das man als Verband benutzen konnte. Ich stellte mich ans Fenster, drehte mir eine Zigarette und zündete sie an. Jetzt hätte ich einen Drink gebraucht. Bettina kam mit einer Schüssel wieder, einer Flasche Wunddesinfiziens und einem Hemd. Sie riß es in Streifen, tupfte und wischte, und die Verletzten trugen es mit stoischem Gleichmut. Baudin saßen ein paar Schrotkörner im fetten rechten Bein, Selby war bloß angeritzt, Russell James hatte eine Schrotkugel im Gesicht abgekriegt. Sie hatte sich einen Weg über die Wange gebahnt und war, bevor sie das Auge erreichte, zur Seite des Kopfes abgedreht. Schwein gehabt.

Nachdem sie die Verletzten verarztet hatte, griff Bettina nach ihrer Tasche und holte den Brandy heraus. Sie sah mich fragend an – ich nickte. Aus der Küche brachte sie fünf Gläser und goß jedem einen guten Schuß ein. Ich angelte mir einen Sessel und pflanzte mich hinein, die Flinte auf den Knien und den Revoler auf der Tischkante. Es herrschte allgemeines Schweigen, auch Klagen und Stöhnen hatten aufgehört.

»Na schön«, begann ich. »Das alles ist übel, aber nicht unausweichlich. Ich meine, es ist an der Zeit, daß wir Ordnung in den Schlamassel bringen.«

Baudin starrte auf sein Glas, setzte es an und leerte es mit einem Zug. Ich bedeutete Bettina, ihm noch einmal einzugießen, und er trank wieder ex. Die Unterredung schien ihn nicht zu interessieren, er wollte lediglich so viel Alkohol in sich hineinschütten, wie man ihm zugestand.

Ich nippte vom Brandy. »Was haben Sie zu sagen, Russ?«

Er schlürfte und schwieg.

»Nein, Sie werden wohl nicht zuviel sagen wollen, denn Sie sind es, der eigentlich in der Tinte sitzt.«

»Wieso?« Jetzt klang seine Stimme weinerlich, das graue Elend hatte ihn gepackt.

»Henry Brain, der alte Mann in Darlinghurst. Sie haben ihm eine verpaßt. Er ist tot.«

»Ich hab ihm keine verpaßt. Es war ein Handgemenge, und er ist hingefallen.«

»Einen Arzt haben Sie jedenfalls nicht geholt. Nun, vielleicht sagen Sie die Wahrheit. Es wird ein fachmännisches Gutachten geben, das Sie vielleicht entlastet, aber so oder so sehen Sie blaß aus – zuschlagen oder handgreiflich werden, wo ist der Unterschied? Es kommt drauf an, wie wir's anpacken. Haben Sie ein Strafregister?«

»Nicht der Rede wert«, antwortete er mürrisch.

»Aber Sie verstehen, was ich meine, oder? Meine Klientin hat noch immer einigen Einfluß, und ich will sie gern bei Laune halten. Wenn Sie mit mir zusammenarbeiten, könnte ich Sie aus dem Spiel lassen.« Ich trank noch einen Schluck und betrachtete den traurigen Fettkloß, dessen leeres Glas auf dem Fußboden stand. »Er ist der Enkel, stimmt's?«

»Nichts sagen, Russell«, schnauzte Verna Reid, »kein Wort.«

James beobachtete Baudin, der das Glas in den großen, fleischigen Händen hielt und damit spielte.

»Wir nehmen es an«, sagte er zögernd. »Es war Richards Idee.«

Selby öffnete den Mund zum Sprechen, aber ich deutete mit dem Glas auf ihn, da schloß er ihn wieder.

»Ich sehe es so«, sagte ich. »Brain hat den Dicken hier getroffen und ihm etwas von seinem lange verlorenen

Sohn vorgeschwatzt. Er hat Ihnen erzählt, daß er mit der Tochter vom Richter Chatterton verheiratet war, und Sie wußten, daß Selby jetzt mit ihr verheiratet ist. Und da haben Sie gedacht, es könnte ihn interessieren.«

James nickte und trank die Hälfte seines Brandy. Bettina war ganz Ohr, ihr Drink war noch unberührt.

»Stimmt«, sagte James. »Dann hat Richard die Sache in die Hand genommen. Wir ... er hat den guten Henry hingeschickt, um die alte Dame unter Druck zu setzen, aber es ging schief. Danach hat Henry sich eine Zeitlang nicht blicken lassen. Richard hatte ihm etwas Geld gegeben. Dann ist der Richter gestorben, und wir wußten nicht, was wir tun sollten. Richard hat ...« Er hielt inne und nahm nervös einen kleinen Schluck.

»Richard hat den Einfall gehabt, daß Sie sich an Miss Reid heranmachen«, fuhr ich fort. »Ein mieser Trick.«

Verna Reid sah schlagartig weniger dreist aus, sie hob die Hände, und sie flatterte wie die Flügel eines Vogels, der gegen sein Gitter fliegt.

»Ich dachte, du ... Ich hab geglaubt, daß wir ...«

»Scheißspiel, Verna«, sagte ich. »Alles ein abgekartetes Spiel. Wissen Sie, was Lady Catherine mit dem Anwesen vorhatte?«

»Eigentlich nicht, sie ist verrückt. Einmal hat sie gesagt, sie würde es mir vermachen, ein andermal, ich würde gar nichts kriegen. Sie deutete an, daß da noch jemand sei. Ich wußte, *sie* war nicht gemeint.« Sie blitzte Bettina an, die sich mit dem Glas in der Hand nach vorn beugte, als schaue sie bei einem guten Theaterstück zu.

»Was hatten Sie sich so vorgestellt, Miss Reid?« schnurrte Bettina.

Sie gab keine Antwort; sie sah James an, der in sein

Glas starrte, und Selby, der ihrem Blick auswich. Sie schien zu wissen, daß sie am Ende war – am Ende einer Beziehung, ihrer Hoffnungen, einer Laufbahn. Ihre Augen blickten leer und teilnahmslos.

»Ich hab für das alte Luder wie eine Sklavin geschuftet. Das Gehalt ist lächerlich. Sie machte ständig Versprechungen, Versprechungen. Na ja, das Haus ist ziemlich heruntergewirtschaftet, und was an Geld da ist – nicht der Rede wert. Wie es aussah, hätte sie es irgendwann verkaufen müssen.«

»Verstehe«, sagte ich. »Sie wollten diesen Vorgang etwas beschleunigen, und Russell hier hätte einen kleinen Reibach gemacht, wenn es zum Verkauf gekommen wäre.«

»Ja«, sagte sie leise.

»Was ist mit Booth, dem Anwalt?« fragte Bettina ärgerlich. »Er hätte sie doch schützen können, er war mit meinem Vater befreundet.«

»Er ist ein altmodischer Kauz. Sie hat ihn total verwirrt.« Die Tränen, die geflossen waren, als ich James weichmachte, hatten Spuren auf Verna Reids Gesicht hinterlassen, und diese wurden nun mit neuen Tränen wieder naß. »Es hätte geklappt, bestimmt. Aber dann mußte dieser Dummkopf den Plan mit dem Enkel ausprobieren.« Selby goß sich wieder ein, erwiderte aber nichts.

»Die hatten den Plan mit dem Enkel zuerst«, klärte ich sie auf. »Sie spielten bloß eine Nebenrolle. Man verfolgte beide Vorhaben und konnte sich nicht für eins entscheiden. Sie sind ein gefährliches Weib, Miss Reid, Sie haben James auf mich gehetzt, und er war mir die ganze Küste entlang auf den Fersen.« Die Erinnerung daran zerriß mich. Zweimal von Amateuren beschattet zu werden und es nicht zu merken, ist schlecht fürs Ego. »Was ist mit der alten Krankenschwester?« fragte ich, ärgerlich an James gewandt, und der Ärger galt zum Teil mir selber.

James zuckte zusammen und hielt die Handflächen wie zur Abwehr nach vorn. »Ich hab sie nicht angerührt, ich schwör's. Ich kriegte Angst und ging weg, um mit Richard zu reden, und plötzlich waren Sie überall. Wir wußten nicht, was wir tun sollten.«

Selby hatte ausgetrunken und griff wieder nach der Flasche. »Reife Leistung, Russ«, sagte er, »du hast immer alles hingeschmissen, wenn's brenzlig wurde. Also, Hardy, was wollen Sie nun unternehmen?«

Plötzlich war ich furchtbar wütend; sie widerten mich an, was zum Teil auch darauf zurückzuführen war, daß ich nicht viel gegen sie unternehmen konnte, wenn ich alles zu meinem Vorteil zu Ende bringen wollte. Aber ich fühlte mich schon allein dadurch besudelt, daß ich mit ihnen im selben Zimmer war. Mit einemmal wünschte ich, ich steckte in der Haut des guten Sir Clive und hätte die Macht, die ganze Bande für lange, lange Zeit in den Knast zu bringen. Doch hob ich die Stimme nicht und sagte kalt: »Sie könnten wegen mehrfacher Verschwörung angeklagt werden, vom Totschlag an Brain mal abgesehen, und dann sind da noch die Drogen. Ich könnte Ihre Beziehungen zu Albie ins Spiel bringen und Ihre Existenz zerstören. Fitneßstudios, Gewichtheben, verstehen Sie, was ich meine?«

Selby wirkte mißmutig. Bettina verriet keinerlei Anteilnahme, und ich hatte das Gefühl, daß sie ihn sehr bald abhängen würde. Sie trank in kleinen Schlucken, nicht etwa gierig, und betrachtete neugierig Baudin.

»Damit wären wir bei ihm.« Ich deutete mit dem Kopf

auf Baudin. »Was für Drogen nimmt er? Behaupten Sie nicht, Sie wissen es nicht, James. Albie weiß es besser.«

»Speed, einen Haufen Tabletten, Mogadon, Largactyl, wissen Sie. Außerdem viel Alkohol. Er ist ein hoffnungsloser Fall.«

»Sie haben dazu beigetragen. Weiß er etwas von der Geschichte? Weiß er, wer er ist?«

»Ich glaube, nicht. Es ging schon abwärts mit ihm, als der gute Henry ihn entdeckt hat. Einmal haben wir versucht, ihn aufzubauen, Richard hatte da eine Idee, wie man ihn benutzen könnte, aber es ging schief. Seit damals ist er ziemlich geschlaucht.«

»Sie sind so was wie ein böser Hexenmeister, was, Dicky?« fragte ich Selby.

Selby zog Zigaretten aus der Hemdentasche und steckte sich, um Nonchalance bemüht, eine an. »Von mir hören Sie kein Wort, bis ich mit meinem Anwalt gesprochen habe.«

»Anwalt!« Ich mußte lachen. »Da haben Sie keine Chance, Dicky-Boy. Wenn Ihr Anwalt erfährt, gegen wen Sie angetreten sind, nimmt er Urlaub.«

»Großer Gott«, entfuhr es Selby. Er zog kräftig an seiner Zigarette und sah Bettina an. Sie beäugte ihn, als habe sie vor, ihn ausstopfen zu lassen. Ihm war sehr unbehaglich zumute, doch gab er sich noch nicht ganz geschlagen. Er deutete auf den am Boden hockenden Baudin.

»Das ist dein Sohn, liebe Bettina, von dem du mir nie erzählt hast. Was hältst du von ihm?«

Bettina musterte unentwegt sein gerötetes, ärgerliches Gesicht.

»Du warst immer eine traurige Figur, Richard«, stellte sie gelassen fest. »Aus allem, was du geplant hast, ist nie etwas geworden, und so ist es immer noch. Wenn du denkst, ich kriege einen Nervenzusammenbruch, bist du schon wieder im Irrtum. Henry Brain war übrigens ein widerlicher Kerl – um ihn ist es also nicht schade, Hardy. Den Bauch voller Würmer – das Gefühl hatte man, wenn man von ihm schwanger war. Ich hab's einfach hinter mich gebracht und versucht, mein Leben weiterzuleben. Zuerst hab ich ein bißchen an das Kind gedacht, aber das war nicht von Henry zu trennen. Ich wollte das Ganze vergessen, und es ist mir gelungen. Mir tut er leid, weiter nichts.«

Selby schüttelte heftig den Kopf, und James zuckte vor Schmerzen zusammen, als ein dünnes, bitteres Lächeln über sein Gesicht huschte. Er hatte anscheinend die Wende akzeptiert, die die Ereignisse genommen hatten. Das Schlimme war, ich mußte bestimmen, wie sie sich vollziehen sollte, und ich war verwirrt. Da waren einige ethische Fragen zu erwägen. Ich entlud das Gewehr und lehnte die Waffe gegen die Wand. Das erschien mir als geeigneter Schritt zu einer zivilisierten Lösung. Unter den Lebenden hatte ich fünf Personen zu berücksichtigen – mich selbst, Baudin-Chatterton, Lady Catherine, Bettina und Dr. Osborn. Nicht zu vergessen Brain und die Krankenschwester; es würde ihnen nicht helfen, wenn man James, Reid und Selby einbuchtete, und vielleicht lag eine hübsche Ironie darin, daß Henry Brains Sohn das Chatterton-Anwesen erbte. Was Gertrude Callaghan betraf, so wäre ihrem Andenken am besten gedient, wenn die Aufzeichnungen des Arztes sorgfältig aufbewahrt würden. Dazu konnte ich beitragen.

Bettina trank aus und knallte das Glas auf den Tisch. »Tiefe Gedanken, Hardy? Gibt es Probleme?«

»Ich glaube, ich hab sie gelöst. Wie steht's mit Ihnen?«

Sie schaute Selby an. »Ich werde mich von ihm scheiden lassen. Kommt er ins Gefängnis?«

»Nicht zu erwarten. Ich finde, er sollte sich weiter seinem Geschäft widmen und sich darauf konzentrieren, für Sie und die Kinder zu sorgen.«

»Das finde ich auch.«

»Und er?« fragte sie und meinte James.

»Ihn müßte man einsperren, aber alles an die große Glocke zu hängen richtet bestimmt mehr Schaden an, als es nutzt. Ich kann ihm ein Drogendelikt nachweisen, das zieht ihn für eine Weile aus dem Verkehr. Außerdem«, ich betrachtete sein zerschnittenes und geschundenes Gesicht, »wird er nicht mehr so schön sein. Und Miss Reid wird ihre Stellung kündigen, oder?«

Sie nickte; jetzt war sie zurückhaltend, etwas Ungewöhnliches für sie. Ob dieser Zustand wohl lange anhielt? Ein Gefühl sagte mir, sie würde ihre früheren Gewohnheiten wieder aufnehmen, doch das konnte ich nicht verhindern.

Blieb noch der Enkel und Erbe. Da stellte sich die Frage, was nach den Drogen und dem Alkohol von ihm übrig war, zumal er ja von Anfang an nicht gerade verheißungsvolle Anlagen besaß.

»Können Sie ihm helfen, Hardy?« fragte Bettina leise.

»Ich muß. Für mich bedeutet er Geld, auch für eine gewisse Dame in Darlinghurst, die es braucht.« Zum erstenmal wandte ich mich unmittelbar an ihn. »Sie erinnern sich doch an Honey, Warwick?«

Er blickte mich lange an, so daß es mir schon wie eine Ewigkeit vorkam, und nickte schließlich langsam.

»Und ob. Das waren Zeiten. Ich will's versuchen. Ich brauche dazu einen Arzt und etwas Zeit. In dieser Verfassung kann ich ihn der Großmama nicht präsentieren.«

»Die Erbschaft ist hin«, sagte Bettina finster.

»Vielleicht nicht. Sie und die Ihren waren ja von vornherein weg vom Fenster. Möglich, Sie kriegen sie herum, wenn sie an Ihrem Sohn hängt. Probieren Sie's doch mal. Auf alle Fälle bleibt Ihnen Richard, der sich abstrampeln muß.«

»Ein hübscher Gedanke.«

Warwick Baudin begann zu schluchzen; das Fleisch wabbelte an dem kräftigen Kerl, als sich die Schultern krampfartig hoben und senkten. Er ließ den Kopf sinken, und große, dicke Tränen fielen auf den Boden.

Bettina ging zu ihm und legte ihm den Arm auf den Rücken.

»Ist ja gut«, sagte sie, »ist ja gut.«

24

Ich fand meine Smith & Wesson in einem Küchenschubfach und sammelte die paar Dinge ein, die Warwick Baudin im Haus hatte. Als wir gingen, saßen James und Selby mit frisch geöffneten Bierdosen am Tisch. Beide legten Wert auf elegante Garderobe, und irgendwie sehen solche Leute schlimmer als andere aus, wenn man sie unsanft behandelt. Auf diese beiden, blutverschmiert und entmutigt, traf das zu. Sie betrachteten sich gegenseitig, und was sie sahen, gefiel ihnen nicht. Verna Reid starrte aus dem Fenster wie jemand, der eine Menge zum Nachdenken hat. Ich warf die Schlüssel für die beiden Autos auf den Tisch und überließ es ihnen, mit allem fertigzuwerden.

Baudin verfrachteten wir in den Honda und verließen Wisemans Ferry über den staubigen Pfad. Die hinteren Türen schloß ich ab, doch Baudin schien aufgesteckt zu haben, was auch ganz gut war – er war ein großer Junge. Er schlief ein, als wir die Fernverkehrsstraße erreichten, und schnarchte auf dem ganzen Rückweg nach Sydney.

Bettina saß am Steuer und sprach nicht viel. Als ich antippte, erzählte sie mir dies und das von Selby, und vor mir entstand das Bild eines Mannes mit hochfliegenden Plänen, dem allerdings die Fähigkeit fehlte, sie in die Tat umzusetzen. Anfangs schwor sie, ihm jeden Penny abzuknöpfen, doch unmittelbar darauf war sie verständnisvoller.

»Verdammt, mit mir zusammenzuleben ist auch kein Zuckerschlecken gewesen. Vielleicht sollte ich ihn nicht so hart anfassen, ich muß an die Kinder denken.« Sie warf einen Blick auf ihre Uhr. »Wissen Sie was? So nüchtern wie heute bin ich zu so später Stunde schon lange nicht gewesen. Halten Sie das für ein gutes Zeichen?«

»Wäre möglich.« Ich spürte, daß sie langsam auf Intimeres zusteuerte, und fühlte mich momentan nicht in der Verfassung für derlei Verwicklungen. Der drogensüchtige Kerl auf dem Rücksitz und das schlechte Gewissen, Kay Fletcher versetzt zu haben – das alles war einfach zuviel für mich. Bettina merkte, daß meine Gedanken woanders weilten, und ließ mich in Ruhe. Am späten Nachmittag erreichten wir ihr Haus. Sie gab mir einen flüchtigen Kuß und half mir, Baudin in meinen Wagen zu befördern. Er war wie ein Kind, das gerade laufen lernt. Es war mir unbegreiflich, wie er nach Wisemans Ferry gekommen war und was er verdammtnochmal dort geschluckt hatte. Wir ließen ihn einfach in den Falcon rollen.

»Wann haben Sie vor, ihn abzuliefern?« fragte Bettina.

»In etwa vier Wochen.«

»Ich bleibe am Ball, das wird bestimmt interessant.« Durch das schmutzige Fenster warf sie einen Blick auf das Wrack, ihren einunddreißigjährigen Sohn. Sie schüttelte den Kopf, winkte mir zu und strebte ihrem gräßlichen Haus zu, ihren häßlichen Kindern und ihren Sorgen.

Ich brachte ihn zu mir nach Glebe und legte ihn ins Gästebett, dann rief ich meinen Freund Ian Sangster an, der mehrere medizinische Grade besitzt und sich durch Verwegenheit auszeichnet. Als er kam, schilderte ich ihm in groben Zügen die Probleme – Baudins Vorgeschichte, die Drogen, die Manipulation – und ließ ihn überlegen. Nachdem ich einen Drink gemixt hatte, drehte ich mir ein paar Zigaretten und griff nach dem Telefon. In Kays Wohnung nahm niemand ab. Ich versuchte es bei einem Journalisten in Canberra, den ich kannte, und der horchte herum und kriegte heraus, daß Kay im Auftrag ihrer Zeitung nach Indonesien geflogen war. Eine Nachricht hatte sie mir nicht hinterlassen. Als ich bei einer Zigarette darüber nachdachte, kam ein Anruf aus Lady Catherines Residenz. Am Apparat war eine Mrs. McMahon, die – wie sie sagte – für drei Tage anstelle von Verna Reid als Aushilfe eingestellt worden war. Lady Catherine wolle sich für die Nacht zurückziehen und habe sie beauftragt, mich um einen Zwischenbericht zu ersuchen. Es klang, als habe Verna einen kleinen Rückzug angetreten. Ich sagte, ich würde eine halbe Stunde später Bericht erstatten, und ließ mir den Namen der Agentur geben, die sie vermittelt hatte. Ihre Arbeit wäre wohl für etwas mehr als drei Tage gesichert.

Ich ging nach hinten in die Küche, wo Sangster saß und das lange, traurige Gesicht über ein großes, mit Scotch gefülltes Glas hängen ließ.

»Das ist eine Schußverletzung, Cliff«, stellte er fest. »Die müßte gemeldet werden.«

»Jagdunfall.« Ich goß mir ebenfalls einen Whisky ein. »Die Karnickel hopsten über einen Stacheldraht, und er versuchte dasselbe zu tun. So was passiert alle Tage.«

Er schüttelte den Kopf und trank. Sangster hat Alkoholprobleme, aber keine mit dem Geld, daher sind's möglicherweise keine.

»Dein Freund ist übel dran.« Er zog ein kleines Notizbuch heraus und zählte die einzelnen Punkte auf. »Hoher Blutdruck, pelzige Zunge, schlechte Reflexe, Zucker im Urin, Übergewicht, unregelmäßiger Puls. Der hat ja ganze Arbeit geleistet.«

»Nicht aus freien Stücken. Ich glaube, andere haben ihn im letzten Jahr oder so nach allen Regeln der Kunst mit Tabletten vollgestopft. In dieser Zeit hat er bestimmt keinen selbständigen Schritt unternommen.«

Er knurrte. »Was willst du eigentlich wissen? Informationen von ihm, ja?« Sangster mißbilligte meinen Beruf, den er als Gewerbe bezeichnet. Seinen nenne ich Schwindel.

»Falsch. Zunächst, wird er in so kurzer Zeit auf die Beine kommen? Ich meine, was hat er geschluckt?«

»Hohe Dosen von Amphetaminen plus Alkohol. Nach meiner Meinung ist er desorientiert, abhängig und ziemlich paranoisch. Aber sterben wird er nicht. Wenn er allerdings so weitermacht, gebe ich ihm höchstens noch zwei Jahre.«

»Er läßt es sein. Er läßt alles sein und verwandelt sich in einen Musterbürger. Er wird einen Anzug tragen und die ›Financial Review‹ lesen.«

Er hielt mir sein leeres Glas entgegen. »Und du willst dieses Wunder vollbringen, Cliff, ja?«

»Genau.« Ich mixte noch zwei Drinks. Meiner würde mich endgültig betrunken machen, aber es war wohl ein Abend zum Trinken. »Wo liegen deiner Ansicht nach die Probleme?«

»Erstens, ein Anreiz für die Erziehungskur. So was ist ein ermüdender Prozeß, sagt man. Was springt für ihn dabei heraus?«

»Geld.«

Er trank nachdenklich. »Das könnte helfen. Seit einem Jahr geht das jetzt so, ja?«

Ich nickte.

»Also, du mußt ihn Tag und Nacht beaufsichtigen. Vielleicht schaffst du es, daß er es versucht. Selbst wenn er es in den Griff kriegen will, wird es Rückschläge geben, und wenn er zu oft zu weit absackt, hast du verloren. Rund um die Uhr Wache schieben, sieben Tage in der Woche. Wie lange hast du Zeit?«

»In einem Monat brauche ich Ergebnisse.«

Er schüttelte den Kopf. »Du mußt ihn stark motivieren. Was hat er gemacht, bevor er angefangen hat, sich um den Verstand zu bringen?«

»Nicht viel.«

»Dann ist's eine Sisyphusarbeit. Und noch was: Du wirst ihn mal außer Gefecht setzen müssen, und er ist ein kräftiger Bursche. Glaubst du, du wirst mit ihm fertig?«

»Ich weiß es nicht, wir werden sehen. Brauche ich noch etwas? Tabletten, Medikamente?«

Er trank aus und erhob sich – er mißt einsneunzig. Als ich zu ihm aufschaute, entdeckte ich die an der Zimmerdecke hängenden Spinnweben. Das Haus machte einen heruntergekommenen, schäbigen Eindruck, lange Zeit hatte hier niemand so richtig herzhaft gelacht, hatte es keine gelöste Atmosphäre gegeben. Nun würde es in eine Entziehungsanstalt verwandelt, und weitere Geister, Schatten und Sorgen würden herumspuken.

»Medikamente brauchst du nicht, bloß Glück. Du siehst ziemlich mitgenommen aus, Cliff. Du solltest dich mal ausschlafen. Ich habe ihm eine Spritze verpaßt und ihn für zwölf Stunden ruhiggestellt. Danach mußt du wieder hellwach sein.«

Ich dankte ihm und begleitete ihn zur Tür. Oben schlief die Garantie für mein Mittagessen und meinen Bonus. Ich fühlte mich ausgepumpt und niedergeschlagen, wie üblich, wenn ein Fall gelöst war, doch diesmal war es wegen der Ungewißheit in bezug auf Kay schlimmer. Frauen. Das veranlaßte mich zu der Überlegung, wie ich mit der alten Dame verfahren sollte und wie ich sie daran hindern konnte, mich in ihrem Rollstuhl zu besuchen, bevor das Geschenk zur Übergabe bereit war. Eine Variante der Wahrheit schien mir die beste Methode, was ja häufig zutrifft.

Ich rief dort an und gab Mrs. McMahon ein wenig vom verhaltenen Hardy-Charme zu kosten. Wie sich herausstellte, hatte sie Miss Reid bei ihrer einzigen Begegnung nicht sehr sympathisch gefunden. Auch gab es Anzeichen, daß die Pflege von Lady Catherine nachlässig gehandhabt worden war, und sie war gegen Nachlässigkeit. Sie schien über meinen Vorschlag erfreut, daß sie für längere Zeit benötigt werden könnte, noch mehr über den Rat, Verna Reids Siebensachen zu packen und sie in der Nähe des Eingangs abzustellen. Sie reichte mich weiter an die Witwe.

»Mr. Hardy?« Die autokratische Stimme tönte mit einem fragenden Tonfall durch die Leitung, der eigentlich nicht fragend war. Denn sie kannte die Antworten, wenigstens alle wichtigen, ausgenommen eine.

»Haben Sie ihn gefunden?«

»Ja.«

Das Schweigen verriet mehr als Worte – Träume wurden erfüllt, Hoffnungen wurden Wirklichkeit, das Leben war voller Verheißung, wie es sein sollte.

»Sind Sie sicher?« Schwindel wurde nicht geduldet.

»Ja, ich denke, in diesem Punkt werden Sie zufrieden

sein. Ich kann es recht gut beweisen, auch ist die Ähnlichkeit auffallend – oder wird es sein.«

»Wird es sein, wird es sein?« gellte sie. »Was in aller Welt bedeutet das?«

»Er hat eine ziemlich schlimme Zeit hinter sich. Er braucht einen Monat Ruhe und etwas Pflege. Er ist krank.«

»Unsinn. Ich muß ihn sehen. Sofort!«

Die reine, blinde Gewalt, die auf Verwundeten herumtrampelt und sich über die niederen Ränge einfach hinwegsetzt, ging mir gegen den Strich. Ich war aufs höchste gereizt und verlor die Beherrschung.

»Hören Sie zu«, fauchte ich in den Apparat. »Er ist draußen in der wirklichen Welt gewesen und war in miese Geschäfte mit miesen Leuten verwickelt. Er ist angeschlagen, und er braucht Hilfe. Eins kann ich Ihnen sagen: Im Augenblick ist er eher ein Henry Brain als ein Chatterton.«

Wieder dieses Schweigen. Ich konnte mir vorstellen, wie sie gegen die Regung ankämpfte, einen Untergeordneten in seine Schranken zu weisen, wohl wissend, daß sie eine gelähmte alte Frau war, eingesperrt in ein großes Haus, und daß das, was sie sich am sehnlichsten wünschte, nicht ganz käuflich war, nicht ohne Einschränkung.

»Könnten Sie etwas präziser sein, Mr. Hardy, was das Befinden meines Enkels und Ihre Pläne betrifft?« entrang es sich ihr endlich.

Ich wollte sagen, von Mogadon und Alkohol ist er blöde geworden, und er sieht aus wie ein Sumo-Ringer, doch was hätte das genützt? Wahrscheinlich hätte sie genügend Ärzte und Anwälte aufbieten können, um Baudin auf der Stelle an sich zu reißen, wenn sie gewollt hätte. Vermutlich gestand ich mir in diesem Augenblick ein, daß ich daran interessiert war, Baudin neu aufzubauen. In meinem Beruf erlebte ich es so oft, daß sich die Leute selber in ausweglose Situationen manövrierten, und notfalls gab ich ihnen dabei noch einen Schubs. Es wäre eine Herausforderung zu versuchen, jemand aus solcher Lage zu befreien. Also sachte, sachte mit ihrer Ladyschaft.

»Da ist zunächst ein Drogenproblem, Lady Catherine«, antwortete ich ruhig, »und dann das Problem, sein Selbstvertrauen wiederherzustellen.« Das mußte doch bei ihr ankommen. Kein Chatterton hatte je auf eine gute Portion *dieser* Eigenschaft verzichtet.

»Und Sie können für geeignete Behandlung sorgen, Mr. Hardy? Bestimmt wäre ein Arzt ...«

Warum übergab ich ihn ihr nicht einfach? Was ging es mich an, wie er klarkam oder was sie von ihm hielt? Vielleicht lag es an jenem ersten Foto, nachdem er gerade den Rekord über 400 Meter gebrochen hatte und ihm die ganze Welt offenstand. Vielleicht war es der Wunsch, gute, saubere Arbeit zu liefern und das Ganze hübsch zu verpacken. Vielleicht war es auch etwas anderes ...

»Ein Arzt unterstützt mich schon«, sagte ich. »Er braucht ständig Aufsicht eines erfahrenen Psychologen. Ein einziger verkehrter Schritt, und er macht sich aus dem Staub. Dann beginnt die böse Geschichte von vorn.«

Es paßte ihr nicht, aber sie gab nach. Einen Monat gestand sie mir zu und war damit einverstanden, die Kosten zu übernehmen und mir ein Gehalt zu zahlen. Über den Bonus sprachen wir nicht, obwohl ich den Eindruck hatte, er sei noch nicht weg vom Tisch. Gegen Ende der Unterhaltung verlor sie allmählich das Vertrauen und schien ihr gottgegebenes Recht auf Meinungsänderung in Anspruch nehmen zu wollen. Sie stellte es geschickt an, bezog sich auf ihren Gesundheitszustand und deutete an, daß ihr nicht mehr viel Zeit bliebe. Einen Monat hatte sie nach meiner Meinung wohl noch, und das sagte ich ihr auch.

»Mr. Hardy, Sie sind unverschämt. Sie kriegen Ihre vier Wochen, und keinen Tag länger. Das ist dann kurz vor Weihnachten.«

Es fiel schwer, sich den schnarchenden Rüpel eine Etage höher als Geschenk vorzustellen; nein, wenn sie es so wollte, hatte ich nichts dagegen.

»Wie kommen Sie mit Mrs. MacMahon aus?«

»Oh, eine reizende Person, ganz wunderbar. Vermutlich wird Verna bald zurück sein.«

»Sie kommt nicht zurück. Sie hat bei den schmutzigen Geschäften mitgemischt. Sie war an dem Plan beteiligt, die Identität Ihres Enkels geheimzuhalten.«

Das reichte, um Verna in den vierten Kreis des Weltraumdunkels zu verbannen. »Ich verstehe.« Es klang eisig, denn wie alle Alleinherrscher legte sie Wert auf Loyalität.

»Wie geht's mit den Memoiren voran?« fragte ich, um sie zu ärgern.

»Oh, recht gut.«

Mit der Heimkehr des Enkels würden sie wohl ihren Abschluß finden, dachte ich, und wahrscheinlich hatte ich der Öffentlichkeit damit einen Dienst erwiesen. Da sie sich in der Defensive befand, versetzte ich ihr einen letzten Stoß.

»Vielleicht möchten Sie gern mit Ihrer Tochter Kontakt aufnehmen, Lady Catherine.«

»Mit Bettina?« Ihre Stimme klang scharf und ängstlich. »Was hat sie damit zu tun?«

»Sie kann meine Angaben bestätigen. Sie hat ihren Sohn kennengelernt.«

Darüber konnte sie sich meinethalben den Kopf zerbrechen; ich sprach noch einmal mit Mrs. McMahon – es handelte sich um die finanzielle Seite – und legte auf. Ich war müde und nicht betrunken, wie ich es sein wollte. Während ich etwas dagegen tat, dachte ich über Warwick Baudin und Lady Catherine nach. Ob ich den beiden einen Gefallen getan hatte? Er konnte für sie ein ebenso großes Problem werden wie für seinen weisen Pflegevater. Andererseits könnte sie ihn entgegen ihren Beteuerungen noch eine lange Zeit auf sein Geld warten lassen. Vielleicht waren sie beide vom gleichen Schlag.

25

Der nächste Morgen fing unerfreulich an. Ich erwachte langsam aus einem benebelten, alkoholisierten Schlaf und hörte ein Krachen im Korridor. Ich fand ihn am Fuß der Treppe liegend, die Extremitäten wie bei einem verunglückten Drachenflieger nach verschiedenen Richtungen stehend. Er war bewußtlos, atmete aber regelmäßig. Ich richtete ihn etwas auf und kochte Kaffee. Als ich wiederkam, zuckten seine Augenlider.

»Wer zum Teufel sind Sie?« Wie zuvor klang die Stimme lallend und schwer verständlich.

»Ich heiße Hardy, hier ist Kaffee.« Ich reichte ihm die Tasse, die er gleichgültig ansah.

»Scheiß, mein Kopf zerplatzt«, murmelte er. »Haben Sie was Stärkeres?«

»Nicht für Sie, mein Junge. Sie bleiben trocken.«

Er lachte höhnisch und trank von dem kochendheißen Getränk, ohne anscheinend zu merken, wie heiß es war. Er hatte nur eine Unterhose an, und ich betrachtete ihn kritisch. Unter den Fettmassen waren die Reste seines athletischen Körperbaus noch erkennbar. Manches sprach dafür, daß die Muskeln noch nicht völlig degeneriert waren und daß sich aus ihm, war das Fett einmal abtrainiert, ganz gut etwas machen ließ. Das Gesicht sah allerdings entsetzlich aus – starker Bart, schmierige, bläulich-blasse Haut. Ein Glück, daß ich Lady Catherines Wunsch, ihn zu sehen, nicht nachgegeben hatte. Wahrscheinlich hätte sie ihn nicht als echt angesehen. Er merkte, daß ich ihn taxierte, und grinste wieder höhnisch.

»Hardy sagt mir 'nen Dreck«, knurrte er. »Hab nie von Ihnen gehört. Ich hau ab.« Er wollte sich aufrappeln, und ich stupste ihn mühelos mit der linken Hand zurück.

»Trinken Sie aus«, befahl ich, »ich habe Ihnen ein paar Dinge zu sagen.«

Es dauerte etwas, bis das in sein Hirn vorgedrungen war, und ich mußte ihn ein paarmal zum Zuhören zwingen. Er wurde immer nervöser. Aber schließlich hatte er begriffen. Ich gab ihm einen Hausmantel, und nach einer ganzen Kanne Kaffee, den ich mich aufzupeppen weigerte, war er ein zitterndes Häufchen Unglück, aber ungemein interessiert an seinen Aussichten. Er erzählte mir von seinem langen Weg ins Verderben, und ich hörte ihm bereitwillig zu. Nach Abenteuern in Europa und Südostasien und ernsthaften Schwierigkeiten mit Rauschgiftagenten und den Verbrechern aus der Szene machte er zufällig die Bekanntschaft von Russell James und Selby. Danach wurde alles etwas verschwommen. Seinen Pflegebruder hatte er jahrelang mit einer Sexgeschichte erpreßt, und ein letztes Mal wollte er ihn schröpfen, um groß in ein Geschäft einzusteigen. Das scheiterte, und er auch. In den folgenden Tagen erfuhr ich weitere Einzelheiten, die auf nichts weiter hinausliefen als auf die völlige Abhängigkeit von James und den von ihm beschafften Drogen.

Ich gab seine Klamotten zum Waschen und stellte ihm das Bad und mein Rasierzeug zur Verfügung. Dann nahm ich den gesamten Alkohol im Haus – Wein und Bier aus dem Kühlschrank, Scotch und Brandy aus einem Schrank – und goß ihn in den Ausguß. Meinen Tabak, der noch herumlag, warf ich weg. Es würde in jeder Beziehung hart werden, es hatte keinen Sinn, sich mit Halbheiten zu begnügen.

Und es war hart. Er war ganz schön scharf darauf, einer von den verwöhnten Reichen zu werden, und er nahm mir ab, daß es das Beste für ihn war, sich der alten Dame in Hochform zu präsentieren. Leichter gesagt, als getan; seine Abhängigkeit von Drogen und Alkohol war bedenklich, und der Entzug glich einem langsamen Rösten über offenem Feuer. Eines will ich ihm zugestehen – er bemühte sich. Er kämpfte gegen die unerträglichen Schmerzen und die Schüttelfrostanfälle und die tiefste Verzweiflung, bis er vor Anstrengung heulte. Sangster hatte recht, ich mußte ihn ständig beobachten. Nach einer Woche, in einer Phase des Vertrauens, entschlüpfte er mir und beschaffte sich eine Flasche. Als ich ihn im Park fand, hatte er sie ausgetrunken und schlief friedlich unter einem Baum. Meine Reaktion war übertrieben: Ich schleifte ihn in ein türkisches Bad, ließ ihn unbarmherzig schwitzen, ging anschließend mit ihm spazieren und joggte dann mit ihm. Ich litt selber; eine ganze Woche hatte ich weder getrunken noch geraucht und hatte außerdem viel Schlaf eingebüßt – ich war sauer.

Seltsamerweise stellte sich heraus, daß es genau das Richtige war. Nach zehn Tagen nahm er rasch ab, und seine Jeans saßen ihm ganz locker auf den Hüften. Wir kauften ein paar Sachen ein, die ich Lady Catherine auf die Rechnung setzen konnte, und eine Jogging-Ausrüstung fiel ihm ins Auge. Die Laufschuhe und Shorts lagen ein paar Tage im Haus herum, während wir Kaffee in uns hineinschütteten, vor dem Fernseher saßen und uns insgeheim anschrien. Ich spürte den Widerstand, der sich in ihm anstaute; zum Teil war es falsches Vertrauen, das auf einigen Tagen gesunder Lebensführung beruhte, zum Teil die Anziehungskraft des Lebensstils eines heruntergekommenen Abhängigen, für den es keine Verantwortung, wohl aber tausend Entschuldigungen gibt. Das Ungewöhnliche der Rehabilitation verlor seinen Glanz, als er einen Zeitungsartikel über einen Dreispringer las, der siebzehn Meter zehn geschafft hatte.

»Ich hab fünfzehnsechzig geschafft, früher«, sagte er.

»Blödsinn.«

»Ehrlich. Sechssechzig im Weitsprung hab ich noch alle Tage geschafft, und den Dreisprung hab ich ein paarmal versucht und war nicht schlecht. Beim Training hab ich mich eines Tages zusammengerissen und glatte fünfzehnsechzig hingelegt, mit Rückenwind.«

Ich dachte an meine eigenen Sprünge auf der einfachen Anlage unserer Schule, bedeutend weniger als fünf Meter, wie ich auch beim Hochsprung unter einsachtzig gelegen hatte. Im Laufen war ich besser gewesen, und beim Anblick seiner nagelneuen Turnschuhe packte mich die Erregung, die Sehnsucht nach Suspensorien und Startblöcken.

»Ich wußte, Sie waren Läufer; was war Ihr Bestes über einhundert Yards?«

»Neun sechs.«

»Mit Rückenwind?«

»Nein. Einmal bin ich die vierhundert Meter in 48,4 gelaufen.«

»Ich weiß.« Ich kramte das Foto heraus und zeigte es ihm. Er drehte es hin und her und sah traurig auf seinen Bauch hinunter.

»Mann«, seufzte er. »Das waren noch Zeiten.«

»Was ist geschehen?«

Er zuckte die Schultern. »Ich weiß nicht. Es war ein riesiger Streß, wenn man an der Spitze bleiben wollte; außerdem war da Keir, der kleine Scheißer. Wir waren zu verschieden, ich hab mich in meiner Familie nie wohl gefühlt. Ich hatte Interesse für Jura und hab's im ersten Jahr ganz gut gepackt, dann hab ich den Alkohol und die Mädchen entdeckt. Ich hatte *Hunderte* von Mädchen ...« Er blickte abermals auf seine verdorbene Figur. »Jetzt habe ich lange keine gehabt.«

Eins führte zum andern, und binnen weniger Tage waren wir frühmorgens und abends draußen und joggten durch Glebe. Anfangs waren wir beide langsam und schwerfällig, aber wir steigerten uns. Die Schwitzbäder behielten wir bei, er ließ sich auch Massagen geben – ihr Junge würde Lady Catherine nicht billig kommen. Er nahm ab, denn er machte auch eine Diät. Obwohl ich dabei nur teilweise mithielt, verlor ich an Gewicht, und nach zwei Wochen hatte ich den Eindruck, zum Nichtraucher geworden zu sein. Allerdings versprach ich mir als Belohnung eine Flasche Chivas Regal, sobald alles überstanden war.

Förmlich süchtig geworden, freute ich mich, daß mein Bauch flacher wurde und mir nicht mehr so schnell die Puste ausging. Meine Gewichtsabnahme war auch auf Streß zurückzuführen, denn ich war Pfleger, Trainer und Gefängniswärter in einem und in großer Sorge um Kay Fletcher. Ich spielte mit dem Gedanken, nach Canberra zu fahren, doch dann hätte ich Baudin mitnehmen müssen, was mir keinesfalls als guter Einfall erschien.

Also sorgte ich mich weiter. Trotzdem blieben wir am Ball, zum einen, weil ich inzwischen zu viel in den Erfolg des Unternehmens investiert hatte, zum anderen, weil die Vorgänge einen eigenen Rhythmus und damit an Interesse gewonnen hatten. Gewiß war es kindisch; wir steigerten die Zahl der Runden und die Laufstrekken, wir erhöhten die Zahl der Rumpfbeugen und Liegestütze. Er war unerhört ehrgeizig, und ich bin ähnlich gelagert, was bis in meine Schulzeit zurückreicht, als ich gelegentlich, allein durch fleißiges Bemühen, gegen Talentiertere gewann.

Wir wetteiferten. Wir begaben uns zum Universitätssportplatz und begannen, festgelegte Strecken gegeneinander und gegen die Zeit zu laufen. Zuerst schlug ich ihn über seine favorisierten vierhundert Meter und darüber bis zu einer Meile. Dann lief er die achthundert Meter in 2:35 und schlug mich um zehn Meter. Er wartete, wieder ganz keck, als ich die Ziellinie passierte.

»In die Pfanne gehauen«, sagte er. Er atmete locker, nicht so locker, wie er vorgab, aber recht gut – besser als ich.

Mir fiel ein, daß ich ihn nicht ausstehen konnte, daß er Autos gestohlen und Mädchen versaut, mit Drogen gehandelt und seine Kumpel verpfiffen hatte. Das alles hatte ich beim sportlichen Wettstreit vergessen – das liegt am Wettbewerb, er macht einen unempfindlich gegen alles, was einen nicht selbst betrifft. Draußen auf der Aschenbahn könnte man sich selbst mit Jack the Ripper abfinden.

»Nicht anders zu erwarten«, sagte ich. »Sie sind zehn Jahre jünger als ich. Geben Sie mir ein Handikap – pro Jahr einen Meter.«

Seine selbstzufriedene Miene wurde mürrisch. Da das Fett verschwunden war, hatte das Gesicht jetzt klarere Konturen. Zwar war er noch immer kompakt, würde es wahrscheinlich immer sein und bei einem sorglosen Leben einen erstklassigen Schneider brauchen, aber man hätte blind sein müssen, um die Ähnlichkeit mit Bettina und ihrem verstorbenen Vater nicht zu erkennen. Sie offenbarte sich in der frischen Gesichtsfarbe, dem arroganten Blick und der wirkungsvollen Art, ihre Körpermasse durch die Gegend zu bewegen.

»Abgemacht«, sagte er. »Zehn Meter, morgen.« Er ging, und ich deutete hinter seinem Rücken eine abfällige Geste an. Während er sich ein paar Lockerungsübungen zuwandte, quälte ich mich zu den Duschen, fühlte mich alt und gereizt und verbraucht.

Am folgenden Tag gestand er mir die zehn Meter zu und schlug mich bereits beim Start. Nach fast vier Wochen besiegte er mich über jede Distanz, und wenn er auch nie wieder das Springwunder sein würde, legte er doch gute Sprünge hin. Lediglich im Schwimmen war ich besser, doch wenn wir weiter trainiert hätten, wäre er wahrscheinlich auch da nicht zu schlagen gewesen.

Ein paar Tage vor dem Ende des Monats rief Cy Sackville an.

»Ich hab Neuigkeiten für dich, Cliff.«

»Laß mich raten«, sagte ich. »Du hast dir eine Insel in Griechenland gekauft und willst mich als Chef des Wachschutzes engagieren.«

»Halt die Klappe, ich hab viel zu tun, Berge von Arbeit warten auf mich.«

»Schön braungebrannt bist du aber.«

»Cliff«, sagte er seufzend, »ich will bloß das eine sagen. Der alte Booth ist gestorben, Booth junior hat die Unterlagen eingesehen.«

»Ja, weiter.«

»Das Anwesen des verstorbenen Sir Clive darf nicht verkauft werden. Es darf genutzt werden, um Geld für die Kostendeckung zu machen, doch wenn jemand es zu verkaufen versucht, hat die Imperial Legal Society das Vorkaufsrecht zum Nennwert. Wie gefällt dir das?«

Ich überlegte ein, zwei Sekunden. »Wunderbar.«

»Freut mich. Ich schicke dir eine Rechnung.«

Vierundzwanzig Stunden vor dem Stichtag rief ich Mrs. McMahon an und traf die nötigen Vorbereitungen. Sie berichtete, daß Verna Reid, nachdem sie ihren Kram abgeholt hatte, abgereist sei und daß ein Mr. Booth sich mit Lady Catherine in Verbindung gesetzt habe.

»Wie hat sie das aufgenommen?«

»Oh, recht gut, sie schien sehr erleichtert zu sein. Allerdings nehme ich an, daß es an Geld fehlt.«

»Aah.«

»Doch hier liegt Ihr Honorarscheck. Mr. Booth hat sich sehr lobend über Sie geäußert.«

»Mrs. McMahon, ich freue mich darauf, Sie kennenzulernen.«

Baudin ging früh zu Bett. Ich ließ mich mit meinen Notizen über den Fall nieder, neben mir die Flasche, die ich mir zur Feier des Tages gekauft hatte. Ich trank und kramte in den Papieren. Baudin senior hatte die Geburtsurkunde ordnungsgemäß ausstellen lassen, und ein Arzt und ein Beamter hatten dafür ein kleines Taschengeld eingesteckt. Ein einfacher Federstrich konnte ihn in einen Chatterton verwandeln, der ein passendes Mädchen schwängern und einen Stamm von Generaldirektoren und Damen von erlesenem Geschmack in die Welt setzen konnte. Zum Teufel mit ihnen allen. Ich trank mehr. Auf Umwegen hatte ich herausbekommen, daß die Polizei am Tod von Henry Brain nicht interessiert war. Ein alter Säufer, der tot in einer Toilette aufgefunden wurde – was ging sie das an? Zwar war sein Zimmer geplündert worden, doch das konnte jeder seiner Bacchusbrüder getan haben. Die sollten sich ebenfalls zum Teufel scheren.

Der Spiegel in der Scotch-Flasche war beträchtlich gesunken, als Baudin im Schlafanzug hereinkam. Er warf einen Blick auf die Pulle und griente.

»Wieder beim Saufen, Hardy? Was, und keine Zigarette?« Er gab sich selbstgefällig, aber sein Blick war gequält und stellte eine schreckliche Frage. Ich goß mir einen Großen ein und trank.

»Wie ist Ihnen zumute, wenn Sie an morgen denken? Aufgeregt?«

Er zuckte die Schultern. »Warum?« Er beobachtete mich beim Trinken wie die Eidechse eine Fliege. »Es wird alles gut laufen.« Gähnend streckte er sich, und einen Augenblick glaubte ich, er würde um einen Drink bitten. In dem Fall hätte ich wohl nicht gewußt, was ich hätte tun sollen. Zum Glück stand er bloß da, ein Meter fünfundachtzig Selbstgefälligkeit, jeder Zentimeter in recht guter Verfassung.

»Was wollen Sie tun, sobald Sie sich eingenistet haben?« fragte ich.

»Ich denke, ich bringe mein Jurastudium zu Ende.«

Da mußte ich lachen. Ich konnte ihn mir vorstellen, nach After Shave duftend und im Anzug mit Weste, als Dealer.

»Was ist daran so komisch?«

»Nichts. Vergessen Sie nicht, Honey Gully mal zu besuchen, ja? Sie würde sich freuen.«

Sein Blick verriet mir, daß er mich für das haßte, was ich von ihm wußte. Er lebte schon die Rolle eines Chatterton, und Hardy war als Feind abgestempelt. Er marschierte ab, während ich mich weiter der Flasche widmete.

26

An einem schönen, strahlenden Morgen zwei Tage vor Weihnachten lieferte ich ihn ab. Glatt rasiert, sonnengebräunt und frisch frisiert steckte er in einem beigefarbenen Safari-Anzug und passendem Zubehör. Noch hatte er Fett am Leibe und leicht trübe Augen, doch man mußte sehr genau hinsehen, um es zu bemerken. Die Zähne waren in Ordnung.

Mrs. McMahon begrüßte uns an der Tür; sie war eine Frau mittlerer Größe und mittleren Alters mit grauem Haar und ruhigem Gesicht. Sie war mir dankbar, so wie man mitunter Leuten dankbar ist, die einem helfen, eine gute Stelle zu finden.

Ich stellte Baudin-Chatterton vor, und sie beäugten sich mißtrauisch. Noch hatte er sich nicht diese gewisse Art angewöhnt, Personal einfach zu übersehen, aber ich war sicher, das würde er bald beherrschen. Wir traten ein und machten uns auf den langen Marsch.

»Wie kommen Sie mit ihrer Ladyschaft aus?« fragte ich.

Mrs. McMahon lächelte. »Sie ist eigenwillig, hat aber ihre schwachen Stellen.«

»Das fand Ihre Vorgängerin vermutlich auch.«

Sie blieb ruckartig stehen. »Diese Person! Wenn ich Ihnen erzählen würde, was sie alles getan hat. Wofür sie Geld ausgegeben und was sie nicht bezahlt hat – ein Skandal.«

Wir setzten uns wieder in Bewegung. »Wußten Sie, daß sie trinkt?«

Ein heikles Thema, fand ich. »Na ja, vielleicht ...«

»Fürchterlich, überall Flaschen.«

»Fürchterlich«, stimmte ich zu. »Ich nehme an, Sie haben inzwischen Ordnung geschaffen.«

»O ja.« Sie warf einen Blick auf den Erben, der einer kahlen Stelle im Teppich auswich. »Mr. Booth ist uns eine große Hilfe gewesen, und alles ist jetzt aufs beste geregelt.«

Lady Catherine Chatterton, die Wangen leicht gerötet und das weiße Haar leicht gewellt, wartete feierlich in dem Raum, in dem ich beim letztenmal zur Audienz erschienen war. Das Kleid, eine braune Kreation in Seide mit weißer Spitze, war neu und stand ihr. Sie sah so vorteilhaft aus, wie eine alte Dame aussehen kann.

Ich machte die beiden miteinander bekannt; er beugte sich über ihre Hand, was – wie ich fand – ein wenig nach achtzehntem Jahrhundert schmeckte, doch es wurde recht gut aufgenommen.

»Danke, Mr. Hardy, meinen aufrichtigsten Dank«, sagte sie im Ton einer Entlassung.

»Wie geht es Bettina?« fragte ich.

Sie überhörte das. »Wenn Sie so freundlich wären, den jungen Mann mit mir allein zu lassen? Mrs. McMahon wird sich um alles andere kümmern.«

Er saß auf der Kante eines seidenbezogenen Stuhles und legte ein intelligentes Interesse für die Gemälde an den Tag. Mich bedachte er mit einem gewinnenden Sportlerlächeln und schaute sofort in eine andere Richtung. Trotz seines gepflegten Äußeren machte er den Eindruck, als könne er noch Schwierigkeiten machen, und damit müßte sie fertigwerden. Mir ging es durch den Sinn, daß er die ausgleichende Gerechtigkeit für all die kleinen, eingeschüchterten Delinquenten auf der Anklagebank sein könnte, die der Richter zur Strecke gebracht hatte. Es war eine erfreuliche Vorstellung, und mit ihr verließ ich das Zimmer.

Draußen wartete Mrs. McMahon, einträchtig begaben wir uns zum Büro, wo sie mir mit einem mütterlichen Lächeln den Scheck aushändigte. Ich prüfte ihn. Fünftausend Dollar.

»Ein Haufen Geld. Kann sie es sich leisten?«

»Ich finde, Sie haben es verdient. Sie kann es sich gerade so leisten. Wir werden etwas sparsamer sein müssen.«

»Sie mögen sie, stimmt's?«

»Ja, sie vertraut mir, und ich vertraue ihr.«

»Tun Sie es nicht. Sie wird sich die Füße an Ihnen abputzen, wenn er es ihr befiehlt.«

Ich verließ das Haus und ging den Pfad hinunter zu meinem Auto. Der Rasen war schlecht gepflegt, auf den Blumenbeeten wucherte das Unkraut. Ich schaute mich um, aber von Rusty keine Spur.

Ich brachte den Scheck zur Bank, ließ mir fünfhundert Dollar auszahlen und schickte sie per Post an Honey Gully. Dann packte ich einen Koffer und machte mich auf den Weg nach Canberra. Mein erster Besuch galt Kays Wohnung. Sie schien benutzt zu sein – vor der Tür keine Milchflaschen oder herumliegende Zeitungen; geputzte Fenster. Ich hatte einen trockenen Mund und fühlte mich erregt und nervös, als ich das Reporterbüro der »Canberra Times« betrat. Kay saß am Schreibtisch und hämmerte auf einer Schreibmaschine. Den Bleistift im Mund, war sie ganz Konzentration, und ich beobachtete sie. Sie schüttelte das Haar zurück und hob den Blick. Sie riß die Augen auf. Der Bleistift fiel, sie fing ihn geschickt auf und legte ihn auf den Schreibtisch, als ich näher kam.

»Hallo.«

»Hi, Cliff.«

»Fleißig?«

»Hm, ziemlich.«

»Woran arbeitest du?«

»Du weißt schon, schmutziges indonesisches Geld, und wie es gewaschen wird.«

»Das solltest du eigentlich mit mir absprechen.«

»Du solltest mich eigentlich anrufen.«

»Mir waren die Hände gebunden, Kay.« Ich lächelte. »Das ist wörtlich zu verstehen, ich habe angerufen, sobald ich nur konnte.«

»Na ja, nicht so schlimm. Ich habe sofort mit dieser Story angefangen. Die Zeitung hat mich nach Indonesien geschickt. Bin gerade zurück.«

»Ja, ich hab's schon gehört. Schön braungebrannt.« Das stimmte. Sie trug ein grünes Kleid mit weißem Besatz; ihre Bräune entsprach dem Standard der Fernseh-Werbung, und sie sah kühl, sauber und hübsch aus. Ich versuchte, meine Gefühle im Zaum zu halten, doch das wollte mir nicht gelingen. Mich verlangte ganz stark nach Körperkontakt. Sie schob die Hand auf dem Schreibtisch näher, es glich einem Friedensangebot unter weißer Flagge, und ich legte meine Hand leicht darauf.

»Komm, wir gehen was trinken«, sagte ich.

»Ich dachte mir, daß du das vorschlägst.«

Wir gingen natürlich in unser Kellerrestaurant, unterhielten uns und tranken ein oder zwei Stunden lang. Sie hatte tatsächlich die Beweise gegen Keir Baudin, und es gab keinen Grund, sie an der Aufdeckung zu hindern, selbst wenn ich es vermocht hätte. Der alte Herr tat mir allerdings etwas leid. Ich berichtete ihr, wie der Fall Chatterton sich entwickelt hatte, und sie bekundete höfliches Interesse. Es war nicht zu übersehen, daß ihre Story und die wahrscheinlich zu erwartenden beruflichen Aufstiegschancen für sie alles bedeuteten. Ich rang mit der Erkenntnis, daß sie mich nicht brauchte.

»Du siehst besser aus«, sagte sie, »besser in Form, und du rauchst nicht mehr. Das wird gut sein für deine Arbeit.«

Sie kehrte zurück in die Redaktion, und wir trafen uns später wieder. Wir aßen, tranken, liebten uns, und sie wandte sich wieder ihrer Story zu. Ich lebte in ihrer Wohnung, las ihre Bücher, ging in Canberra spazieren und sah mir an, wie das Geld der Steuerzahler ausgegeben wurde. Die Rasenflächen und Gärten waren am Verdorren und würden in der Sommerhitze bald gelb sein. Nach ein paar Tagen verspürte ich starkes Verlangen nach einem Strand und versuchte Kay zu überreden, mich an die Küste zu begleiten. Sie war zu sehr mit ihrer Story beschäftigt. Wir verbrachten einen Abend zusammen und konnten keinen gemeinsamen Nenner finden. Nicht zu leugnen, ich war in Sydney und sie in Indonesien, und wir wußten es beide. Ich fuhr zurück nach Sydney, um auf Aufträge zu warten. Ihre Artikel über die indonesischen Kontakte erschienen in allen Zeitungen der Hauptstadt; als ich das nächstemal ihren Namen gedruckt sah, schrieb sie über Verbrechen und Politik – in New York City.

Einer der besten sowjetischen Krimis der letzten Jahre, aufgezeichnet nach authentischen Ereignissen in Usbekistan.

Georgi Wainer/Leonid Slowin
Mord und Opium

Kriminalroman · Aus dem Russischen von Helga Gutsche
328 Seiten · Gebunden mit Schutzumschlag
ISBN 3-353-00820-9

Mangelwirtschaft, bestimmte Traditionen und Gier nach Reichtum und Macht sind die Wurzeln, aus denen im sowjetischen Mittelasien das organisierte Verbrechen wächst. So, als läge Usbekistan »auf der dunklen Seite des Mondes«, vollziehen sich dort Gesetzesverletzungen ungeheuren Ausmaßes. Doch wer Korruption, Schiebergeschäften und Rauschgifthandel den Kampf ansagt, gerät selbst ins Visier – das bekommt Untersuchungsführer Chalmatow von der Mubeker Kripo am eigenen Leibe zu spüren. Doch Chalmatow gibt nicht auf. Zusammen mit seinem Partner gelingt es ihm, ein Knäuel von Verbrechen zu entfilzen, dessen Fäden bis in höchste Wirtschafts- und Regierungskreise reichen.

Ein Polit-Thriller über die Verfolgung von Juden in der Sowjetunion und das perfide Spiel des KGB auf der Klaviatur des Terrors.

Arkadi und Georgi Wainer
Im Zeichen von Schlinge und Stein

Roman · Aus dem Russischen von Renate Landa und Thomas Reschke
544 Seiten · Gebunden mit Schutzumschlag
ISBN 3-353-00853-5

Die Brüder Wainer sind ein eingeschworenes Team. Seit fünfzehn Jahren schreiben sie gemeinsam Kriminalromane – Arkadi, der einstige Kripomitarbeiter, und Georgi, der Journalist. Ihr Roman »Im Zeichen von Schlinge und Stein« erzählt die Geschichte einer mutigen jungen Frau, die herausfindet, daß ihr Vater vom KGB ermordet wurde. Der brisante Polit-Thriller, der die Lebensumstände russischer Juden, ihre Verfolgung durch Stalin und den Antisemitismus im sowjetischen Alltag beschreibt, entstand Mitte der siebziger Jahre. Sorgsam chiffriert und versteckt gehalten, konnte dieses Buch erst jetzt, fast zeitgleich mit der deutschen Ausgabe, in Moskau erscheinen.

Verlag Volk & Welt Berlin